中华传世藏书

【图文珍藏版】

纳兰性德全集

[清] 纳兰性德⊙原著

王书利⊙主编

第四册

线装书局

踏莎美人

清明

（按此调为顾梁汾自度曲）

【原文】

拾翠①归迟，踏青②期近，香笺③小叠邻姬④讯。樱桃花谢已清明，何事绿鬟⑤斜軃⑥宝钗横。

浅黛⑦双弯，柔肠几寸，不堪更惹其他恨。晓窗窥梦有流莺，也说个侬⑧憔悴可怜生⑨。

【注释】

①拾翠：拾取翠鸟羽毛以为首饰，后多指妇女游春。语出三国魏曹植《洛神赋》："或采明珠，或拾翠羽。"

②踏青：清明前后到野外去观赏春景。

③香笺：信笺，因少女之手，散发香气，故云。

④邻姬：邻家女子。讯：通"信"。

⑤绿鬓：指乌黑发亮的头发。

⑥斜蝉：斜斜地垂下来。

⑦浅黛：指女子用黛螺淡画的眉毛。

⑧个侬：犹这人或那人。

⑨生：用于形容词词尾。

【赏析】

这首词写闺中女子清明相约踏青却百无聊赖的春愁：清明快要到了，正是游春踏青的好时节，邻家女伴写来信笺相邀游春。然而樱桃花都谢了，清明将过，却不知为了何事而蹉跎。只因疏慵倦怠，本就愁绪满怀，于是不愿再去沾惹新恨了。如此愁绪谁能明了，恐怕唯有那清晓窗外的流莺知晓了。

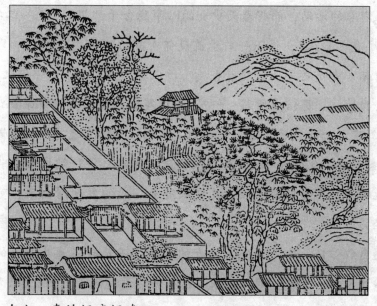

喜欢一个人，真的好痛好难。

一开始是明亮的，全世界似乎都变粉红色。一切看在眼中都是美好，就算天崩地裂，只要还能看到他的微笑，那也没什么。可是渐渐就变了，向着我们所不能控制的地方滑过去。再也不会快乐了。

他看不到呢……无论做什么，说什么，他都注意不到，读不懂其中的意思。微笑依旧，看在眼里却只剩沉闷的痛。

有时候真的是怎么也想不明白，爱情究竟是由谁来安排。苦苦追求的得不到，得到了的却弃之若敝屣。怎么就会这么不公平……

"踏莎美人"是顾贞观自度曲。一半《踏莎行》一半《虞美人》，合起来倒也雅致不俗。副题为"清明"。清明正是游春踏青的好时节，古代有游春的习俗，本篇即以此为题的咏节令之作。

上阕前二句说游春拾翠归来得迟了，而踏青之约日近。"拾翠归迟"，拾翠，本意是拾取翠鸟的羽毛作首饰，语出曹植《洛神赋》："或採明珠，或拾翠羽。"后多指女子游春。比如杜甫《秋兴》诗："佳人拾翠春相问，仙侣同舟晚更移。""踏青期近"，"踏青"即春天出城到郊外游览。古代诗词中常以踏青和拾翠并提，如吴融《闲居有作》："踏青堤上烟多绿，拾翠江边月更明"。这一联泛写春来游春的活动，而将春天少女的心事隐含于"迟""近"二字之中。

"香笺小叠邻姬讯"，结下一句承前说邻女有约踏青。"香笺"，即信笺，大约因其出自邻家少女之手，散发着香气，所以言"香"吧。"邻姬讯"，是说收到了邻家女孩的信。那信上所写为何？"樱桃花谢已清明，何事绿鬟斜亸、宝钗横。"信上写道：樱桃花已经谢了，都到了清明，你怎么还是一幅慵懒无力的样子呢？"绿鬟斜亸、宝钗横"，写女主人公疏慵倦怠之貌：绸缎般的长发松松绾起，随意地斜着，一支钗禁不住，就要从流云一般的发间滑出来，可谓生动逼真，清丽轻灵。

下阕则自叙心怀，亦是对邻家少女的答复：不是我不喜欢春天的踏青，而是本来就心绪不佳，愁怀不解，实在不愿再去沾惹新恨了。"浅黛双弯，柔肠几寸"，浅黛，指女子画得很淡的眉毛。双弯，即轻轻地皱着眉头。柔肠，柔曲含情的心肠。几寸，当是几丝愁绪萦怀。这八个字，写这个少女的淡淡心事、淡淡愁，堪称清丽含婉，风韵别致。"不堪更惹其他恨。"风流含蓄之后接以率直坦露，则显得灵巧高妙。

现在，这位少女自吐心怀说不愿再去沾惹新恨了，但是此种幽幽心事又有谁知道呢？故于结处说唯有那清晓窗外的流莺明了。"晓窗窥梦有流莺，也觉个侬憔悴、可怜生。"意即我心事重重地睡去，清晨从梦中醒来，即使是那婉转啼鸣的莺儿也觉得我很憔悴，惹人怜爱。结尾二句，幽思含婉，清丽轻灵，表达出百无聊赖的阑珊意绪。

临江仙

寄严荪友①

【原文】

别后闲情何所寄，初莺②早雁相思③。如今憔悴异当时，飘零心事，残月落花知。

生小④不知江上路，分明却到梁溪⑤。匆匆刚欲话分携，香消梦冷，窗白一声鸡。

【注释】

①严荪友：严绳孙。

②初莺：借喻暮春之时。

③早雁：借指秋来之日。

④生小：犹自小，幼小。

⑤梁溪：水名，在江苏无锡西，源出惠山，流入太湖。古时此水极窄，梁时疏浚，故名，这里指严荪友的家乡。

【赏析】

诗云：我寄愁心与明月，随风直到夜郎西。词云：欲凭江水寄离愁，江已东流那肯更西流。如今，暮云过了，秋光老尽，伴明月清风共一醉的知己好友已在千里。

你的思念，何物可寄？只能憔悴，心事如落花飘零，无人知。于是，"从别后，忆相逢，几回魂梦与君同"便成了你最大的心愿。哪里知道，清晨一声鸡鸣，便已梦逐烟销水自流。

此篇为寄赠之作。挚友一别，无日不思念，遂填此寄赠，表达了对挚友深切的怀念。"别后闲情何所寄"，首句即径直抒怀而来。词之常例是起句叙景而不言情，但在纳兰词中，却往往是景缘情设，语因情工，词因情遣，从不拘限。词中，作者思友之心，愈益难耐，所以开篇七字就将友人去后自己寂寂无聊的心事道出。"初莺早雁相思"，对远方朋友的别思之情，无人能懂，只有那早归的雁莺能懂我的那一片心思。"初莺"，即早莺，早莺其实不早，仅是诗词里的一个意象。不仅不早，早莺啼叫，一般是春色将暮之时。"早雁"，即初秋的大雁，借指秋日。这句在言词人怀友之心无人能解的同时，又叠加了一层相思的含义，即春去秋来，无日不相思念友。"如今憔悴异当时。飘零心事，残月落花知。"三句写别后的憔悴和寂寞，明白如话。"异当时"，当时曾与友人聚集在

花间草堂，谈诗论文，观摩书画，推心置腹，畅叙友情。然而如今，只有孤身一人，似是在天涯飘零，此种心事，大概只有残月落花知道了。"残月落花知"，等于不知。因为花已凋零，月已转残，它们只会勾起词人思怀往日相聚时其乐融融的情景。

"生小不知江上路，分明却到梁溪。"过片两句写梦中情景。词人由思念至深至切而生出梦幻。在梦里，生来不知江南路的他，却来到了苏友的家乡。"分明"一词，是说梦境清清楚楚，简直就像是现实中来到了江南一样，此与"生小不知"的对比映衬，更见出词人这一虚拟之笔的深挚感人。"匆匆刚欲话分携"，然而但好梦难留，正欲话别后相思时，梦中温馨的情谊却忽而消逝了，令人不胜怅惋。"香消梦冷，窗白一声鸡。"结处化用唐胡曾《早发潜水驿谒郎中员外》"半床秋月一声鸡，万里行人费马蹄"，将其拳拳的友情，深切的怀念，表达得含婉不尽，启人联想。

【词人逸事】

　　严绳孙，字荪友，号藕渔，又号藕塘渔人，江南无锡人。工隶、楷书，6岁即能作径尺大字，曝书亭匾为其所书。二十多岁时，抛弃举子业，游历于山水之间，与朱彝尊、姜宸英被誉为江南三布衣。清顺治六年，参加由江南名士太仓吴伟业主盟的慎交社，结识了一批东南名流。顺治十一年，与邑中顾贞观、秦松龄等十人结云门社，时称云门十子。康熙十四年结识满族词人、大学士明珠之子纳兰性德，成为莫逆。

　　康熙十八年（1679）三月，朝廷调举博学鸿儒，严绳孙以江南名布衣身份被荐与"鸿博"试，他却因受荐而避试，临场借目疾仅成《省耕诗》一首即退场，期望脱身。当时康熙帝笼络士子之心正切，遂引唐代祖以咏雪诗二十字入选的掌故。破格以"久知其名"擢置二等末，授其翰林院检讨，参与《明史》编纂，后历任日讲起居注官、山西乡试正考官、右中允兼翰林院编修、承德郎等职。康熙二十四年（1865）辞官回家乡隐居，杜门不出，以书画著述终老。

临江仙

永平道中①

【原文】

　　独客单衾谁念我②，晓来凉雨飕飕③。缄书欲寄又还休④，个侬憔悴⑤，禁得更添愁。

　　曾记年年三月病，而今病向深秋。卢龙风景白人头⑥，药炉烟里，支枕听河流。

【注释】

①永平：清代永平府，在今山海关一带。

②单衾：薄被。

③飔飔：形容雨声。

④缄书：书信。

⑤个侬：这人，那人。

⑥卢龙：今山海关西南一带，滦河流经此地，清代属永平府。

【赏析】

这是一首抒写乡关客愁的边塞词：孤眠独卧，夜来衾薄，清晓愁雨，不胜清寒，有谁会念及我呢？想要给你写信遥寄相思，又害怕你看了更添新愁，愈加憔悴，于是只好作罢。记得原来都是三月春愁多病，没想到今年却病向深秋了。在这深秋时节，卢龙风景萧疏，令人伤感，暗生白发。只得在药炉的烟雾缭绕下，侧耳倾听江河的奔流之声来排遣愁苦之情了。

行在羁旅的男子，思念更如春草，渐行渐远还生。家中的她，还好吗？

一纸憔悴寄相思？又怕她知晓自己瘦损的容颜，为我担忧为我愁。这么多年了。年年伤春，年年病在深秋。

他脸上沧桑更浓，不再是那个动辄一声弹指泪如丝的少年公子了。甚至没有皱眉，他只是眼眸忧郁，神色忧伤地靠在那里。在药炉烟里，支枕听河流。

这篇《临江仙》作于永平道中，永平是指清代的永平府，其故境在今河北省东北部陡河以东，长城以南的地区，是出关通辽东的必经之路，由此可知容若作此词时是初登征程后不久。用词体咏边塞风情，宋元以来并不多见。纳兰几度扈驾宸游或奉命出使塞上，写了几十首边塞词，这对词史是一大贡献。其中不无豪迈的气度和壮阔的场面，但绝少开怀乐观，而是大多苍凉悲怆的意绪。严迪昌《清词史》云："几乎是孤臣孽子的情绪。"此篇客中卧病之作也是如此。"独客单衾谁念我，晓来凉雨飕飕。"起首二句写自己孤眠独卧的寂寞。因为身在永平道中，在山海关一带，所以言"客"；因为远离故园而无妻子好友相伴，所以言"独"。合在一起，"独客"就道出了羁旅孤独的心理感受。"单衾"，与"独客"相契，传达的是一种"罗衾不耐五更寒"的感觉，此是从身体感受而言的。有了心理、身体两方面的铺垫后，"谁念我"，这一深情感慨，就从衷心自然流发出来。"晓来凉雨飕飕"，是写单衾独卧后清晨醒时的情景，也是对"谁念我"的答言和反衬：清晓寒凉，冷雨飕飕，偌大的世界，似乎只有它们挂记着我，衬托我的忧愁。

"缄书欲寄又还休，个浓憔悴，禁得更添愁。"接下来三句写家书作毕，欲寄还休的矛盾心理：写好了书信又犹豫，家中娇妻因为自己外出而担忧、憔悴，如若收到我生病的家书，必愁上添愁，身体娇弱的她，如何经受得住呢？"缄书欲寄又还休"，与李清照《凤凰台上忆吹箫》中的"生怕离怀别苦，多少事、欲说还休"有异曲同工之妙，也道出了词人虽在羁旅，虽在病中，但仍牵挂娇妻，关念切切的多情。

"曾记年年三月病，而今病向深秋"，下阕进一步写乡关客愁的难耐，思念闺阁中人心情的难解。"年年三月病"，不是说词人年年三月都会生一场大病，而是化用韩偓《春尽日》诗："把酒送春惆怅在，年年三月病恹恹。"说自己年年三月都会伤春，都会因春愁忧思成疾；如今远在塞外，不见闺中人，只有以恹恹病躯独向深秋，谙尽孤寂滋味。

"卢龙风景白人头，药炉烟里，支枕听河流。"结尾三句，用眼前景表达无穷无尽的愁怀。深秋季节，卢龙地区风景萧疏，令飘零人物增添伤感之情，而致暗生白发。所以终日只有拖着病躯，身向药炉烟里，于客舍中支起枕头，侧耳听着隐隐的水声，而心思如游丝缕缕，水烟漠漠……

临江仙

【原文】

丝雨如尘云著水，嫣香碎入吴宫①。百花冷暖避东风，酷怜娇易散，燕子学偎红②。

人说病宜随月减，恹恹却与春同③。可能留蝶抱花丛，不成双梦影，翻笑杏梁空④。

【注释】

①嫣香：娇艳芳香，亦指娇艳芳香的花。吴宫：指春秋吴王的宫殿，春秋吴都有东西宫，据汉袁康《越绝书·外传记·吴地传》载："西宫在长秋，周一里二十六步，秦始皇帝十一年，守宫者照燕失火，烧之。"

②偎红：紧贴着红花。

③恹恹：精神萎靡不振的样子。

④杏梁：文杏木所制的屋梁，言其屋宇的高贵。汉司马相如《长门赋》："刻木兰以为榱兮，饰文杏以为梁。"

【赏析】

"丝雨如尘云著水"，如梦境一般美丽的景致被这七个字雕刻得雅致纤巧、过目难忘，令人不禁遥想，是怎样一双修长精致的手执笔雕琢出了如此巧夺天

工的文字？

　　纳兰的文字之美、意境之真让人总是忍不住怀疑：他的书桌前是不是常年铺着画纸，每每文思涌上，定要先描绘出一幅真切到可以触碰的图画才会动笔将之化为文字？即便不是这样，那么那些图画也一定曾存在于他的心里，所有的文字都不过是他对自己心境的素描而已，细腻却不矫揉，华美但不肤浅。

　　这首《临江仙》写于暮春时节，此时的纳兰不仅因逝去的春光而心生感慨，身体也正抱恙而忍受着折磨，愁病交加，以至于他竟生出了兴亡之叹，令人读来忍不住蹙眉心痛。

　　空中的愁云仿佛氤氲着水汽，蒙蒙细雨飘洒过后，吴宫里的残花散落了一地。娇美的宫花最经不得风雨，这满地落英让人怜惜不已，以至于连过路的飞燕也学着人的样子紧紧依偎在了花下。

景物之愁加剧了纳兰的苦闷，"人说病宜随月减"，但他却自叹道"恹恹却与春同"，他的疾病并未随着时间的流逝而好转，反而如这暮春一样萎靡颓丧。拖着病体出得门来，只见蝴蝶飞舞流连，却迟迟不肯离开花丛，但梁上的燕子早已成双成对地飞走了，忍不住对着那空落落的屋梁苦笑一下。

纳兰心中有苦，且苦不堪言，偏偏他又是潇洒不起来的男子。倘若他能有两分陶潜的豁达，在失意时依旧有"采菊东篱下，悠然见南山"的闲情雅致，或者他若能有三分李白的飘逸，纵然千金散尽依旧"仰天大笑出门去"，再或者他若能有五分苏东坡的达观，即使官场屡屡受挫依然能与清风明月相伴，泛舟游玩，观"山高月小，水落石出"，只要得他三人的几分风骨，他或许就能快乐一些、乐观一些，或许就不会在年华最盛、才学丰盈之年黯然凋零。但如果真是那样，他也便不是为后人念念不忘的纳兰了。

纳兰确实是个风流的才子，但绝对不是个潇洒的文人。他的词，愁心漫溢，句句读来令人心伤，这一首满含兴亡之感的《临江乡》便是佐证。

词中"吴宫""杏梁"等出于前人辞赋的词语中隐隐藏着莫大的忧虑，其时正是康熙盛世，对时代的兴亡忧患显然不会是纳兰词作的主题，惜时伤春又加身世感伤才更贴合纳兰的风格。他甄选的不过都是些平淡如水的词汇，然而这些词语却偏偏在他的指尖化成一段旋律——为心弦所演奏，曲曲萦绕于耳，终久不绝。

爱妻早亡，后续难圆旧时梦，以及亲友的聚聚散散常常使他备感人生无常。种种悲观与困惑化为对仕途的厌倦、对富贵的轻看、对人生的消极，他对凡能轻取的身外之物无心一顾，但求之心切的爱情与自由却终归不得。

临江仙

【原文】

长记碧纱窗外语①，秋风吹送归鸦。片帆从此寄天涯②，一灯新睡觉，思梦月初斜。

便是欲归归未得，不如燕子还家。春云春水带轻霞③，画船人似月④，细雨落杨花。

【注释】

①碧纱窗：装有绿色薄纱的窗。

②片帆：孤舟，一只船。

③春云：春天的云。春水：春天的河水。轻霞：淡霞。

④画船：装饰华美的游船。南朝梁元帝《玄圃牛渚矶碑》："画船向浦，锦缆牵矶。"

【赏析】

这首词写在春天回忆秋天的离别：记得当时我们在碧纱窗外低语话别，当时秋风吹起，天色将晚，暮鸦飞回。从此以后便一叶孤舟在天涯漂泊，半夜从梦中醒来，月亮才刚刚西斜。即使想回来却不能回来，连秋去春归的小燕子都不如。在这春日里若能一起看山水如画，烟柳画船，细雨杨花的美景，该是何等的惬意！

为什么总是不能忘记那些细碎的往事呢？

碧纱窗外，是你的寂寞、伊人的等待。喃喃细诉的，不是风，而是零乱的心。归鸦总是随着秋风而来，这份欲归的心情，诉向谁边？

漂泊异乡，是春风，也该把故园的柳吹拂成丝了吧？是春雨，也该把故园的花润成鲜丽了吧？然而，守望的，只有一盏昏黄的灯；入梦的，也只是那斜斜的残月。

不是你这一生只爱孤寂、只爱漂泊，而是想归都不能啊。燕子寒来暑往，路途虽远，行程虽苦，总还有到家的一日，而你呢？

又是春天了。画舫游于灯影桨声，穿于红尘扰攘。而你，任风鼓白色长袍，心淡如月光。细雨无声地落下来落下来，杨花湿了，重了，落了，漂泊的你，也有靠岸的一天吗？

这篇仍写厌恶仕宦，天涯思归之情绪。

春天到来了，而分别是在去秋薄暮，长别既久，今又相思顿起，故于起句劈头就"长记"别时的情景。"长记碧纱窗外语，秋风吹送归鸦。"秋风袅袅，吹送寒鸦归巢，而我却不得不离家奔赴王事。碧纱窗外，你我依依别话的情景，早已长铭于心，时时念及。

接下来，"片帆从此寄天涯。""片帆"紧承"窗外语""归鸦"而来，写自己从此羁旅天涯，漂泊他乡的孤旅之景，思归的主旨很是明显。"一灯新睡觉，思梦月初斜"是写自己在客舍的凄迷之情：刚刚睡醒，独对一灯荧荧如豆；因为天涯孤旅难耐，所以梦里也在思念故园，思念家中美妻。

下阕接前意脉，再伸欲归不得，连秋去春归的小燕子都不如的恨憾。

"便是欲归归未得，不如燕子还家。"化用顾敻《临江仙》"何事狂夫音信断，不如梁燕犹归"，将燕子和自己做对比，颇有深意。是啊，燕子要飞便飞，来去自如，可以随时飞回旧巢，但自己王事在身，身不由己。比着比着，他不禁希望有朝一日能与心上人徜徉在春云春水之间，欣赏着烟柳画船，沐浴着杨花细雨，享受一番舒心写意的生活。

"春云春水带轻霞"，"春云春水"化用高观国《霜天晓角》"春云粉色，春水和云湿",巧妙地表现了水天一色,云映水中的景象,而"带轻霞"三字,更为这幅旖旎风光画卷,点带了几许迷离的绚烂烟霞,使其无限迷人。在如此迷魂淫魄的春景掩映下,词人携着如花似月、皓腕凝雪的妻子,步履款款,徜徉在湖边画船,看那细雨飘若晴丝,柳絮飞如雪花,真是惬意无比,浪漫无伦。

"春云春水带轻霞。画船人似月,细雨落杨花。"最后宕出一笔,描绘想象中与伊人春光共度的情景,化虚为实,极其浪漫,这就使小词更富深情远致了。

又是一首表达相思的词。纳兰写词时似乎从不考虑同类题材自己已写过太多,或者在他眼里,此时的相思不能等同于彼时的牵挂,今日的愁绪和昨天的烦扰也是两个模样。纳兰这样想着,便确实写出了主题相同,但意境相异的佳作,一句有一句的悲伤,一首有一首的味道。

临江仙

谢饷樱桃

【原文】

绿叶成阴春尽也,守宫偏护星星①。留将颜色慰多情,分明千点泪,贮作玉壶冰②。

独卧文园方病渴③,强拈红豆酬卿④。感卿珍重报流莺⑤,惜花须自爱,休只为花疼。

【注释】

①星星:通"猩猩",形容樱桃猩红的颜色。

②玉壶冰：酒名。宋叶梦得《浣溪沙·送卢》词："荷叶荷花水底天，玉壶冰酒酿新泉，一欢聊复记他年。"

③文园方病渴：汉司马相如曾任孝文园令，"常有消渴疾"，因此称病闲居，见《史记·司马相如列传》，后遂以"文园病"指消渴病，这里谓文人落魄，病困潦倒。

④红豆：代指樱桃。

⑤流莺：即莺。流，谓其鸣声婉转。

【赏析】

辽、金旧俗有"荐新""献时新"之举，即或由皇帝赏赐大臣，或达官贵人互送刚刚成熟的果物珍品，樱桃一直被视为果中之珍，遂于仲夏成熟之日相互馈赠。从词题"谢响樱桃"来看，是说纳兰得到了友人馈赠的樱桃，所以填了这首情真意深之词以示答谢，但是，这首词真的是为答谢而填的应酬之作吗？

　　一开篇，词人就用到前文提到的杜牧与少女之母十年约定的典故，在这首词中，纳兰将杜诗中的"绿叶成阴子满枝"化用为"绿叶成阴春尽也"，其中所表达的悲惜之情也就不言而喻了。

　　"守宫偏护星星"，守宫指的是守宫砂，相传如果用朱砂喂养壁虎，等到其吃满七斤朱砂后，就会变得全身朱红，然后再将壁虎捣烂，这样就成了守宫砂，将其点染在处女的肢体，颜色不会消退，只有在发生房事后，其颜色才会变淡消退，一些朝代便把选进宫的女子点上守宫砂，使其有所畏惧，不敢与宫中其他男子私通。

　　用守宫砂来验证女子是否贞洁的做法到底有没有科学依据，我们暂且不论，纳兰在这里用到"守宫"的典故，想必他思念之人十有八九就是一个宫女，而与他有过一段情缘，最后被迫入宫的女子，除了他的表妹，就没有其他人了。

　　"留将颜色慰多情，分明千点泪，贮作玉壶冰"，在这句中，纳兰又用到

"红泪"的典故，魏文帝曹丕所爱的美人薛灵芸在被迎娶时，因为舍不得离开父母而痛哭流涕，她以玉唾壶盛泪，泪水落在壶中成了红色，还没有到京师，壶中的泪已凝如血色，后世称女子的眼泪为"红泪"，在纳兰的眼中，表妹赠予他宫中的樱桃，就仿佛是点点泪水，这泪水就像苦酒一样积聚，让他沉醉其中。

　　有的人可能会质疑，既然表妹已经入宫，又怎会赠予纳兰樱桃？如果纳兰是一介布衣，自然就不要想了，但他的家族本是皇亲重戚，他自己又是皇帝的贴身侍卫，在这种特殊的身份下，偶尔见一见表妹这个中表至亲应该还是可以的，当然两人不可能频繁见面，更不可能互诉相思之情，所以，纳兰心中才会有无限的相恋之苦。

　　"独卧文园方病渴，强拈红豆酬卿"，在这句中，纳兰又用到了典故。据史记《史记·司马相如列传》记载，汉司马相如曾任孝文园令，"常有消渴疾"，因此称病闲居，后世遂以"文园病"指消渴病，纳兰在这里自比司马相如，说自己正失意病卧，你盛情馈送了樱桃，于是我强忍着病痛吃了它，以示对你的酬答。

"感卿珍重报流莺，惜花须自爱，休只为花疼"，在这黄莺啼遍的季节，纳兰十分感谢表妹还能如此珍重情谊。同时也劝慰表妹怜惜花落时也要自爱，不要总是为花落而生悲。

纳兰在写词时并不是刻意用典，而是诸多典故已经熟读于心，完全成为自己语言的一部分，自然而然地就用到词中，这首词就是纳兰用典手法的一个典范。

临江仙

塞上得家报，云秋海棠①开矣，赋此

【原文】

六曲阑干三夜雨，倩谁护取娇慵②？可怜寂寞粉墙东③，已分裙衩绿④，犹裹泪绡红⑤。

曾记鬓边斜落下，半床凉月惺忪⑥。旧欢如在梦魂中，自然肠欲断，何必更秋风。

【注释】

①秋海棠：多年生草本植物，叶子斜卵形，叶背和叶柄带紫红色，花淡红色，供观赏，又称"八月春""断肠花"。《采兰杂志》载：古代有一妇女怀念自己的心上人，但总不能见面，于是经常在墙下哭泣，眼泪滴入土中，后在洒

泪之处长出一植株，花姿妩媚动人，花色像妇人的脸，叶子正面绿、背面红的小草，秋天开花，名曰"断肠草"。《本草纲目拾遗》也记载："相传昔人有以思而喷血阶下，遂生此草，故亦名'相思草'。"纳兰性德扈驾塞上，或奉命出使，于塞外得家书后作此词。

②娇慵：柔弱倦怠的样子，这里指秋海棠花。此系以人拟花，为作者想象之语。

③粉墙：用白灰粉刷过的墙。

④裙钗：裙子与头钗都是妇女的衣饰，旧时借指女子。

⑤绡红：生丝织成的薄纱、薄绢。

⑥惺忪：形容刚睡醒还未完全清醒的状态。

【赏析】

上阕化虚为实，海棠花开了，家中那栏杆外愁雨不断，谁来呵护海棠那娇慵的身影？那美丽的花朵在粉墙东边娇艳而寂寞地绽放，绿叶托出了粉红色的花蕾，好像是在薄纱一样的花瓣上宿雨犹存。下阕转入追怀往昔，那令人怀念的往日美好时光如同在梦中，此时只剩肝肠欲断的凄苦之情，又何况秋风刮来呢？

这首词作于纳兰出访塞外途中，收到家书，得知自家院中的秋海棠开花的消息，思绪万千，睹物思人，想起曾经与亡妻点点滴滴的生活片段，不由大发感叹。

上阕化虚为实，从想象中落笔。"六曲阑干三夜雨"，化用晏殊《蝶恋花》"六曲阑干偎碧树，杨柳风轻，展尽黄金缕"，写阑干曲折，秋雨绵绵。"六曲阑干"，"阑干"是唐宋词中常用意象，常常作为一种必不可少的装饰性场景，见证风景和人物心态的变化。至于"六曲"，同"六曲屏山"一样，都是诗词语言袭称。此处，容若是运用"六曲阑干"这一意象构筑出一种浮华绚丽的美境，为写秋海棠的香艳之美作铺垫装饰。

接下来一句，写连绵的秋雨过后，秋海棠开花了。花开若何？"倩谁护取娇慵"，娇慵，原是形容女子的柔弱倦怠，这里用以形容秋海棠，显然是以人拟花：秋海棠花是如此的娇艳，请谁来保护娇美又慵懒的她呢？

"可怜寂寞粉墙东。已分裙衩绿，犹裹泪绡红。"三句继续以人拟花，写花之容貌。可爱的她在粉墙的东面寂寞兀立，那好似女子之翠绿裙衩一样的绿叶，托出了粉红色的花蕾，好像是薄纱一样的花瓣上宿雨犹存。"可怜""已分""犹裹"，皆是语中含睇，笔带流连，清丽可人。

下阕追忆人之往昔。以花喻人，人比花娇。"曾记鬓边斜落下，半床凉月惺忪"，与王彦泓"可记鬓边花落下，半身凉月靠阑干"只有几字之异，实际上也正是由王诗化出，道出了花前月下的美好往事：记得你曾把花插在头上，那时，月儿高悬，洒下半床清辉。一觉醒来，花儿从鬓边轻轻滑落，望着睡眼朦胧的你，我不由如痴如醉。然而，"旧欢如在梦魂中"，那花辰旧欢，似是一场春梦，在醒来后，了无痕迹。

"自然肠欲断，何必更秋风"，结尾二句，系用双关，描绘了此时肝肠欲断凄苦之情。有一个美丽的传说：古时一位痴情女子，遭情郎抛弃后，肝肠寸断，

伤而落泪，泪入土中，生出一花，人曰：秋海棠，又称"断肠花"。此处，"自然肠欲断"即是缘此传说，谓秋海棠本来就是断肠花，让人哀愁，哪还禁得起萧瑟秋风呢？当然这仅是双关语的表意，内在含义是：每每想起这些刻骨铭心的往事，就好像做一场秋梦，忍不住的肝肠寸断，哪还禁得起那些凄风惨雨呢……花虽年年开，人却一去不回来。这真是断肠人对断肠花，回忆越美就越痛苦……

也许，一阕词读罢，也只记得一句"旧欢如梦"。旧欢已然成一梦，那么新人呢？我们都看到，这位续娶的夫人是极爱纳兰的。她定然非常年轻，还是满脸稚气的，见花开了，赶紧簪一枝在鬓下，然后喜滋滋地给夫君写一封书信报知花信，一副小儿女情态。斯人已逝，海棠依旧，她可知她簪花的样子，与昔年的旧人多么相似？然而，纵使知道这花中有几多故事，她依然希望花开博得枕边人一笑：这样的爱，带着些许委屈，有自得其乐的意味。只要你能让我爱着你，我愿意为你心中藏着"她"的那个小房间，细心拂拭打扫。这一切，在塞上秋风中黯然神伤的纳这一切，在塞上秋风中黯然神伤的纳兰，你可知晓？

临江仙

【原文】

飞絮飞花何处是？层冰积雪摧残①。疏疏一树五更寒②。爱他明月好，憔悴也相关③。

最是繁丝摇落后，转教人忆春山④。湔裙梦断续应难⑤。西风多少恨，吹不散眉弯⑥。

【注释】

①层冰：犹厚冰。宋辛弃疾《念奴娇·和南涧载酒见过雪楼观雪》词："便拟明年，人间挥汗，留取层冰洁。"

②疏疏：稀疏貌。唐贾岛《光州王建使君水亭作》诗："夕阳庭眺，槐的滴疏疏。"

③相关：彼此关连，相互牵涉，互相关心。

④春山：春日的山，亦指春日山中。春日山山色黛青，因喻指妇人姣好的眉毛，这里指代亡妻。

⑤湔裙：古代的一种风俗。旧俗于农历正月元日至月晦，仕女酹酒洗衣于水边，以辟灾度厄。

⑥眉弯：弯弯的眉毛。清龚自珍《太常行》词："似他身世，似他心性，无恨到眉弯。"

【词评】

容若《饮水词》，在国初亦推作手，较《东白堂词》（佟世南撰）似更闲

雅。然意境不深厚，措词亦浅显。余所赏者，惟《临江仙·寒柳》第一阕，及《天仙子·渌水亭秋夜》《酒泉子》（谢却荼蘼）一篇，三篇耳，余俱平衍。又《菩萨蛮》云："杨柳乍如丝。故园春尽时。"亦凄惋，亦闲丽，颇似飞卿语，惜通篇不称。

——陈廷焯《白雨斋词话》

容若《饮水词》才力不足。合者得五代人凄惋之意。

——陈廷焯《白雨斋词话》

悼亡。

——《毛泽东读文史古籍批语集》

《词则大雅集》：缠绵沉着，似此真可伯仲小山，颉颃永叔。

——张草纫《纳兰词笺注》

清代词论家陈廷焯在《白雨斋词话》中说："余最爱《临江仙》'疏疏一树五更寒，爱他明月好，憔悴也相关'。言之有物，几令人感激涕零。容若词亦以此篇为压卷之作。"陈廷焯强调"比兴"，从这观点出发自然对此词十分推许。不过，纳兰性德咏寒柳，也确是"言之有物"。他写的既是受冰雪摧残的寒柳，也是一个遭到不幸的人。整首词，句句写柳，又句句写人，意境含蓄幽远，是一首写得比较成功的咏物诗。"

——黄天骥《纳兰性德和他的词》

性德《临江仙·寒柳》，文廷式推为《饮水》压卷，陈廷焯亦赏之。然今人多不知此词所云，以不解"湔裙梦断续应难"句意也。黄天骥引李义山《柳枝词序》注之，亦强作解人。按"湔裙"，用窦泰事也。《北齐书·窦泰传》："窦泰，字世宁，大安捍殊人也。初，泰母期而不产，大惧。有巫曰：'渡河湔裙，产子必易。'泰母从之，俄而生泰。"容若盖以喻卢氏难产而死也，则此词亦悼亡之作。

——赵秀亭《纳兰丛话》

咏物词要写好很不容易，正如南宋著名词人张炎在其论词著作《词源》中所说的那样："体认稍真，则拘而不畅；模写差远，则晦而不明。"如果单纯地就物咏物，即使刻画形容到惟妙惟肖的地步，总也呆板无神，意义不大，算不

得上乘之作。所以论者多以为好的咏物词必须"不离不即",也就是既不偏离所咏之物,又不黏着于物上,而做到有物有情。容若这一首咏寒柳之作,就在咏物时融入自己的思想感情,而且"收纵联密,用事合题"(此八字为《词源》对咏物词所提的要求),实际上借物寓情,因物见意,所以自臻妙境。对此,连一向对纳兰词持较苛的陈廷焯也表示叹服,评为"言中有物,几令人感激涕零"。

——盛冬铃《纳兰性德词选》

【赏析】

干净无尘的飞絮飞花落身何处?积雪和污泥是命定的悲愁。我孑然独立,萧瑟一生。明月知我心,悲喜与共。繁华褪去,柳叶似弯眉,前缘难再续。西风强劲,却吹不散我眉头的悲愁。

通常杨柳被文人墨客视为伤感的象征。《红楼梦》中,初春时节大家结社咏柳,其中不乏感伤的诗句,而宝钗的诗"白玉堂前春解舞,东风卷得均匀,蜂团蝶阵乱纷纷。几曾随逝水,岂必委芳尘。万缕千丝终不改,任他随聚随分,韶华休笑本无根。好风频借力,送我上青云。"却一改前人以柳为感伤的惯例,给杨柳以新的解读。

容若的词依旧延续着感伤的路数,并将这种情怀推向了极致。

"飞絮飞花何处是",春天杨柳的飞絮飘得满地都是,忙于世俗生活的人谁会去关心飞絮落到了哪里?作为一个敏感的词人,容若看到了飞絮飞花那种不一样的品质,让他大生感慨?

飞絮飘落无助,被春风刮得到处都是,漂浮无定。传说,落到水中的飞絮会化为浮萍。无论是飞絮还是飞花,最终都逃不脱漂泊不定或者化为浮萍的命运。而其中最可怕的是,就是容若在这首词中所写的,它们常常会被"零落成泥碾作尘",忍受"层冰积雪摧残"之苦。

"层冰积雪"出自《楚辞·招魂》:"层冰峨峨,积雪千里。""魂兮归来,

北方不可以止些。层冰峨峨，积雪千里些。归来兮，不可以久些。魂兮归来，君无上天些。"

离开了柳树，柳絮就没了根，最终逃不脱悲苦的命运。离开了爱妻卢氏，容若也是孤魂一个。

"飞絮飞花"春季才有，而"疏疏一树"却是秋冬才有的景致。这首词从春写到了秋，将近乎一年的景致容纳其中。萧瑟的秋风不但让柳叶全部落光，成了"疏疏"，而且让柳树经受了一夜又一夜"五更寒"的煎熬。这棵柳树让我们想到了离开妻子卢氏的容若。从春到秋到冬，一路都是寒冷，从来没有体会过温暖。

读到此，无论是在何种季节，都让人浑身瑟瑟发抖，深感人生的不易、情感的曲折。

在如此疏冷的环境中，连影子也试图逃避离开，只有天上的明月，那曾经照见容若和卢氏幸福的明月，依旧不肯离去，像当初的卢氏一样，默默陪伴着他。这让容若爱屋及乌，对它出自真心地进行了一番"感激涕零"的赞扬。明月就像去世了的卢氏，容若则如柳树，同在一个时空，他们依旧相依相知，不

肯舍弃彼此。这是容若极度思念的表示，同时也有许多的无奈，人生就是这样况味复杂，计人无语到词穷。

李商隐有诗："总把春山扫眉黛，不知供得几多愁。"通常用柳叶来形容女性的眉毛，满地的柳叶让容若很自然就想到了女性的眉毛。

春山是诗词里面常见的一种意象，既可以实指春色中的山峦，也可以比喻为女子的眉毛。"眉扫春山淡淡，眼裁秋水盈盈"，是以春山比喻眉。春山既然可以比喻为女子的蛾眉，便也可以用作女子的代称，容若由柳叶的形态联想到蛾眉的妙曼，联想到心爱的女子，曾经的故事……

当初，洛阳女孩柳枝听到了李商隐的诗，觉得他写得特别好。就求邻居，即李商隐的堂兄帮忙求诗歌一首，还相约"湔裙水上"，结果阴差阳错，两人偏偏错过了缘分，柳枝嫁给了某个大官，李商隐只能徒然伤悲。容若和表妹的姻缘也是这样错过的。

　　湔，这里是洗的意思。中国古代风俗，三月三日上巳节，女人都相约去水边洗衣。一方面可以除掉身上的晦气，一方面给男女提供了约会的机会，李商隐的初恋故事就和湔裙有关。

　　另外，湔裙还有另外一个典故，见于《北齐书·窦泰传》。说的是窦泰的妈妈在电闪雷鸣、暴雨倾盆的夜晚做了噩梦，随后怀孕，产期过了却生不出孩子，于是请巫师想办法。巫师说："你只要'渡河湔裙'，生孩子就会容易了。"卢氏也死于难产。

　　凝眉不散，愁绪难了。结语是直抒胸臆，也点出了这首词的主旨是有关悼亡的。这首词读完之后让人依旧惆怅难了，余兴未减。

临江仙

孤雁

【原文】

霜冷离鸿惊失伴[①]，有人同病相怜。拟凭尺素寄愁边[②]。愁多书屡易，双泪落灯前。

莫对月明思往事，也知消减年年。无端嗺唳一声传[③]。西风吹只影，刚是早

秋天。

【注释】

①离鸿：失群的大雁，比喻远离的亲友。

②尺素：书写用的一尺长左右的白色生绢，借指小的画幅，短的书信。陆机《文赋》："函绵邈于尺素。"

③嘹唳：形容声音响亮凄清，这里指孤雁哀鸣声。唐陈子昂《西还至散关答乔补阙知之》诗："葳蕤苍梧凤，嘹唳白露蝉。"

【赏析】

瘦马载你，在这边塞荒地，渐行渐远。秋风萧瑟天气凉，草木摇落露为霜。一只失群的孤雁，用孤独的雁蹼划破了长空，想回到故乡。却不知，在地上，还有一个同样无依无靠的可怜人。

夜深，如愁绪盈满。家书写尽，只是无奈。在这一夜乡心两处同的时刻，月华也绝裾而去，留给你因思念而憔悴的容颜。再清晨，雁声伴你，瑟瑟寒风中，匹马单衣……

孤雁在古典诗文中有着特殊的意义，它或象征天涯孤客，或比喻夫妻失偶，或喻指友朋失伴，等等。故诗人咏孤雁实系咏孤独之凄怀。这首咏"孤雁"之作亦如是，诗人描绘了"刚是早秋天"里的一只孤独的大雁，又将人雁合一，情景合一，因而雁之孤影与人之孤独，交织浑融，抒发了孤寂幽独的情怀。

词作开门见山，写孤雁的失群惊魄。"霜冷离鸿惊失伴，有人同病相怜"，一只失群的孤雁在深夜的冷霜中凄凄独飞，那呼唤同伴的辗转哀鸣一声声划过夜空，传进愁情正炽、夜深无眠的词人耳中，让他不能不生出"同病相怜"之感、"愁多"魂销之叹。"有人同病相怜"，好一个"同病相怜"！一下子就把人和雁，一个天上，一个地下的距离拉近了，合二为一。

鸿雁在古诗词里，常作信使代称，如晏殊的"鸿雁在云鱼在水，惆怅此情难寄"，所以接下来，词人马上由离鸿想到了写信抒怀。"拟凭尺素寄愁边，愁多书屡易，双泪落灯前。"夜深人静，辗转难眠，也想写封家书将心中的苦闷说给她听，无奈愁绪太多，写了又写，改了又改，终不成书，以致最后，不由一声感叹，泪珠滚滚滴落灯前。

过片写家书不成后的独对明月的内心感受。因为在明月皎皎的夜晚，所有过往的回忆都会潺潺流动起来，异常明晰深刻。而每一次情不自禁地思量，都会摧折心肝，损耗青春的容貌，消减健康与寿命。所以词人袭用唐白居易《赠内》诗"漠漠暗苔新雨地，微微凉露欲秋天，莫对月明思往事，损君颜色减君年"告诫自己往事已如缕如烟，切莫胡思乱想，自添愁绪。

然而"树欲静而风不止"，远处又无端传来一声悲怆的雁鸣，牵怀动绪不止。"无端嘹唳一声传"，"无端"一词，用得极好，表面是说"嘹唳一声"的没有来由，实际上是说自己无缘无故，不知来自何方的凄凉愁绪。最后两句"西风吹只影，刚是早秋天"，既是写雁，也是写人——孤雁和我又要在这初秋时节瑟瑟寒风中，形孤影单地上路了——一语双关，留给我们一个极富画面感的联想空间……

蝶恋花①

【原文】

辛苦最怜天上月，一昔②如环，昔昔都成玦③。若似月轮④终皎洁⑤，不辞冰雪为卿热。

无那尘缘容易绝，燕子依然，软踏帘钩⑥说。唱罢秋坟愁未歇，春丛⑦认取⑧双栖蝶⑨。

【注释】

①这首与以下三首《蝶恋花》均为悼亡之作，作年不详。

②一昔：一夜。昔，同"夕"，见《左传·哀公四年》："为一昔之期。"纳兰性德曾在其词序说亡妻曾在梦中"临别有云：'衔恨愿为天上月，年年犹得向郎圆。'"

③玦：玉块，佩玉的一种。形如环而有缺口，借喻月缺。

④月轮：泛指月亮。

⑤皎洁：明亮洁白，多形容月光。

⑥帘钩：卷帘所用的钩子。

⑦春丛：春日丛生的花木。

⑧认取：辨认，认得。取，语助词。

⑨双栖蝶：用梁山伯、祝英台死后化蝶的典故。

【词评】

作者自己只活到三十二岁，可是，他的妻子比他还早死几年。他有许多题名是悼念亡妻的词。这一首虽没有题名，看起来也是悼亡的作品，而且是最动人感人的。

——于在春《清词百首》

《饮水》短制如《蝶恋花》诸阕，颇近欧柳，清雅过之而蕴藉不及。

——赵秀亭《纳兰丛话》（续）

四首是悼亡之作。性德原配卢氏，乃两广总督卢兴祖之女，于康熙十三年成婚，婚后三年，卢氏死于难产。继室官氏。这当是悼念卢氏。第一首首句，以后作者《沁园春》小序，点明悼念亡妻。其余秋坟鬼唱，化蝶双栖，斑骓无

寻，梦成今古，暗香飘尽，惜花人去等，都是死别之词。缠绵悱恻，哀怨凄厉，诚如杨芳灿所云"思幽近鬼"（《饮水词序》语）者，谭献《箧中词》评曰："势纵语咽，凄淡无聊，延巳（冯延巳）、六一（欧阳修）而后，仅见湘真（陈

子龙)。"

——钱仲联《清词三百首》

这首《蝶恋花》是容若的代表作之一，历来受到论者和选家的重视。词上阕因月起兴，以月为喻，回忆当初夫妇间短暂而幸福的爱情生活，则曰"但似月轮终皎洁，不辞冰雪为卿热"，真是深情人作深情语。下阕借帘间燕子，花丛

双蝶来寄托哀思，设想亡妻孤魂独处的情景，则曰"唱罢秋坟愁未歇，春丛认取双栖蝶"，这又是伤心人作伤心语。纳兰词既凄婉，又清丽的风格在这里得到了充分的体现，称它为传世的名篇，是当之无愧的。

——盛冬铃《纳兰性德词选》

容若《蝶恋花》："辛苦最怜天上月，一昔如环，昔昔都成玦。若似月轮终皎洁，不辞冰雪为卿热。无那尘缘容易绝。燕子依然，软踏帘钩说。唱罢秋坟愁未歇，春丛认取双栖蝶。"此亦悼亡词。"昔"即"夕"字，见《左传》。

——吴世昌《词林新话》

【赏析】

那是海上生出的明月，天涯共此时的惆怅。歌者寂寞的独语，在苍白的夜色中，踽踽独行。没有四月紫色的弹奏，没有夏花温柔的烂漫，只有枯叶，只有夕阳。

试问情深深几许？杨柳再也堆不起沉重的烟尘。寒夜的琵琶，我把你听成了万里愁肠。记不起你的名字。宋朝的柳郎琴声吟唱，所有的宋词，都是红粉知己。你的何在？脉脉人千里，风情两处，烟水万重。我写的离愁，已有千岁，只是鸿雁在云鱼在水，此情谁寄？

爱上一个人，要用一生来忘记。回忆犹如一根银针，冷不防就刺进骨髓。你是我终身的疼痛。

面对"爱情"这两个字，人们常常感叹：好辛苦！这样的感情体验，到了纳兰性德笔下，获得了这样充满诗意的表述："辛苦最冷天上月！"

不是吗？你看那天上的月亮，"一昔如环，昔昔都成玦"，等得好辛苦，盼得好辛苦！

人间夫妇，往往如此。词人夫妇，更是如此。纳兰性德身为宫中一等侍卫，常要入值宫禁或随驾外出，所以尽管他与妻子卢氏结婚不久，伉俪情笃，但由于他的地位独特，身不由己，因此两人总是离别时多，团圆时少，夫妇二人都饱尝相思的煎熬。

而今，仅仅是婚后三年，卢氏年仅二十一岁芳龄，竟然离纳兰性德而去了，这给词人留下了怎样一个无法弥补的终生痛苦与遗憾！在难以消释的痛苦中，词人让心中的爱妻逐渐化作天上一轮皎洁的明月。

这是一个凄切的梦。词人希望这个梦真的能够实现，希望妻子真的能像一轮明月，用温柔的、皎洁的月光时刻陪伴着自己。他还想：如果高处不胜寒，我一定不辞冰雪霜霰，用自己的身、自己的心，去温暖爱妻的身、爱妻的心。

但是，那终归是一场梦。尘世因缘毕竟已经断绝，令人徒唤奈何。惟有软踏帘钩的堂前燕，依然相亲相爱，呢喃絮语，仿佛在追忆这画堂深处昔日洋溢的那一段甜蜜与温馨。

此情此景，让人不禁想起宋人欧阳修同样的伤心和怅惘："去年元夜时，花市灯如昼。月上柳梢头，人约黄昏后。今年元夜时，月与灯依旧。不见去年人，泪湿春衫袖。"

　　词人现在的愁绪，真是剪不断，理还乱。凄苦之中，他想到了李贺。"秋坟鬼唱鲍家诗，恨血千年土中碧。"他想用哀悼来减轻内心的思念，却不知这样做，反而增添了幽恨。于是，他只有祈愿化作一只彩蝶，于来年春日，在那烂漫花丛中与爱妻的精灵形影相随、双栖双飞……

蝶恋花

【原文】

又到绿杨曾折处，不语垂鞭，踏遍清秋路。衰草连天无意绪[1]，雁声远向萧关去[2]。

不恨天涯行役苦[3]，只恨西风，吹梦成今古。明日客程还几许，沾衣况是新寒雨[4]。

【注释】

[1]衰草：干枯的野草。意绪：心意，情绪，南朝齐王融《咏琵琶》："丝中传意绪，花里寄春情。"

[2]萧关：古关名，故址在今宁夏固原东南，为自关中通向塞北的交通要冲，此处指边关。

[3]行役：旧指因服兵役、劳役或公务而出外跋涉，泛称行旅出行。

[4]新寒：气候开始转冷。

【赏析】

昨夜的行程，顷刻便从春天抵达了清秋。那匹叫作忧伤的汗血马，飞驰过一路的凄凉。山高水长，你们的海誓山盟，在未及告别的古道上，已经去意彷徨。

暗夜下，倚鞍小寐。梦中，一盏青灯下读伊人的红笺，却永远看不清她的相思。而窗外盛开着一树落寞的海棠，冷冷地看你在梦中哭泣。当天光唤醒遥远的前方，你依然是跃马扬鞭的旅人。

没有梦，没有今古，只有无尽的江山在脚下。而前路，只有驿站，你如何停住脚步？

又是一篇凄凉的塞上离愁别恨之作。

"又到绿杨曾折处"，词的起句，用一"又"字，说明他离家已经不止一次了。过去离家，在这里折柳赠别；今番远出，又在这里折柳临歧。旧景重现，倍添惆怅。这一句，"又"与"曾"互相呼应，恰切地表达出词人对不断行役的愁烦情绪。

"不语垂鞭，踏遍清秋路。"词人独自离去了，他默默不语，无力地垂着马鞭，闷闷不乐的神态宛然如现。很清楚，如果容若热衷于名利，当他又一次得亲銮驾时，大概会唱出"春风得意马蹄疾""踏花归去马蹄香"之类的句子。但是，出于对仕途的厌倦，他含愁带恨地离开了京城，陪皇帝出发。而这种无聊无赖的情绪，又竟贯穿在踏遍清秋路的过程中。一路上，词人无精打采，怅然若丧，似乎是魂离躯壳。

  "衰草连天无意绪",承"清秋"而发。凉秋九月,塞外草衰,枯草连天,当是实景。但草的枯荣,是自然现象,这里说连衰草也无聊无味地伸到天边,单调索寞,这实际上是词人自己"无意绪"的反射。"无意绪"三字,是全诗之眼,整首词的描写都是围绕着这三个字展开。

  放眼平芜,毫无意趣,抬头仰望,也是兴味索然。"雁声远向萧关去",长空雁叫,远向萧关,它离开温暖的南方,这和征人步入穷荒一模一样。所以,听到雁声嘎然长鸣,添愁惹恨。

  下阕。"不恨天涯行役苦",说不恨,那不过是反语,因为从全篇的意味来看,恰恰是要表现天涯行役之恨。然而词人觉得,行役之苦毕竟是有限的,如果把它与虚度光阴之苦两相比较,那么行役之苦也不算甚。容若在一首调寄《金缕曲》的词里说过:"两鬓萧萧容易白,错把韶华虚度。"他认为经年蹭蹬于山程水驿,等闲间白了少年头,才是最堪痛心疾首之事。为了强调这一点,下面便跌出"只恨西风,吹梦成今古"一句。西风,与清秋、衰草、雁声相联系。秋风起了，吹梦无踪，一瞬间便觉年华飞逝，使人有今昔云泥之叹。想到这里，词人感到这征戍的幽恨没完没了。最后两句，"明日客程还几许，沾衣况是新寒雨。"渐行渐远，道路迢递，到明日，离愁别绪又不知要添多少？何况寒雨绵绵，沾衣惹袖，这客途秋恨，比刚刚离京时一定更浓更深了。

整首词，从折柳开始，以寒雨收束，暗用《诗经·小雅·采薇》"杨柳依依，雨雪霏霏"之诗意，真切感人，实是词中上品。

蝶恋花

【原文】

萧瑟兰成看老去①，为怕多情，不作怜花句。阁泪倚花愁不语②，暗香飘尽知何处？

重到旧时明月路。袖口香寒，心比秋莲苦③。休说生生花里住④，惜花人去花无主。

【注释】

①萧瑟：寂寞凄凉。兰成：北周庾信之小字。北周庾信《哀江南赋》："王子滨洛之岁，兰成射策之年。"唐陆龟蒙《小名录》："庾信幼而俊迈，聪敏绝伦，有天竺僧呼信为兰成，因以为小字。"此处词人借指自己。

②阁泪：含着眼泪。宋无名氏《鹧鸪天·离别》："尊前只恐伤郎意，阁泪汪汪不敢垂。"

③秋莲：荷花，因于秋季结莲，故称。

④生生：世世，一代又一代。

【赏析】

一颗心竟比秋莲还要愁苦，这是纳兰词的格调，也是纳兰的心声。

一叠《饮水词》，就像一幅以纳兰心语为线索的情感拼图，堆叠着对亡人的思念、对离人的牵挂、对命运的无奈、对人生的困惑，拼在一起便可以看见纳兰完整的人生。但是它们却并未拼接起来，所以后人纵使旁观着纳兰的喜怒愁苦，却终究猜不透他的心思，只好看着再无迹可寻的空白散落了一地的遗憾。

"心比秋莲苦"，这种滋味到头来也只有纳兰一人品尝得到。何其孤独！

纳兰在这首《蝶恋花》中自比兰成，兰成是北周诗人庾信的小字。庾信早期的作品雍容华贵，且多艳情成分，但由于家国之痛以及人世的诸般磨砺，庾信后期自抒胸怀与怀念故国的诗作反而多了几分沉淀的色彩，更值得揣摩与推敲。有人曾说"庾信的性格既非果敢决毅，又不善于自我解脱，亡国之哀、羁旅之愁、道德上的自责，时刻纠绕于心，却又不能找到任何出路，往往只是在无可慰解中强自慰解，结果却是愈陷愈深"，由此"情纠纷而繁会，意杂集以无端"，诗中的情绪便显得有几分沉重和无奈。

这种性格、这般文风，果真与纳兰有几分相似了。

杜甫曾作《咏怀古迹》："庾信平生最萧瑟，暮年诗赋动江东"。纳兰在这里自比为多才的庾信，或是想通过庾信年轻时的"萧瑟"来表达自己内心的孤单，或是想借此来表达目睹百花凋残时油然而生的迟暮之感。

纳兰睹花伤神，又怕作词而引发伤感情绪，因此决意"不作怜花句"，但是他含着眼泪倚在花侧时，看着落红散尽而不知香飘何处，心里的愁绪反而又多了几重。"花谢花飞花满天，红消香断有谁怜?"文人多情，自古便是如此。盼花开又怕花谢，每到落花时节便总会生出伤春之意，纳兰就在这暮春时分重游故地，心中不禁起了感伤。

他又走过曾与爱人一起走过的小径，当初月明风清，如今却"袖口香寒"，

一颗心竟比秋莲还要愁苦。昔日许下的声声誓言仿佛还在耳畔，惜花之人却已经和自己阴阳两隔，真正是"一朝春尽红颜老，花落人亡两不知"。

蝶恋花——这个宋词中司空见惯的词牌名字虽然起得缠绵旖旎，但宋朝的词人却很少将之用于表达夫妻之情，晏殊父子、欧阳修、苏东坡、柳永的作品中都有以《蝶恋花》为词牌的佳作，但没有一首像纳兰一样将"悼亡"作为主题，还将情感表达得如此深沉动人、反复萦纡。

全词在"不作怜花句"的悲伤基调中展开，在词人欲说还休、欲休还说的情绪感染下，读者也不知不觉就被他带入了悲伤的情境里。读过整首词后，我们大可以将词中的"花"理解为纳兰牵挂的爱人，花失惜花人，人失爱人，对着眼前凋零的花朵，纳兰情不自禁地想起了逝去之人，人花相对无语，纵使心里比秋莲还苦却也无人可以倾诉。

有人曾说纳兰的词是"玫瑰色与灰色的和谐"，大概就是这样吧。他笔下的花朵娇艳美丽，却偏偏是即将凋谢的花朵；他笔下的爱情深沉坚定，却又是生死相隔的爱情；他笔下的幸福甜蜜温馨，然而又总是回忆中的幸福。他有过如花美眷，终究抵不过似水流年；他向往海阔天空，最后还是被迫在名利场中兜兜转转。即便如此，纳兰还是保持着持久的赤诚和本色的纯净。不论写相思还是悼亡，不论抒情还是写景，他的词中都是一派天然清隽的色彩，伤情却不无病呻吟，悲痛却无厌世色彩，也没有吟风弄月、轻薄为文的纨绔不羁。

翻开《饮水词》，泪、恨、愁、伤心、断肠、惆怅……俯拾皆是，触目感怀。这位认定自己并非人间富贵命的乌衣公子呕其心血，掬其眼泪，和墨铸成了这一首首妙词，也成就了纳兰的绝世风华。

蝶恋花

夏夜

【原文】

露下庭柯蝉响歇①。纱碧如烟，烟里玲珑月。并著香肩无可说②，樱桃暗吐丁香结③。

笑卷轻衫鱼子缬④。试扑流萤⑤，惊起双栖蝶。瘦断玉腰沾粉叶⑥，人生那不相思绝。

【注释】

①庭柯：庭园中的树木。晋陶潜《停云》诗："翩翩飞鸟，息我庭柯。"
②香肩：散发着香气的肩背。

③樱桃：比喻女子的嘴唇如樱桃般小巧红艳，此处代指恋人。丁香结：丁香的花蕾。用以喻愁绪之郁结难解。唐尹鹗《拨棹子》词："寸心恰似丁香结，看看瘦尽胸前雪。"

④鱼子缬：绢织物名。唐段成式《嘲飞卿》："醉袂几侵鱼子缬，飘缨长凤皇钗。"

⑤流萤：飞行无定的萤。唐杜牧《秋夕》诗："银烛秋光冷画屏，轻罗小扇扑流萤。"

⑥玉腰：称美女的腰，指蝴蝶的身体。

【赏析】

"执子之手，与子偕老。"这是《诗经》中对爱情最美的诠释，相爱的人无不是想拉住对方的手，一辈子走到尽头。等到山山水水都看过的时候，身旁还有爱人，容颜老去，但笑容依旧。

　　但往往有些爱情，总是在最美的时候停止。当沧海桑田、岁月苍茫的时候，这些爱情还依然鲜活地在相爱的人的脑海中。只是可惜，相爱的人，早已是天涯海角，难以相守了。这份爱情便会变得愈加珍贵，正是因为失去过才知道珍惜。

　　人世间的事情往往如此，纳兰的这首词描绘夏夜与恋人共度的情景：庭院结满露珠的树上，有蝉在鸣唱，轻纱如烟似雾，月色朦胧。你我默默地肩并着肩，心中的愁绪却暗自消解。朦胧月下，你笑着卷起衣袖，捕捉飞来飞去的萤火虫，却不经意惊起了花上双宿双栖的蝴蝶。如今想来怎不让人相思成病，日渐消瘦，伤心欲绝。

　　纳兰的恋人究竟是指他的表妹，还是沈宛，或者是早逝的卢氏都无法看出，但这份爱情在这首词中，却显得格外的美丽。"露下庭柯蝉响歇。"夏天的夜晚，蝉虫的叫声就在四周，两个相爱的人在夜色下相依相偎，看着远处，庭院里的树木，幸福就洋溢在四周的空气里，细腻极了。

　　月色如此朦胧，好似轻柔的纱帐，温柔地洒落在二人身上，纳兰将词境的浪漫气氛推置到了最高点。"纱碧如烟，烟里玲珑月。"在这样的浪漫气氛中，二人却是相对无语，不是无话可说，而是不需要说。

　　有的时候，只要知道彼此就在身边，能够感受到对方的体温，那就可以了，"并著香肩无可说，樱桃暗吐丁香结"。纳兰也是这样想的，他与恋人依偎在月色下，这句话里有两个典故，"樱桃"并非是指真的樱桃，而是比喻女子的嘴唇如樱桃般小巧红艳，此处代指恋人。在孟棨的《本事诗》："白尚书姬人樊素善歌，妓人小蛮善舞。尝为诗曰：樱桃樊素口，杨柳小蛮腰。"

　　还有一处是"丁香结"，是用以喻愁绪之郁结难解。即便是怀抱着恋人，心里也有难化解的愁绪。但纳兰的表面依然是波澜不惊，上片结束后，下片便显得更为活泼一些，因为这是一首思念恋人的词。

"笑卷轻衫鱼子缬。试扑流萤，惊起双栖蝶。"恋人衣袖飞舞，在院子中捕捉蝴蝶，这美好的景象却只能是存在于记忆中了，因为恋人走远，自己只能独自看这月夜，想当日的美好，今日更觉得凄凉。

"瘦断玉腰沾粉叶，人生那不相思绝。"最后这句十分动人，人生处处是相思，令人思念成疾，令人为之气绝。情之深处，只怕也就是如此了。

蝶恋花

出塞

【原文】

今古河山无定据①。画角声中②，牧马频来去③。满目荒凉谁可语？西风吹老丹枫树。

从前幽怨应无数。铁马金戈④，青冢黄昏路⑤。一往情深深几许，深山夕照深秋雨。

【注释】

①无定据：没有一定。宋毛开《渔家傲·次丹阳忆故人》词："可忍归期无定据，天涯已听边鸿度。"

②画角：古管乐器，传自西羌。形如竹筒，本细末大，以竹木或皮革等制成，因表面有彩绘，故称。发声哀厉高亢，古时军中多用以警昏晓，振士气，

肃军容。帝王出巡，亦用以报警戒严。

③牧马：指古代作战用的战马。

④铁马金戈：形容威武雄壮的士兵和战马。代指战事，兵事。

⑤青冢：指汉王昭君墓，在今内蒙古自治区呼和浩特南。

【词评】

看出兴亡。

——《毛泽东读文史古籍批语集》

此首通体俱佳。唯换头"从前幽怨"不叶，可倒为"幽怨从前"。

——吴世昌《词林新词话》

几乎是孤臣孽子的情绪了。

——严迪昌《清词史》

【赏析】

据《吹剑录》记载：东坡在玉堂日，有幕士善歌，因问："我词何如柳七？"曰："郎中词，只合十七八女郎，执红牙板，歌'杨柳岸、晓风残月'；学士词，须关西大汉，铜琵琶，铁绰板，唱大江东去'。东坡为之绝倒。"这个典故常常被引用来说明豪放词和婉约词的区别。自从豪放与婉约被人们当作划分词风的标志之后，除了李煜、苏东坡、辛弃疾这寥寥几人之外，能够将豪放之情寄寓在婉约之形中的，也就只有纳兰性德了，以至于王国维都评价纳兰词是"北宋以来，唯一人尔"。

从词题中我们能够知道，这是一首出塞词。首句"今古河山无定据"，即是纳兰发出的感叹，同时也道出了自古以来，权力纷争不止、江山变化无常这一无法改变的客观事实。

接下来纳兰用白描的手法为我们描绘了一幅生动的边塞秋景图，"画角声中，牧马频来去"，由于战事连年不断，所以战马在画角声中频繁往来。

因为不停地纷争、不息的战火，所以行走在边塞道路上的纳兰，看到的是西风吹散落叶这样荒凉萧索的景色，那飘荡在空中的叶子，似乎在向他诉说着无穷的幽怨。

汉元帝时，昭君奉旨出塞和番，在她的沟通和调和下，匈奴和汉朝和睦相处了六十年。她死后就葬在胡地，因其墓依大青山，傍黄河水，所以昭君墓又被称为"青冢"，杜甫有诗"一去紫台连朔漠，独留青冢向黄昏"，纳兰由青冢想到王昭君，问她说："曾经的一往情深能有多深？是否深似这山中的夕阳与深秋的苦雨呢？"

作为康熙帝的贴身侍卫，纳兰经常要随圣驾出巡，所以他的心中也充满了报国之心，但他显然不想通过"一将功成万骨枯"的方式来成就自己的理想抱负，所以在尾句中纳兰又恢复了多情的本色，他以景语结束，将自己的无限深情都融入到无言的景物之中，在这其中，既包含了豪放，又充满了柔情，甚至我们还会体味到些许的凄凉与无奈。

谢章铤在《赌棋山庄词话》中曾说过："长短调并工者，难矣哉。国朝其惟竹垞、迦陵、容若乎。竹垞以学胜，迦陵以才胜，容若以情胜。"而读完纳兰这首词风苍凉慷慨的词作，我们才发现谢氏此言不虚。

蝶恋花

【原文】

准拟春来消寂寞①。愁雨愁风，翻把春担阁②。不为伤春情绪恶，为怜镜里

颜非昨。

毕竟春光谁领略③？九陌缁尘④，抵死遮云壑⑤。若得寻春终遂约，不成长负东君诺⑥。

【注释】

①准拟：料想、打算。

②翻：同"反"。担阁：耽搁、迟延、耽误。

③毕竟：终归，终究，到底。领略：欣赏，晓悟。

④九陌：汉长安城中的九条大道，《三辅黄图·长安八街九陌》："《三辅旧事》云：长安城中八街、九陌。"泛指都城大道和繁华闹市。缁尘：黑色灰尘。常喻世俗污垢。

⑤抵死：经常，总是。宋晏殊《蝶恋花》："百尺楼头闲倚遍。薄雨浓云，抵死遮人面。"云壑：云气遮覆的山谷，此处借指僻静的隐居之所。唐于鹄

《过凌霄洞天谒张先生祠》诗："乃知轩冕徒，宁比云壑眠。"

⑥东君：传说中的太阳神或指司春之神。《史记·封禅书》："晋巫祠五帝、东君、云中，司命之属。"

【赏析】

这首词表现词人厌于侍卫生涯、蹉跎日老的感慨：本来打算在大好的春光下消遣寂寞，无奈愁风愁雨辜负了春光。情绪不好并不是因为伤春所致，而是因为对镜顾影自怜，形容已日渐憔悴。那繁华的闹市总是将幽僻的山谷遮蔽，有谁来领略这美好的春光？怎样才能不辜负春光，遂我心愿呢，难道总是让我有负春神吗？

"准拟"一词的意思是料想，打算。纳兰开篇写道："准拟春来消寂寞。"他本来是打算要在这大好的春光下消遣寂寞的。春光美好，本该出去游玩，或是怀着愉悦的心情欣赏春日美景，但纳兰却偏偏要去消遣寂寞。

寂寞如影随形，伴随纳兰一生。这种情绪让纳兰成为伤情的公子哥，但同时也让他留给后世众多优美的诗词。寂寞的纳兰本想在春光下消遣，却没想到运气如此不好，偏偏赶上了春雨，这不合时宜的雨打扰了纳兰消遣的念头，纳兰觉得这是辜负了春光。故而他写道："愁雨愁风，翻把春担搁。"

这首词表现词人厌于侍卫生涯、蹉跎日老的感慨：本来打算在大好的春光下消遣寂寞，无奈愁风愁雨辜负了春光。情绪不好并不是因为伤春所致，而是因为对镜顾影自怜，形容已日渐憔悴。那繁华的闹市总是将幽僻的山谷遮蔽，有谁来领略这美好的春光？怎样才能不辜负春光，遂我心愿呢，难道总是让我有负春神吗？

无法过上自己想过的生活，难怪纳兰总是会心情烦愁。他自己心里也清楚，自己的烦闷并非是天气原因造成的，而是由于其他外在因素。故而他会忧伤地在上片结尾处写道："不为伤春情绪恶，为怜镜里颜非昨。"

　　侍卫的工作磨平了纳兰的心性，他每日进宫当值，或者陪同皇帝出游，在这单调无聊的岁月里，生活如何能够丰富多彩？纳兰是有这样一颗浪漫自由的心的，但他却必须要学着压抑自己的天性，学着要像他的父亲那样，去当好一个官，能够在仕途上越走越远。

　　这样的心情，如何能够在这大好的春光里寻觅到快乐。纳兰只能顾影自怜，看着镜子里的自己的样貌，感慨日益的消瘦，只能是心境的郁结造成的。写完自己为何抑郁之后，纳兰在下片中依然自问："毕竟春光谁领略。"看到外面春雨阵阵，迷蒙了这春的大地，纳兰不禁想到，除了自己之外，还有谁会在这个时候，想到要去感受春光呢？"九陌缁尘，抵死遮云壑。"这里说的"九陌"是指汉朝时候，长安城里的九条大道，在《三辅旧事》云：长安城中八街、九陌。而在这里，纳兰是指都城大道和繁华闹市。

　　纳兰认为繁华的闹市总是将清幽之地遮蔽，让他无法寻觅得一丝安宁。"若得寻春终遂约，不成长负东君诺。"在这首词的最后，纳兰无奈而又向往地写道，怎样才能不辜负春的美意，怎样才能随了自己的心愿，在这春光中好好地享受片刻安宁呢？

看似一首叹春的词，其实是纳兰表达内心哀怨的一首词，词中的字字句句都是纳兰内心的真实写照。他渴望有自由单纯的生活，还希望能够远离尘嚣，可是世事总是不遂人愿，让他在这里借词抒发情感。

临江仙

【原文】

点滴芭蕉心欲碎，声声催忆当初。欲眠还展旧时书。鸳鸯小字①，犹记手生疏②。

倦眼乍低缃帙③乱，重看一半模糊。幽窗冷雨一灯孤。料应情尽，还道有情无？

【注释】

①鸳鸯小字：指相思爱恋的文辞。《全元散曲·水仙子·冬》："意悬悬诉不尽相思，谩写下鸳鸯字，空吟就花月词，凭何人付与娇姿。"

②生疏：不熟练。

③缃帙：浅黄色书套。亦泛指书籍、书卷。

【赏析】

那是另一个时空下雨打芭蕉的夜晚。

心欲碎，不知是芭蕉心碎，还是纳兰心碎。"早也潇潇，晚也潇潇"，古往今来的诗词中，芭蕉似总喜欢同雨相伴出现。雨滴芭蕉，入梦，美酒半酣有唐汪遵心恋江湖；入画，王摩诘《雪打芭蕉》令人忘却寒暑，白石老人大叶泼墨深感酣畅淋漓；入乐声，《雨打芭蕉》淅淅沥沥，似雨滴蕉叶比兴唱和，急雨嘈嘈，私语切切，诉尽人间相思意。

至于这芭蕉心，正如易安所言"舒卷有余情"。禅语云"修行如剥芭蕉"，如果我们的心已被世间种种欲念所裹，那么修行便是将层层伪装脱去，"觅心"找回纯真的自我，"明心"则是彻悟尘世的一切杂念，方可见性。

纳兰心中，芭蕉心在其不展吧。因其不展，枝枝叶叶才藏得住纳兰梦萦半生的回忆，层层叠叠容得下纳兰多愁又敏感的心。其实何止善感的纳兰，"此夜芭蕉雨，何人枕上闻"，纵是梅妻鹤子的林逋也难掩芭蕉雨下那些撩人的情思。

"忆当初"，短短三字便如一把利剑斩断今生。今生已作永隔，窗外雨声风声入耳，曾有多少夜晚流逝于情意缠绵的呢喃？未来又将有多少不眠的孤夜，唯有旧忆聊以回味？所幸，过去的日子并未消逝于流年，在那发黄的红笺之上仍可略窥一二。

"鸳鸯小字，犹记手生疏"，怕是纳兰也在怀念把笔浅笑的她吧。此语原出王次回《湘灵》：

戏仿曹娥把笔初，描花手法未生疏。

沉吟欲作鸳鸯字，羞被郎窥不肯书。

纳兰与这位明末的才子是颇有渊源的。王次回出身金坛望族，仕宦之家，连他的女儿王朗也是著名的词人。与他的祖上相比，王次回的仕途之路一生不得志，仅在晚年做了松江府华亭县训导，不过是个无名无实的小官。然而他的作品上承李义山，下启清初词坛，对近代的鸳鸯蝴蝶派也颇有影响。纳兰诗词中常见王次回《凝雨集》的影踪，可又有多少人知道，王次回也如纳兰一般，爱妻早丧，不过凉薄人世一孤伶人。若可同世而立，纳兰与次回或许也能成惺惺知己吧。

当年的娇俏语长萦耳畔，那副欲语还休的羞涩模样犹在心头，鸳鸯小字里，似可见这位解语花的身姿若隐若现。然而，以为是一生一世的一双人，所托竟几页满蘸相思意的旧时书。南宋蔡伸曾慨叹，"看尽旧时书，洒尽今生泪"。蔡伸是书法家蔡襄之孙，官至左中大夫。名门之后，位高权重又如何？三更夜，霜满窗，月照鸳鸯被，孤人和衣睡。

旧时书一页页翻过，过去的岁月一寸寸在心头回放。细帙乱，似纳兰的碎心散落冷雨中，再看时已泪眼婆娑。"胭脂泪，留人醉"，就让眼前这一半清醒一半迷蒙交错，梦中或有那人相偎。

又是一窗冷雨，纳兰看到了半世浮萍随水而逝，如记忆中挥之不去的她，"一宵冷雨葬名花"。还是纳兰身边这盏灯，只是不再高烛红妆，唯有寒月残照，灯影三人。太白对孤灯空长叹，"美人如花隔云端"。故人入梦，又渐行渐远，"是邪？非邪？立而望之，偏何姗姗来迟。"汉武帝为李夫人招魂，灯影明灭处，留得千古一帝不得见的叹息。

罢了，一梦似千年，从来是人生长恨水长东。刘禹锡一句。"东边日出西边雨"，留多少痴念在人间。已道无情，而情至深处难自己。这般深情厚谊，在纳兰心中恐怕已不是简单的有情，而是人生难得的知心人。如果说情是前生五百次的回眸，爱是百年修得之缘，那么知心便是三生石畔日日心血的倾注。

有情无？

纳兰笃定不念今生，料想今生情已尽。一心待来生，愿来生再续未了缘，可有来生？

临江仙

【原文】

昨夜个人曾有约，严城玉漏三更①。一钩新月几疏星②。夜阑犹未寝，人静鼠窥灯。

原是瞿唐风间阻③，错教人恨无情。小阑干外寂无声。几回肠断处，风动护花铃④。

【注释】

①严城：戒备森严的城池。唐皇甫冉《与张潭宿刘八城东庄》诗："寒芜连古渡，云树近严城。"

②新月：农历每月初出现的弯形的月亮。

③瞿唐：即瞿塘，峡名，为长江三峡之首，也称夔峡。西起重庆奉节白帝城，东至巫山大溪，两岸悬崖壁立，江流湍急，山势险峻，号称西蜀门户，峡口有夔门和滟堆。间阻：阻隔，间隔。

④护花铃：为保护花朵驱赶鸟雀而设置的铃。

【赏析】

纳兰词总是悲切缠绵，催人泪下。这首《临江仙》也是如此，寥寥语句勾

画了他与恋人相约却又未能见面的一段经历，言辞之间情真意切、哀感动人。

"昨夜个人曾有约，严城玉漏三更。"报时的沙漏中，细沙滑下，标志着时间无情流逝。戒备森严的城内街道空无一人，词人独自等待了大半个夜晚，"严城"二字更增添了这孤独凄凉的色彩。相思与等待之苦，确是不堪忍受。

李后主《菩萨蛮》（花明月暗笼轻雾）写与小周后幽会之事，亦可称为男女幽会之名篇，然后主只述小周后匆匆出宫之状，并不提自己心思如何。盖因后主当时为帝，深夜幽会，只图一时之乐，未必懂得普通青年男女恋爱之时的相思之苦。

而纳兰毕竟不同，丞相之子、御前侍卫的身份并未给他带来任何感情上的特权，从开始的刻骨相思到后来的宫闱之隔，唯一甜蜜的回忆怕只有相遇之初两情欢洽的时光了。

"一钩新月几疏星。"天上的一钩新月，点点疏星，这样的景色在纳兰看来，不过是一番别样的孤寂凄清。人一生又遇上多少个一钩新月天如水的夜？若所等之人如约来到，那此情此景，二人可能会在月下对酌，可能会联词唱和，也可能，只是并肩漫步在如水月色中，任低声耳语惊起了宿鸟剪碎了花影。然而，这样心心念念等待之人终究没有到来，面对新月疏星，只能听凭思念和寂寞在惘然中纠缠不休。

　　三更时分，风定夜静，相约之人却迟迟不来，心情犹疑不定之中，纵夜阑灯昏，又怎得安然好眠？"鼠窥灯"三字令人想起秦少游《如梦令》中"梦破鼠窥灯，霜送晓寒侵被"一句。四周寂静无声，连小鼠也出来窥探。而无果的等待，一室的悄然，早已让人心内冷凉一片。言语至此，已是沉沉无半点生气，寂寞至极。

　　等待实在是一种人生苍老的过程，更何况所等之人是有约在先的恋人？词人久待不见人来，甚至开始主动为对方寻找爽约原因。"原是瞿唐风间阻"，瞿塘是何景观？长江三峡的瞿塘峡，西起重庆市奉节白帝城，东至巫山大溪，两岸悬崖壁立，山势险峻，水流湍急，行船艰难。狂放不羁如李白都曾在《荆州歌》中说：

"白帝城边足风波，瞿塘五月谁敢过？"

纳兰在这里设想，恋人一定遭遇了像瞿塘峡的风一样的意外变故，才没来赴约。想必此刻伊人正在独倚高楼，拍遍栏杆，苦无良计。继而强自解嘲道，这岂不是要教人误以为对方无情么。黯然神伤之至，根本挂不住嘴角那一抹自嘲的笑。横亘在他们之间的是一条何其难逾的鸿沟，纳兰必然是心知肚明，却也无计可施，只得任由情绪陷入长久痛苦的相思之中。

"小阑干外寂无声"，深夜难眠容易让人产生回忆，昔日与恋人在回廊约会的场面历历在目，而此时此刻，只剩下护花铃声颤动，空留断肠人。

循句读来，令人不免忆及《诗经·郑风》那一句："青青子衿，悠悠我心。"

　　同是候人不至，《诗经》中以女子的口吻直述思念，蜕去了一切躯壳，省去所有外在的描述；纳兰则描写细腻，以外部的景物来映衬人物内心的波动焦虑，词中尽是相恋相约而不得相见的哀婉缠绵，婉转低回与《子衿》的坦然直率很是不同，但情绪毕竟是相通的。蜿蜒在这些诗句中的思念是如何缱绻漫长，让后来的人无不心有戚戚。毕竟在喧嚣尘世对一个人产生这样持久的思念而始终心无厌倦，实在太难。

　　在《诗经》中，并无交代郑女所等男子因何失约，最终有没有来。不解释，不交代结局，也便能存有一种期待。而纳兰词似乎连这样的邈远期盼也不曾留给读者，人人皆知，现实终归问不得"后来"二字，纵使纳兰深情如是，亦无法避免后来在无奈之中接受了家族的安排，与两广总督卢兴祖之女卢氏结合。至于再后来，即使纳兰旧情不忘，趁国丧期间请喇嘛入宫念经之机混入宫中，也如愿见到了旧日恋人，却因为宫禁森严，二人只能远远相望，没有能够说上哪怕是一句话。

临江仙

【原文】

尽日惊风①吹木叶。极目嵯峨②，一丈天山③雪。去去④丁零⑤愁不绝，那堪客里还伤别。

若道客愁容易辍。除是朱颜⑥，不共春销歇⑦。一纸乡书和泪摺，红闺此夜团圆月。

【注释】

①惊风：狂风。

②嵯峨：形容山势高峻。

③天山：在新疆中部。此处是以天山代指塞外之山。

④去去：一步一步地远行，越去越远。

⑤丁零：古代少数民族名，汉时游牧于我国北部和西北部。《史记·匈奴列传》："后北服浑庚、屈射、丁零、鬲昆、薪犁之国。"张守义正义："已上五国在匈奴北。"此处是借指塞外极边之地。

⑥朱颜：红润美好的容颜。

⑦销歇：衰败零落。

【赏析】

这首词表现天涯羁旅、游子落拓的凄凉悲伤；在这里，尽日狂风呼啸，极目望去，天山脚下树叶尽落，积雪盈丈，一片皑皑白色。渐行渐远已经让人愁不自胜了，更何况还是在行役当中的伤别。若想行人的客愁能够停止，那除非是红润的容貌常在，不会像春花一样地凋萎。而现在朱颜憔悴，春华销歇，又当如何呢？写好书信，含着眼泪折起，而此时不也正有人孤独地对着团圆明月，怀念着我这远在天山的人吗！

临江仙

散花楼关客

【原文】

城上清笳城下杵①。秋尽离人，此际心偏苦。刀尺又催天又暮，一声吹冷蒹葭浦②。

把酒留君君不住。莫被寒云③，遮断君行处。行宿黄茅山店路④，夕阳村社迎神鼓⑤。

【注释】

①清笳：谓凄清的胡茄声。唐杜甫《洛阳》诗："清笳去宫阙，翠盖出关山。"城下杵：指捣衣之声。杵，捣衣所用的棒槌。

②蒹葭：蒹和葭都是水草，本指在水边怀念故人，后以"蒹葭"泛指思念异地友人。语出《诗经·秦风·蒹葭》："蒹葭苍苍，白露为霜。所谓伊人，在水一方。"

③寒云：寒天的云。

④黄茅山店：指荒村野店。黄茅，茅草名。唐白居易《代书诗一百韵寄微之》："官舍黄茅屋，人家苦竹篱。"

⑤村社：旧时农村祭祀社神的日子或盛会，《旧唐书·文苑传下·司空图》："岁时村社雩祭祠祷，鼓舞会集，图必造之，与野老同席，曾无傲色。"

【赏析】

这首词为赠别之作：秋日将尽，凄清的胡笳声掺和着砧杵声传入耳中，四周一片凄凉。深秋送别，心中无限凄苦。日落西山，长满蒹葭的水滨平添了萧

疏凄冷。你将上路远行，置酒送别，想要将你留下却无法留住。不要让愁云遮住了你行走的路，使我看不到你远行的身影。你是否会在途中夜投荒村，在夕阳中看那里社鼓迎神的庆典。然而这一切我都无法看到了，只能独自黯然伤怀。

临江仙

【原文】

眼底风光留不住，和暖和香，又上雕鞍去^①。欲倩烟丝遮别路，垂杨那是相思树^②。

惆怅玉颜成间阻^③，何事东风，不作繁华主。断带依然留乞句^④，斑骓一系无寻处。

【注释】

①雕鞍：雕饰有精美图案的马鞍。

②相思树：相传为战国宋康王的舍人韩凭和他的妻子何氏所化生。据晋干宝《搜神记》卷十一载："宋康王舍人韩凭妻何氏貌美，康王夺之，并囚凭。凭自杀，何投台而死，遗书愿以尸骨赐凭合葬。王怒弗听，使里人埋之，两坟相望。不久二冢之端各生大梓木，屈体相就，根交于下，枝错于上。又有鸳鸯雌雄各一，常栖树上交颈悲鸣。宋人哀之，遂号其木曰'相思树'。"

③间阻：阻隔。

④断带：割断了的衣带。这里用李商隐《柳枝词序》序云：商隐从弟李让山遇洛中里女子柳枝，诵商隐《燕台诗》，"柳枝惊问：'谁人有此，谁人为是？'让山谓曰：'此吾里中少年叔耳。'柳枝手断长带，结让山为赠叔，乞诗。"

【赏析】

这首词依然为怀念亡妻之作：眼底虽然有无限的春光，但春暖花开仍然难以留住征人，他又骑马离去了。请那如丝烟柳不要遮住去路，难道这垂柳也是相思之树吗？如今你那美丽的容颜，我再也见不到了，怎不叫人痛苦惆怅，为何那东风留不住繁华旧梦呢？割断的衣带上还留有当年我求你写的诗句，可你却早别我远去，不知归处了。

临江仙

【原文】

夜来带得些儿雪，冻云一树垂垂①。东风回首不胜悲。叶干丝未尽，未死只颦眉②。

可忆红泥亭子外③，纤腰舞困因谁？如今寂寞待人归。明年依旧绿，知否系斑骓④？

【注释】

①冻云：严冬的阴云。南宋陆游《好事近》词："扶杖冻云深处，探溪梅消息。"

②颦眉：皱眉。晋戴逵《放达为非道论》："是犹美西施而学其颦眉，慕有道而折其巾角。"

③红泥亭子：即红亭，长亭。路途中行人休憩、送别之处。

④斑骓：毛色青白相杂的骏马。唐李商隐《无题》："斑骓只系垂杨岸，何处西南待好风。"

【赏析】

这首词为咏寒柳之作，可与前首一样意含悼亡之旨：垂柳带着前夜下的雪，望去犹如片片浮云。回首春天不胜伤悲，如今叶子已经干落，而柳丝尚存，还没有冻死，只是像病了一般皱着眉头，如同如今愁病交加的我。记得当初你我在红亭送别时，那垂柳在为谁而摇曳多姿？如今只剩我自己寂寞得等待你归来。明年那垂柳依然会变绿，却不知道是否还有人在那里系上骏马，长亭送别。

　　在中国古诗词的大观园里，柳树就像袅娜娉婷的古装美女，获得了历朝历代文人骚客的青睐。纳兰这首《临江仙》也是咏柳之作，不过却更为特别，因为他所吟咏的不是春意枝头闹的春柳，而是冬天落雪后的一株寒柳，这在离别的伤感意境外陡然又多了几分料峭，读来让人不由得想掩一掩衣领。

　　容若所写的这一棵柳树处境甚是惨淡，不仅要对抗冬天严酷的寒风，还要经受霜雪的磨砺。容若看见它时，干枯的枝干上还带着前夜落下的积雪，望过去就仿佛有片片浮云坠落在了树端，不过浮云毕竟还是飘逸的，这一簇积雪却泛着逼人的寒气。凛冽的寒风吹过，回忆起春风的和煦忍不住心生悲凉，这树的叶子早已落净，但柳丝尚存还没有冻死，只是像病了一般皱着眉头，就好像愁病交加的自己。

　　所愁为何？仍旧是对亡妻的无尽思念罢了。

在上阕写完眼前之景，纳兰便在词的下阕照旧陷入了回忆：当初你我在红亭作别时春光正好，那柳树当真是茂盛至极。微风轻轻吹过柳枝，它便随风摇曳生姿，娇美不已。可是如今，只剩下我自己一人伫立红亭，"寂寞待人归"。

亡人已去又怎能归来，纳兰定然也是明白这个道理的。他思罢往昔又念明朝："明年依旧绿，知否系斑骓？"待到挨过寒冬，明年春天红亭左右的垂柳依然会变绿，却不知道是否还会有人在那里系上骏马，长亭送别？纵使再有人在此话别，我却也终归是见不到你了。

这是不是一棵所寄之情最伤的柳树呢？前人惋惜的多是天各一方、难以聚首的遗憾，纳兰所叹的却是阴阳相隔、永不聚首的恨事。

临江仙

卢龙大树

【原文】

雨打风吹都似此，将军①一去谁怜？画图曾见绿阴圆。旧时遗镞②地，今日种瓜田。

系马南枝③犹在否，萧萧欲下长川。九秋黄叶五更烟。只应摇落尽，不必问当年。

【注释】

①将军：指将军树，即大树。

②遗镞：指遗弃或残剩的箭镞。

③南枝：朝南的树枝，比喻温暖舒适的地方，此处指故土故国。

【赏析】

爱在作品中用典的文人，唐有李义山，宋有辛弃疾，清代便是纳兰性德。然而，他的用典看似繁复，实则不着痕迹，仿佛信手拈来，借着眼前所见之景来剖白自己的心迹罢了。

自然界的风吹雨打和历史长河的波澜起伏似乎是一样的，雨过则天晴、潮平则海阔，时光荏苒中景物依旧，只是斯人一去不返。古人以大树喻军功，如今古木参天而昔日纵马扬鞭、驰骋沙场的将军早已化为一抔黄土，还有几人记得他当时的功劳，又有几人记得凭吊逝去的英雄？这便是纳兰在上阕里抒发的情感。

词的下阕似乎全在慨叹时光的不可逆转："系马南枝犹在否，萧萧欲下长川。九秋黄叶五更烟。只应摇落尽，不必问当年。"江河奔流，曾经拴着战马的树枝还在吗？是否早已化作深秋的落叶、五更的晨烟？任何人都无力阻拦一去不回头的岁月，任何语言和行动在注定消逝的光阴前都空洞苍白，那么，过去的丰功伟绩、英雄旧事又何须再提！

后世学者考证认为这首词大概作于康熙二十一年（公元 1682 年），当时纳兰容若作为一等侍卫扈从康熙皇帝东巡，在途中写了《临江仙·永平道中》等数篇作品，这一首可能也是其中之一。

与那些细腻婉转的悼亡词、恨别词相比，这首词多了几分英气，然而，"豪放是外放的风骨，忧伤才是内敛的精魂"，安意如的这句评价再贴切不过。即便是这类融入了历史兴亡的大视野的词作，也沾染着纳兰骨子里的忧郁气质。在旷达的茫茫原野上，行走着的始终是那个忧伤旷古的灵魂。

鬓云松令

【原文】

枕函香，花径漏①。依约相逢，絮语黄昏后②。时节薄寒人病酒③。划地梨花④，彻夜东风瘦。

掩银屏，垂翠袖。何处吹箫，脉脉情微逗⑤。肠断月明红豆蔻⑥。月似当时，人似当时否？

【注释】

①花径：花间的小路。南朝梁庾肩吾《和竹斋》："向岭分花径，随阶转药栏。"

②絮语：连续不断地说话。

③薄寒：微寒。病酒：饮酒沉醉或谓饮酒过量而生病。

④划地：无端地、平白地。

⑤逗：引发、触动。

⑥红豆蔻：植物名。宋范成大《桂海虞衡志·志花·红豆蔻》："红豆蔻花丛生……一穗数十蕊，淡红鲜妍，如桃杏花色。蕊重则下垂如葡萄，又如火齐璎珞及剪彩鸾枝之状。此花无实，不与草豆蔻同种。每蕊心有两瓣相并，词人托兴曰比连理云。"

【赏析】

这首词是写怀念恋人的痴情：枕头上还留有余香，花径里尚存春意，那梨花一夜之间在东风中飘落。病酒之后的黄昏恍惚间与她相遇，仿佛来到原来相约的地点，在夕阳下细语绵绵。而今却银屏重掩，影只形单。在孤孤单单中又听到了脉脉传情的箫声。此时，明月正照在那红豆蔻之上。那时曾月下相约，如今月色依然，人却分离，不知她是否依然如旧？

这首词是写月夜怀念所爱之人的痴情。

柔情婉转，语词轻倩，似丽人姿容初展，风神微露。

上阕从痴情入忆的感受写起。"枕函香，花径漏。依约相逢，絮语黄昏后。"起首四句写回忆里的室外情景：在花径泄露春光，枕头都留有余香的美好日子里，他与伊人在黄昏时见面，絮语温馨情意绵绵。

清初满族进取有为的贵族子弟，每日晨昏定省弓马骑射，汉文满文蒙文都需温习。一天的功课安排颇紧，唯有黄昏时分才有空闲，这也是为什么容若词中屡屡出现黄昏夕阳的字眼，除了《采桑子》里有"月度银墙"之语，《落花时》又写："夕阳谁唤下楼梯，一握香荑。回头忍笑阶前立，总无语，也依依。"可知容若与伊人相会也多在晚间。

"时节薄寒人病酒，铲地梨花，彻夜东风瘦。"接下写与伊人分别后，如今夜间的景况。在清寒的天气里，词人借酒消愁，沉醉不醒，而东风彻夜无息，无故吹落梨花满地。一夜过尽后再看满树梨花竟似瘦减不少。

"掩银屏，垂翠袖。何处吹箫，脉脉情微逗。"下阕四句写别后词人相思成痴、痴情入幻的迷离之景。前两句写她在闺房里，寂寞地掩着屏风，青绿色的衣袖低低垂下，似是欲说还休。

后两句，词人心魂则由彼处，倏然飞回此处，写这时候他依稀听到了她那脉脉传情的箫声，只是不知人在何处。"何处吹箫"，箫中含情；"脉脉情微逗"，情转温软醉人。

"肠断月明红豆蔻",接下来一句则再由幻境回到现实。写如今夜色沉凉,月光照在院中的红豆蔻上,那红豆蔻无忧无虑开得正盛,让人触景伤情。"月似当时,人似当时否?"于是又联想到曾与她同处在月下的情景,而如今月色依然,人却分离,她还依稀如旧吗?月亮永恒,恋情却苦短,"肠断月明红豆蔻,月似当时,人似当时否?"人,尤其是至情之人,又怎能经受住如此一问?在这月的孤独落寞中,昔日繁华凋零,容若反问这句清丽而沧桑的"月似当时,人似当时否?"比起小山的"当时明月在,曾照彩云归",更显情深、意浓,凄凄惨惨戚戚历历可见。

鬓云松令

咏浴

【原文】

鬓云松,红玉①润。早月多情,送过梨花影。半晌斜钗慵②未整。晕入轻潮,刚爱微风醒。

露华③清,人语静。怕被郎窥,移却青鸾镜④。罗袜⑤凌波⑥波不定。小扇单衣,可耐⑦星前冷。

【注释】

①红玉:红色宝玉,比喻红色而有光泽的东西,古常以比喻美人的肤色。

②慵:慵懒。

③露华:清冷的月光。

④青鸾镜：镜子。相传罽宾王于峻祁之山，获一鸾鸟，饰以金樊，食以珍羞，但三年不鸣。其夫人曰：尝闻鸟见其类而后鸣，何不悬镜以映之。王从其意，鸾睹形悲鸣，哀响中霄，一奋而绝。见《艺文类聚》卷九十引南朝梁范泰《鸾鸟诗序》。后因以"青鸾"借指镜。清阮元《小沧浪笔谈》卷三："青鸾不用羞孤影，开匣常如见故人。"

⑤罗袜：丝罗所制之袜。

⑥凌波：形容女子脚步轻盈，飘移如履水波。语出曹植《洛神赋》："凌波微步，罗袜生尘。"

⑦可耐：怎奈，可恨。

【赏析】

这首词描摹女子情态，粉香脂腻，接近花间词风：月色初上，穿过梨花，多情地映照着她蓬松的发鬓，红润的肌肤。无奈她娇惰慵懒，迟迟不肯梳妆，脸上泛着红潮，享受着拂面的清风。直到月色清冷，夜阑人静，才开始梳妆，又怕被爱郎窥见，于是悄移明镜。看她怜步微移、步履轻盈，衣着单薄，怎么能耐得住这夜晚的寒冷呢？

南楼令

【原文】

金液①镇心惊，烟丝似不胜。沁鲛绡②、湘竹无声。不为香桃③怜瘦骨，怕容易，减红情④。

将息⑤报飞琼⑥，蛮笺⑦署小名。鉴凄凉、片月⑧三星⑨。待寄芙蓉心上露，且道是，解朝酲⑩。

【注释】

①金液：古代方士炼的一种丹液，谓服之可以成仙，也用来喻美酒。

②鲛绡：传说中鲛人所织的绡，亦借指薄绢、轻纱，亦可代指手帕、丝巾。

③香桃：指仙境里的桃树，唐李商隐《海上谣》："海底觅仙人，香桃如瘦骨。"亦可解为香桃骨，比喻女子的坚贞风骨，柳亚子《题莼农四婵娟室填词图》："钦崎自爱香桃骨，哀怨难忘碧血花。"

④红情：犹言艳丽的情趣。

⑤将息：保重、调养。

⑥飞琼：许飞琼，传说中的仙女名，西王母的侍女，后泛指仙女或者美丽的女子。

⑦蛮笺：谓蜀笺，唐时指四川地区所造彩色花纸；或唐时高丽纸的别称，宋顾文荐《负暄杂录·纸》："唐中国纸未备，多取于外夷，故唐人诗多用蛮笺字，亦有谓也。高丽岁贡蛮纸，书卷多用为衬。"

⑧片月：一弯月，弦月。

⑨三星：《诗经·唐风·绸缪》："三星在天。"毛诗："三星，参也。"郑玄笺："三星，谓心星也。"均专指一宿而言，但天空中明亮的三星，有参宿三星、心宿三星、河鼓三星，这里指心宿三星。

⑩朝酲：谓隔夜醉酒早晨酒醒后仍困惫如病。

【赏析】

这首词用众多典故抒发朦胧之情：美酒喝过了，平静的心为之惊动，连那轻缓的香烟也仿佛承受不了。手帕上沁满了泪痕，连那满是泪痕的湘妃竹也默默无声。不贪恋那如仙境一般的境界，而是怜爱那仙女一般的人，怕的是容易

消减了爱情。在信笺上写下诗句，签上小名，送与天上的仙女报声珍重。明镜一般的天空，弯月明星，倍觉凄凉。待我寄去荷花上的露水，让它宽慰你那如醉如痴的相思。

淡黄柳

咏柳

【原文】

三眠①未歇，乍到秋时节。一树斜阳蝉更咽，曾绾灞陵②离别。絮已为萍风卷叶，空凄切。

长条莫轻折。苏小恨，倩他说。尽飘零、游冶章台③客。红板桥④空，湔裙人⑤去，依旧晓风残月。

【注释】

①三眠：指柽柳，又名人柳，即三眠柳，此柳的柔弱枝条在风中摇曳，时时伏倒。

②灞陵：古地名。本作霸陵。故址在今陕西西安市东。

③游冶：出游寻乐。章台：秦宫殿名，以宫内有章台而得名，此处指妓楼舞馆。

④红板桥：红色木板搭建的桥。

⑤湔裙人：代指情人或某女子。

【赏析】

这首词咏秋初之柳，作为咏柳之作，容若以写景开始，以抒情终结。通过初秋时节，柳条暗黄色的清新场景，写出柳枝带给他的惆怅与安慰。古人一般写到柳条，总是与离别有关，容若的这首词也不例外。

"三眠未歇，乍到秋时节"，三眠柳还没有来得及休息，秋天就乍然降临了。一个"乍"字刻画出了秋天的突然而至，为写离别之苦展开铺垫。紧接着，离别被顺理成章地牵引出来，"一树斜阳蝉更咽，曾绾灞陵离别"，夕阳西下，在树梢上的太阳，更显得日落西山的迷茫。寒蝉幽咽，经过灞陵时便要分别。

如今，"絮已为萍风卷叶，空凄切"，飞絮飘落水面成为浮萍，风卷落叶飞舞，空留悲凉凄切。通过写柳，容若抒发了别有怀抱的人生感悟，营造出了一个温婉感人的情景，仿佛我们在与此人一同经历送别的伤痛。

而到了下片，容若却表现出一种温情脉脉的情绪来，他轻柔地写道："长条

莫轻折。"不要轻易地折断柳条诉说离别，离别虽有遗憾，但只要不告别，内心便依然充满温情。而后一句"苏小恨，倩他说"则是在写一代名妓苏小小。容若用苏小小的故事写出自己的惆怅与伤感。而后的两句，自然也是围绕离别而写，"尽飘零、游冶章台客。红板桥空，湔裙人去，依旧晓风残月"。

　　词写到这里，颇有几分柳永的风范，但容若更显得干脆，既然红桥之上，离别已经无法挽回，那么就干脆道别了吧。就让自己与这晓风残月独自相守，为离去的人祝福。

青玉案

辛酉人日

【原文】

东风七日蚕芽①软。青一缕、休教剪。梦隔湘烟征雁远。那堪又是，鬓丝吹绿，小胜②宜春颤。

绣屏浑不遮愁断，忽忽年华空冷暖。玉骨几随花骨换。三春醉里，三秋别后，寂寞钗头燕。

【注释】

①蚕芽：即桑芽。

②小胜：即玉胜，又称华胜。古代一种玉制的发饰，为花形首饰。

【赏析】

这首词吟咏节序，是咏节序词中的佳作，意在感伤离别。

在这一天，容若想到是人类的生日，内心不禁涌起了阵阵愁绪，"东风七日蚕芽软。青一缕、休教剪"。传说女娲初创世，在造出了鸡狗猪牛马等动物后，于第七天造出了人，所以，古人把农历正月初七这天视为人类的生日。正月初七是人日，这天刚好是桑树吐新芽的日子，春天已经露出了端倪，树木开始泛出绿色。

看到这春日即将来临的景象，容若并没有为新一轮的生命轮回感到兴奋，而是隐隐不安地担忧到"梦隔湘烟征雁远"。思念之人不在身边，远在千山万水之外，就好像南飞的大雁一样，遥远得无法看到，甚至，就连思念也抵达不了。

没有与相爱的人在一起，就算这春日再怎么美好，也失去了本来的意义。想到这里，容若的内心不禁又泛起波澜。"那堪又是，鬶丝吹绿，小胜宜春颤。"这一句，写绿色开始四处长出，绿色是生命的颜色，这个春天又要来临了。词人流露出无可奈何的惆怅情怀。"小胜"即玉胜，又称华胜。古代一种玉制的发饰，为花形首饰。容若看到春色盎然，但是想到不在身边的恋人，便提不起精神来欣赏这春景。

看着恋人的发簪，想念着恋人的容貌，他感到孤独万分。上片境界阔大而情调哀伤，而在下片的时候，则是直接抒写离情。

"绣屏浑不遮愁断，忽忽年华空冷暖。"山川遮不断思念，年华过去，但对于恋人的思念依然永不停歇。容若想到远在他方的恋人虽然早已是容颜不再，但一想到她，自己的内心便是暖融融的。

"玉骨几随花骨换。"这是感慨时光太过匆匆，连女子的容颜也在悄悄更换。但是"三春醉里，三秋别后，寂寞钗头燕"，虽然在青春的流逝中，岁月一年一年的变迁，但是，自己的思念从没有停止过。

这首伤别离的词，写容若与相爱的人不能相守的苦恼，最后以寂寞结尾，在这个人日里，容若独自品尝寂寞，享受寂寞、却是最终被寂寞所淹没。

青玉案

宿乌龙江①

【原文】

东风卷地飘榆荚②，才过了，连天雪。料得香闺香正彻③。那知此夜，乌龙江畔，独对初三月。

多情不是偏多别，别离只为多情设。蝶梦百花花梦蝶④。几时相见，西窗剪烛⑤，细把而今说。

【注释】

①乌龙江：即黑龙江。

②榆荚：榆树之荚，榆树结的果实。

③香闺：指青年女子的内室。

④蝶梦：《庄子·齐物论》："昔者庄周梦为胡蝶，栩栩然胡蝶也，自喻适志与！不知周也。俄然觉，则蘧蘧然周也。不知周之梦为胡蝶与，胡蝶之梦为周与？周与胡蝶，则必有分矣。此之谓物化。"后以"蝶梦"喻迷离恍惚的

梦境。

⑤西窗剪烛：犹言剪烛西窗，指亲友聚谈。语出李商隐诗《夜雨寄北》："何当共剪西窗烛，共话巴山夜雨时。"此指与所思恋的人聚谈。

【赏析】

这首词的写作时间和背景，赵秀亭在《纳兰丛话》中有所提到："性德《青玉案·宿乌龙江》上片云：'东风卷地飘榆荚，才过了、连天雪。料得香闺香正彻，那知此夜，乌龙江畔，独对初三月。'此亦清康熙二十一年春夏扈从东巡之作。乌龙江，即松花江，此指驻跸之大乌剌虞村，地在鸡林（今吉林市）下游八十里。圣祖于三月二十八至四月初三皆驻大乌剌，故'独对初三月'云云全为写实。"

看来，这是纳兰外出公干，内心悸动，写下行役在外、思念爱妻的深情，以表达内心的温存之词：乌龙江一带天气早寒，夏天刚刚过去，冬天便立即到来。想必此时闺中正是花香四溢的时候，哪里知道在乌龙江上的离人正独自黯然神伤！并不是因为多情而多了离别，而是因为离别偏就是为多情人而设的。与你身处离别，犹如迷离恍惚之梦境。什么时候才能与你相聚，秉烛夜谈，诉说我的衷情呢！

这首词的艺术成就很高，其中黄天骥在《纳兰性德和他的词》中对这首词的评价很高："冬天，诗人到了乌龙江畔，远离家乡，思念自己的亲人，渴望着团聚。这词一气呵成，不事雕饰，是作者真朴感情的自然流露。"

"东风卷地飘榆荚"，东风刮过，带着寒冷，将地面飘落的榆荚卷起，飞舞空中。这夏天才刚刚过了，冬天就要来了。对于没有秋天过渡的黑龙江，纳兰显得还是十分不适应，来到这个地方，看到"才过了，连天雪"，不禁感慨时光匆忙，天地之大，一不小心，自己竟然与妻子相隔了这么远。

"料得香闺香正彻。"想到妻子的房间里定然是花团锦簇，家里现在正是春暖花开的日子，可是自己却在这天寒地冻的远方。想到这里，纳兰内心也忍不住要不平衡一下了。离开心爱的妻子，离开热爱的家乡，来到这里，难道真的是天意弄人？

上片的最后一句，纳兰似是在问，也似是在回答"那知此夜，乌龙江畔，独对初三月"。在这黑龙江的夜里，想念着远方的妻子，渴望有朝一日的团聚。那时再回想起自己曾独自一人在远方思念亲人，那时的幸福必定会更加强烈。

为什么人世间总是要有离别呢，既然团聚是亲人们最大的幸福，为什么老天总是要时不时地就让亲人们尝尝留别之苦？纳兰在下片对这个问题进行了思索，他写道："多情不是偏多别，别离只为多情设。"

或许这正是上天对相亲相爱人们的一种考验，要用离别去考验他们之间的真情，看这真情是否经得住离别的考验。想到这里，纳兰似乎宽心了许多。他盼望着回去的那一天，便可以和亲人们在窗前，安然地诉说着今日的愁苦。"蝶梦百花花梦蝶。几时相见，西窗剪烛，细把而今说。"

纳兰的心，在自我的不断安慰中，渐渐柔软，变得透明。这个男子的多情，在此时，显得愈发可爱。

月上海棠

中元塞外①

【原文】

原头野火烧残碣②，叹英魂才魄暗销歇。终古江山，问东风几番凉热③。惊心事，又到中元时节。

凄凉况是愁中别，枉沉吟千里共明月④。露冷鸳鸯，最难忘满池荷叶。青鸾杳⑤，碧天云海音绝⑥。

【注释】

①中元：中元节，指农历七月十五日。旧时道观于此日作斋醮，僧寺作盂兰盆会，民俗亦有祭祀亡故亲人等活动。

②残碣：残碑。

③凉热：寒暑，冷暖。

④沉吟：深思吟咏。

⑤青鸾：即青鸟，神话传说中为西王母取食传信的神鸟，借指传送信息的使者。化用李商隐《无题》："蓬山此去无多路，青鸟殷勤为探看。"

⑥碧天云海：形容天水一色，无限辽远。此句化用李商隐《嫦娥》："嫦娥

应悔偷灵药，碧海青天夜夜心。"

【赏析】

这首词的副标题是"中元塞外"，是作者在塞外鬼节之时的悲慨之作。中元在古代也就是中元节，俗称鬼节，这样一个时节，纳兰身处塞外，陪同皇上出行，远离家乡，远离家人，无法为逝去的人祭祀，这是纳兰内心的悲哀。但他身为皇帝侍卫，随同皇帝出行，保护皇帝的安全是他的职责，他无法推卸。

人生或许就是如此，得到这样，就必须失去那样，纳兰得到了富贵与功名，就要失去自由和理想。他的内心即便再不情愿，也无能为力。在这样的一种心情下，纳兰在塞外，想到城里如今正是家家祭奠亡人的日子，不由得悲怆。

中元时节到来，面对眼前荒漠的残碑断碣，想起古往今来那些浴血沙场的英魂。无论他们的贤愚不肖，都早已成为过去。历史就是如此无情，古今寒暑，胜衰兴亡都成陈迹。身处塞外，恰逢中元之日，但音书阻隔，令人更加孤独寂寞。于是独自沉吟那千里共明月的诗句，虽不免惘然神伤，但却可聊以自慰。

"原头野火烧残碣，叹英魂才魄暗消歇。"词的开篇就与塞外荒凉的景致相吻合，纳兰此刻的心情十分荒凉，所以他的词句也分外凄惶，站在塞外的戈壁滩前，他遥想当年，多少英雄曾在这里浴血奋战，战死沙场。而今古往今来，他们的英名留在人们心中，但谁还会去祭奠他们？这些英魂是否就游荡在这空荡的塞外，悲戚得无法安息？纳兰这首词一开始始终在怀古伤今，他认为历史是无情的，从不会对那些历史中的人存在一丝感情。所以，在这空旷的塞外天地间，纳兰想到那些逝去的人，内心更显得悲凉。

"终古江山，问东风几番凉热。惊心事，又到中元时节。"那些英雄都是如此被遗忘，那么像他这样卑微的无名小卒，岂不更是湮没于历史的尘埃中，无法显露出来吗？想到这里，纳兰更是愁苦。上片就此结束。

而在下片开始，依然是从忧伤中写起："凄凉况是愁中别，枉沉吟千里共明月。"今日是鬼节，自己无法与家中取得联系，无法得知家里的境况，只能共同欣赏头上的这一轮明月，希望明月能将自己的思念带回去。

"露冷鸳鸯，最难忘满池荷叶。"从这句词可以略微猜到，纳兰思念家人同时，也在思念爱人，鸳鸯戏水，难忘的是满池的荷叶。当日的美好情景浮现眼前，真是令人陶醉，可惜的是，这里是塞外，没有鸳鸯，更没有荷叶，只有猎猎的大风和满目的荒凉。

最后，纳兰无奈地写下："青鸾杳，碧天云海音绝。""青鸾"是传说中的一种神鸟，能够送信，这个典故来自李商隐的《无题》："蓬山此去无多路，青鸟殷勤为探看。"而"碧天云海"则是形容天水一色，无限辽远。这个也是化用李商隐《嫦娥》："嫦娥应悔偷灵药，碧海青天夜夜心。"

塞外的这个夜晚，注定难眠。想念家人，思念亡人，既然无法安睡，那便为他们祈福祷告吧。

月上海棠

瓶梅①

【原文】

重檐淡月浑如水②，浸寒香一片小窗里③。双鱼冻合④，似曾伴个人无寐。横眸处⑤，索笑而今已矣⑥。

与谁更拥灯前髻，乍横斜疏影疑飞坠。铜瓶小注，休教近麝炉烟气。酬伊也，几点夜深清泪。

【注释】

①瓶梅：插在瓶中以供观赏的梅花。

②重檐：两层屋檐。

③寒香：清冽的香气，形容梅花的香气。

④双鱼：双鱼洗，镌刻有双鱼形象的洗手器。冻合：犹言冰封。唐李益《盐州过胡儿饮马泉》诗："从来冻合关山路，今日分流汉使前。"

⑤横眸：流动的眼神。

⑥索笑：犹逗乐，取笑。

【赏析】

词的上片通过写闺中人的相思之苦，来抒发伤逝之情。这首词借瓶梅抒发

相思和伤逝之情。纳兰写词，总是充满离愁哀怨，这首词的基调也是如此，但却又有些不同，整首词虽然弥漫着一些孤寂之感，但总的来说，还是比较温暖清淡，犹如淡淡的白月光，从窗口轻柔地洒下，让人心头明亮。

月光如水洒在屋檐上，瓶中的梅花开了，小窗里沉浸在一片清香当中。天气寒冷，双鱼洗已经结冰，孤单的人儿不能入睡。回想当时的眉目传情，而今都已一去不返。当初与谁一起在灯下花前，看那梅花的疏影？如今，又是铜瓶花开，麝烟缭绕，而你却不在身旁了，唯有以这几滴相思之泪寄托我的深情。

"重檐淡月浑如水，浸寒香一片小窗里。"月光是古往今来，众多词人抒发思念之情的最佳选用之物。纳兰说淡月如水，月光如水一样清澈，也如水一样冰凉。洒下的月光在屋檐下形成一道冰冷的帘子，隔开了窗内与外面的景物。

而此时，屋子里的梅花开放了，绽放的花朵散发出幽香，小屋内一片暗香，屋外月光冰凉，屋内清香四溢。乍一看来，这首词的意境十分清淡，并无相思

之苦，也无伤逝之情，只是对景物的一种白描，可是继续读下去就能发现，原来淡然未必就是平静，不说并不代表不在乎。

"双鱼冻合，似曾伴个人无寐。"这里的一个需要解释的是"双鱼"，是指双鱼洗，镌刻有双鱼形象的洗手器，宋张元幹《夜游宫》词："半吐寒梅未坼，双鱼洗，冰澌初结。"这里是说洗手器皿中的水都已经冻成了冰，凝结在了一起，天气的寒冷程度可想而知。这样的天气，钻进被窝，美美地睡上一觉，是再舒服不过的了。可是满心愁绪的纳兰，却是无论如何也睡不着的。

"横眸处，索笑而今已矣。"睡不着的原因自然是内心有所牵挂，那美丽的眼眸，那动人的微笑，而今看来，都是无法忘怀。在深夜里，独自躺在床上，孤枕难眠，想到恋人的容颜，清晰如昨，可是眼下却是天涯海角，无法相见，这怎能不叫人悲伤！

纳兰这首伤逝词，写到上片，悲伤过度。到了下片的时候，纳兰似乎沉思了许久，慢慢提笔写道："与谁更拥灯前髻，乍横斜疏影疑飞坠。"回忆往昔，当日与谁一起相拥灯前，与谁一起看花飞花落，与谁一起海誓山盟，与谁一起

想着如何去天长地久?

　　往日的美好，却都早已在岁月的流逝中一同不见了，"铜瓶小注，休教近麝炉烟气。"如今，又是铜瓶花开的时候，可是檀香冉冉升起的烟雾中，再也看不到你笑颜如花的脸庞了。"酬伊也，几点夜深清泪。"我只能在此刻，用泪水祭奠我们共同拥有的过去。

　　纳兰的这首词以悲情结尾，结束全词，整首词清新自然，虽然是悲切，但却读起来让人没有压抑之感，是首好词。

一丛花

咏并蒂莲①

【原文】

阑珊玉佩罢霓裳②，相对绾红妆③。藕丝风送凌波去，又低头、软语商量④。一种情深，十分心苦，脉脉背斜阳。

色香空尽转生香，明月小银塘⑤。桃根桃叶终相守⑥，伴殷勤、双宿鸳鸯。

菰米漂残⑦，沉云乍黑，同梦寄潇湘⑧。

【注释】

①并蒂莲：并排长在同一茎上的两朵莲花。

②阑珊：零乱、歪斜。李贺《李夫人歌》："红壁阑珊悬佩，歌台小妓遥相望。"霓裳：即《霓裳羽衣曲》，唐代著名舞曲，为开元中河西节度使杨敬忠所献，初名《婆罗门曲》，经唐玄宗润色并制歌词，后改用今名。传说中亦有唐玄宗登三乡驿、望女儿山及游月宫密记仙女之歌，归而所作等说。

③绾：盘绕，系结。

④软语：体贴温柔委婉的话。

⑤银塘：清澈明净的池塘。南朝梁简文帝《和武帝宴诗》之一："银塘泻清渭，铜沟引直漪。"

⑥桃根桃叶：桃叶是晋王献之爱妾，桃根是桃叶的妹妹。王献之《桃叶歌》："桃叶复桃叶，渡江不用楫。但渡无所苦，我自迎接汝。"又，"桃叶复桃叶，桃树连桃根。相怜两乐事，独使我殷勤。"

⑦菰米：菰之实。一名雕胡米，古以为六谷之一。

⑧潇湘：指湘江，因湘江水清深故名。相传舜二妃娥皇、女英没于湘水，遂为湘水之神。这里借二妃代指并蒂莲。

【赏析】

这首词吟咏并蒂莲，形神兼备：并蒂莲花开了，犹如刚刚跳过舞后玉佩阑珊的美人，两朵莲花盘绕联结在一起。微风摇动，藕丝相连，在夕阳下，窃窃私语，含情脉脉，如同凌波仙子般美丽动人，怎不叫人心生怜爱！明月之下，银塘之中，散发着醉人的清香。池中莲如同桃根与桃叶般姐妹情深，永不分离，又有殷勤的鸳鸯游来做伴。即使风云变幻，花瓣凋落，也会像娥皇、女英般共同进退，生死不弃。

咏物之词，是纳兰的强项，这首词，纳兰歌咏并蒂莲，所谓并蒂莲，也就是并排生长在同一个根茎上的两朵莲花。后人有用并蒂莲形容相亲相爱之人，并蒂莲也是祝福的花朵，常形容天长地久。

在纳兰的笔下，并蒂莲更显得超凡脱俗，"阑珊玉佩罢霓裳，相对绾红妆"这句词中有几个典故需要点名出来，首先"阑珊"是凌乱、歪斜的意思，是纳兰化自李贺的《李夫人歌》："红璧阑珊悬佩珰，歌台小妓遥相望。"而后面的"霓裳"则是取自唐玄宗时期的一首歌舞曲《霓裳羽衣曲》。

并蒂莲就好像是两个相对而视、含情脉脉的人刚刚跳过舞蹈，此时有些歪斜地相互依靠，站在那里。将并蒂莲拟人化，而且还将它们形容为舞者，纳兰的词的确是有与他人不同的过人之处。

"藕丝风送凌波去，又低头、软语商量。"依然是拟人的写法，将并蒂莲描写得如同高贵典雅的仙子一般，在微风吹拂下，她们似乎是在窃窃私语，聊着

女儿家的心事。令人看到后，心神荡漾。

咏物词虽然是写物，但实则是写情。这首《一丛花》也不例外，看似是写并蒂莲的美丽芬芳，但实则是纳兰要借并蒂莲来写出自己内心的忧伤和思念。在上片前两句赞美并蒂莲之后，最后一句便是忍不住流露出心声："一种情深，十分心苦，脉脉背斜阳。"

情深之人自然心苦，这点纳兰是最有体会的。借着写并蒂莲的柔情相守，写出自己心情的苦闷。下片的描写有些峰回路转，不再是描写并蒂莲，但依然是淡然的笔调，通过写景，表达内心。

"色香空尽转生香，明月小银塘。"明月之下，荷塘看起来十分空灵，并蒂莲的芬芳在空气中蔓延，让人嗅到后，心里舒缓。写完并蒂莲，写完荷塘，纳兰又写了桃树："桃根桃叶终相守，伴殷勤、双宿鸳鸯。"

在这首词中，不论是并蒂莲，还是桃树，或者是之后的鸳鸯，无不是一双一对，这与孤单的纳兰比起来，幸福很多。而纳兰也正是看到它们的成双成对，更觉得自己如此寂寞，这首词便是为此而生。

"菰米漂残，沉云乍黑，同梦寄潇湘。"在词的最后，纳兰用"潇湘"这个典故，写出娥皇女英的故事，用娥皇女英的痴情，暗示自己对爱情也是痴心不改，共同进退，与爱人相知相守的决心。

这首词虽然格调不高，但它以咏物抒深情，咏物之间而情则愈浓，读来令人回味无穷，艺术上也不乏可取之处。

剪湘云

送友

（按此调为顾梁汾自度曲）

【原文】

险韵①慵拈，新声②醉倚。尽历遍情场，懊恼曾记。不道当时肠断事，还较而今得意。向西风、约略③数年华，旧心情灰矣。

正是冷雨秋槐，鬓丝憔悴，又领略愁中送客滋味。密约④重逢知甚日，看取青衫和泪⑤。梦天涯、绕遍尽由人，只樽前迢递⑥。

【注释】

①险韵：韵字生僻难押的诗韵。

②新声：新作的乐曲，新颖美妙的乐音。或指新乐府辞或其他不能入乐的诗歌。

③约略：大概，大略。

④密约：秘密约会，秘密约定。

⑤青衫和泪：唐白居易贬官江州司马时所作《琵琶行》："座中泣下谁最多，江州司马青衫湿。"后喻指失意之官吏。

⑥迢递：形容时间久长。唐韦应物《春宵燕万年吉少府南馆》诗："河汉上纵横，春城夜迢递。

【赏析】

诗言志，词言情。这首词是写恋友惜别时的难受场面。纳兰将这首词写得别具一格，独树一帜，有别于其他的送友词。这首词整体的艺术表现力极强，是一朵散发异香的奇葩，有着浓郁的纳兰风。

这首词上片说采用新声填词，不愿采用险韵，在酒醉中随意填写新词，无拘无束。还记得往日情场失意，懊恼不已，而今日的失意却要比往日的失意更令人沉痛，透出送别的浓浓伤感。对着秋风暗数年华，无论古今都令人心灰意冷。下片写愁风冷雨，形容憔悴，又一次领略到送别的愁苦滋味。盼望重逢却不知何时可见，看泪满青衫，离愁无限，天涯路远，唯有以酒相送了。

"险韵慵拈，新声醉倚。"词一开篇也说到了填词，纳兰的意见是用新声填词，不用险韵。所谓"险韵"是指韵字生僻难押的诗韵。词的写作，看似随意，其实难度很大，要写出词境，更要符合韵律，仿佛一首歌一样，要美中带

着规律。

　　这一点上，纳兰自然是高手。这首送友的词，在一开篇却提到了写词，的确是有些出乎人们的意料。而后便开始懊恼往昔，追忆过去，"尽历遍情场，懊恼曾记"，历经情场万千，而今却是懊恼不已。

　　一个人最怕的不是无情，而是多情。纳兰正是一个多情之人，他饱受多情之苦，为情所困。在这里，他也毫不隐瞒自己的弱点。他为此懊恼不已。可是比起今日的惆怅，往日的那些却又算不了什么。"不道当时肠断事，还较而今得意。"

　　友人要离他而去，对珍惜朋友的纳兰来说，无疑又是一个打击，所以，他此刻万念俱灰，值得提笔写词，表达内心的寂寥。"向西风、约略数年华，旧心情灰矣。"数数自己走过的年华，真是没有几件值得高兴的事情。纳兰此刻的心情并不是所有人都可以理解的，他出身富贵，却始终落落寡欢。

　　这一点，很多人都无法看透，只是如果读过纳兰的词，看过纳兰的文，就不难发现，这个男人的心里，始终珍藏着一份真挚的情感，无法释怀。而在这

首词中，通过送朋友，他再次将这份情感表现了出来。

上片写完愁苦，下片便提到了送友人离去的心情，正是冷雨清秋时节，自己面容憔悴，只因为内心凄凉。而今看到朋友离开，更是饱受挣扎的痛苦。"正是冷雨秋槐，鬓丝憔悴，又领略愁中，送客滋味。"

纳兰将友人离别的情节描写得入木三分，十分传神，写景之中也写情，"密约重逢知甚日，看取青衫和泪"。唐白居易贬官江州司马时所作《琵琶行》："座中泣下谁最多，江州司马青衫湿。"后用青衫喻指失意之官吏。

纳兰沿用前人典故，写出今日自己的心情，更显得落寞。"梦天涯、绕遍尽由人，只樽前迢递。"这是化用唐韦应物《春宵燕万年吉少府南馆》诗："河汉上纵横，春城夜迢递"的意境，形容时间久长，相思难忍。

这首词短小精悍，口语化极强，语言生动，带有节奏感，把含蓄与明快融为一体，纳兰将形式与内容更好地融合在了一起。

金人捧露盘

净业寺①观莲，有怀荪友

【原文】

　　藕风轻，莲露冷，断虹②收，正红窗、初上帘钩。田田③翠盖④，趁斜阳、鱼浪⑤香浮。此时画阁垂杨岸，睡起梳头。

　　旧游踪，招提⑥路，重到处，满离忧。想芙蓉、湖上悠悠。红衣狼藉，卧看桃叶送兰舟⑦。午风吹断江南梦，梦里菱讴⑧。

【注释】

　　①净业寺：据《啸亭杂录》云："成亲王府在净业湖北岸，系明珠宅。"故净业寺在净业湖边，旧址大约在今北京什刹海后海宋庆龄故居附近。

　　②断虹：一段彩虹，残虹。

　　③田田：形容荷叶相连的样子，古乐府《江南曲》中有"莲叶何田田"的句子。

　　④翠盖：饰以翠羽的车盖，指形如翠盖的植物茎叶。

　　⑤鱼浪：波浪，鳞纹细浪。

　　⑥招提：音译为"拓斗提奢"，省作"拓提"，后误为"招提"，其义为"四方"，四方之僧称招提僧，四方僧之住处称为招提僧坊，北魏太武帝造伽蓝创招提之名，后遂为寺院的别称。此处指净业寺。

　　⑦兰舟：木兰木制造的船。这是文学作品中常用的对船的美称。

⑧菱讴：菱歌，采菱之歌。

【赏析】

这首词是作者去净业寺观赏莲花时，怀念朋友，有感而发之作。

起首一句直接写景，将净业寺的景色描绘得十分美丽。"藕风轻，莲露冷"，清冷的空气仿佛扑面而来。藕风轻抚面庞，让人感到神清气爽。容若站于岸边，看着池塘里的荷叶，荷叶田田，这番景象，的确怡人。而接下来的一番景象，更是美不胜收。

"断虹收，正红窗初上帘钩。"应该是刚下过一场雨，不然也不会出现彩虹，彩虹并不完整，只是残留在天边的一段而已。但这又何妨，彩虹挂在天际，映红了窗纱。"田田翠盖，趁斜阳鱼浪香浮"，"田田"形容荷花相连的样子，"鱼浪"即是波浪。池塘里大片的荷叶飘来阵阵清香，鱼儿在水里欢畅地游荡，

卷起了层层波浪，这番景致，让人心旷神怡。"此时画阁垂杨岸，睡起梳头。"华丽的楼阁前垂下了丝丝杨柳，娴静的风景让人倦怠着方才起床梳头。看来，净业寺的荷花塘带给容若的不只是视觉上的享受，还有心灵上的安抚。

上片在悠闲的韵律中结束，而到了下片，容若的内心则充满了愁绪，这是他曾经来到过的故地，这番美景，他曾见到过。"旧游踪，招提路，重到处，满离忧。"当日与友人一起游玩，内心自然清爽，而今，容若独自前来，虽然美景依旧，但身边没有了友人的陪伴，总是不免感到有些孤单。

"想芙蓉湖上悠悠。红衣狼藉，卧看少妾荡兰舟。"想到过去，不知道友人现在是否也在某处泛舟游玩，当日看到美人在舟船上躺卧，那番闲情逸致，今日竟是多么想再重温一下。

"午风吹断江南梦，梦里菱讴。"这首怀念的词在一片怀念声中结束，容若应当知道，岁月如流水，世事无法留住。既然如此，那便在这个惬意的下午，自己来到这里，看着美景，感怀故人吧。

洞仙歌

咏黄葵

【原文】

铅华不御，看道家妆就。问取旁人入时否。为孤情淡韵，判不宜春，矜标格、开向晚秋时候。

无端轻薄雨，滴损檀心①，小叠宫罗镇②长皱。何必诉凄清，为爱秋光，被几日、西风吹瘦。便零落、蜂黄③也休嫌，且对倚斜阳，胜傺红袖。

【注释】

①檀心：浅红色的花蕊，这里指黄葵紫褐色的花心。

②宫罗：一种质地较薄的丝织品。镇：久、常之意。

③蜂黄：古代妇女涂额的黄色妆饰。也称花黄、额黄。

【赏析】

咏物是许多词人喜爱的一种作品形式，在容若的词作中，咏物词也不占少数。这首词便是在吟咏黄葵的外貌和情致。

黄葵，其实就是秋葵、黄蜀葵，七至十月开花，状貌似蜀葵，花亦不像蜀葵之色彩纷繁，大多为淡黄色，近花心处呈紫褐色。许多词人的词作中，都有过黄葵的影踪，但容若能写出自己的新意来。这首写黄葵的词便是表达出它身上一种清冷孤傲的气质，读来十分动人。

　　"铅华不御，看道家妆就。"黄葵的黄色花瓣，在容若看来好似道人的黄衣，所以在这里，容若将黄葵比做出世的道人。这个拟人十分形象，更显得黄葵在人们心目中的不同地位了。而后容若写道："问取旁人入时否。"

　　这句是在问黄葵的这身打扮是否合乎潮流，其实也是在问自己，清高得是否已经脱离了大众群体？容若看似是在写黄葵，其实也是在写自己。"为孤情淡韵，判不宜春，矜标格、开向晚秋时候。"

　　这句话是写黄葵和自己一样，都是开花在深秋时节，在百花争艳的时候，它默默无名，可是百花纷纷凋谢，它才开始怒放，在瑟瑟的秋风中，傲视一切。容若自己不也正是如此吗？他与其他的富家公子哥不一样，其他的公子哥一心享乐，从不去思考生命的意义，唯独容若，对生命思考透彻。

　　有了感同身受的体会，容若写起词来，更显得心应手。在下片，容若写道："无端轻薄雨，滴损檀心，小叠宫罗镇长皱。"可是与世人不同，走超凡脱俗的路线，注定是要付出代价的，在清冷的秋季，黄葵绽放，被冷雨浇灌，花蕊忍

不住颤抖。花朵毕竟是娇艳的，哪能受得了凄风苦雨。

随后，容若又写道："何必诉凄清，为爱秋光，被几日西风吹瘦。"即便是这样，也毫不后悔，何必去诉说凄凉，只要能够为这美好的秋日奉献出光彩，真是被西风吹过又能如何呢？容若内心的话在词的最后，展露无遗。

"便零落蜂黄也休嫌，且对倚斜阳，胜偎红袖。"黄葵在夕阳下，傲然绽放，远比那些姹紫嫣红，春暖时节开放的花朵更显得多出几分妩媚。

这就是容若的词，也是容若的内心所想。

东风齐著力

【原文】

电急流光①，天生薄命，有泪如潮。勉为欢谑②，到底总无聊。欲谱频年离恨，言已尽、恨未曾消。凭谁把、一天愁绪，按出琼箫③。

往事水迢迢④。窗前月，几番空照魂销。旧欢新梦，雁齿小红桥⑤。最是烧灯时候，宜春髻、酒暖蒲萄⑥。凄凉煞，五枝青玉⑦，风雨飘飘。

【注释】

①电急流光：形容时间过得极快，犹如电闪流急。

②欢谑：欢乐戏谑。南朝梁刘勰《文心雕龙·谐隐》："怨怒之情不一，欢谑之言无方。"

③琼箫：玉箫。

④迢迢：形容遥远。也作"迢递"。

⑤雁齿：比喻排列整齐之物，常比喻桥的台阶。

⑥蒲萄：即葡萄酒。

⑦五枝青玉：指灯。《西京杂记》谓，咸阳宫有青玉玉枝灯，高七尺五寸，作蟠螭，以口衔灯，灯燃，鳞甲皆动。

【赏析】

容若在这首词里诉说了自己透彻心扉的伤感与苦情：时光飞逝，人生苦短，

又加上天生福薄，想到这些不觉泪如雨下。即使强颜欢笑，最后也是百无聊赖。想要将胸中的愁苦写下，然而所有的语言都已说尽，但心头之恨仍然未消解。是谁在吹奏玉箫，那箫声如此凄切，更使人销魂。那窗前的明月，又一次照着月下这销魂之人。

往事如同江水般连绵不断地涌上心间，梦里忆里都是你我往日的欢会，那最宜人的是元宵佳节，可以久久地欣赏你那形状美丽的发髻，饮着那暖人的葡萄美酒。如今梦已醒，忆成空，只有凄风冷雨，寂寞孤灯，怎不叫人断肠伤情。

词的上片写人生苦短，泪眼蒙眬之凄迷感受。"电急流光，天生薄命，有泪如潮。"短短十二个字，就将内心的愁苦通通宣泄出来，"泪"是此片的关节。后面所写，虽然都是与泪无关，但可以看出，容若的这首词里，字字句句，都藏着眼泪。"勉为欢谑，到底总无聊。"在伤心的时候，欢乐也变得无聊了，勉强的笑容，总是难以持久的，放下面具，自己真的无法遏制悲伤。

"欲谱频年离恨，言已尽、恨未曾消。"离恨就是这样，就算千言万语一切都已消失，但离愁不会消失。容若写自己的悲戚，默然无语，千愁万怨似乎随着两行泪水咽入胸中，无法言说。

在上片的最后，容若写道："凭谁把、一天愁绪，按出琼箫。"一怀愁怨，触绪纷来，胸中的郁闷无法排遣，于是只得吹箫排解。词的下片开始，容若更是将清愁写入骨髓深处，让它们同寂寞一起流淌。

"往事水迢迢。窗前月，几番空照魂销。"提到离愁，便不能不写到往昔，一个过去丰富的人，往往最有忧愁的资格，容若就是这样的人，他的"旧欢新梦，雁齿小红桥"都是他的忧伤来源。这首词在这里声情凄苦，词音细滑，似满心而发出的感慨，读过之后，令人感到悲伤欲绝。

"最是烧灯时候，宜春髻、酒暖蒲萄。凄凉煞、五枝青玉，风雨飘飘。"结尾两句，融情入景，表达了绵绵无尽的哀愁。这首词可以因声传情，声情并茂。容若将词演绎得通篇婉转流畅，环环相扣，起伏跌宕，真是一首好词。

满江红

茅屋新成，却赋①

【原文】

问我何心，却构此、三楹茅屋②。可学得、海鸥③无事，闲飞闲宿？百感都随流水去，一身还被浮名束。误东风、迟日杏花天④，红牙⑤曲。

尘土梦，蕉中鹿⑥。翻覆手⑦，看棋局。且耽闲殢酒⑧，消他薄福。雪后谁

遮檐角翠，雨余好种墙阴绿。有些些^⑨、欲说向寒宵^⑩，西窗烛。

【注释】

①却赋：再赋。却，再。

②三楹茅屋：泛指几间茅屋之意。楹，房屋一间为一楹。

③海鸥：海上常见的一种海鸟。性喜群飞，羽毛多黑白相间，以鱼螺、昆虫或谷物、植物嫩叶等为食。古人以与海鸥为伴表示闲适或隐居。

④杏花天：杏花开放时节，指春天。

⑤红牙：乐器名，檀木制的拍板，用以调节乐曲的节拍。

⑥蕉中鹿：《列子·周穆王》："郑人有薪于野者，遇骇鹿，御而击之，毙之。恐人见之也，遽而藏诸隍中，覆之以蕉，不胜其喜。俄而遗其所藏之处，遂以为梦焉。"后以此典而成"蕉中鹿"，形容世间事物真伪难辨，得失无常等。蕉，通"樵"。

⑦翻覆手：《史记，郦生陆贾列传》："陆生因进说他曰：'……汉诚闻之，掘烧王先人冢，夷灭宗族，使一偏将将十万众临越，则越杀王降汉，如反覆手耳。'"杜甫诗《贫交行》："翻手作云覆手雨，纷纷轻薄何须数。"后以此典而成"翻云覆雨""翻覆手"等，形容人反复无常或惯耍手段。

⑧殢酒：沉湎于酒，醉酒。宋刘过《贺新郎》词："人道愁来须殢酒，无奈愁深酒浅。"

⑨有些些：有少量、有一点点。

⑩寒宵：寒夜。

【赏析】

世事是这样不如人意，我多想造几间草房，在那里过着自由自在的生活。把酒言欢，看雪赏雨，打猎植柳，不甚快哉！可造化弄人，冲破重重桎梏，飘然隐逸，简直如白日梦，只能让感慨随流水消散，而自己还被功名束缚。

陶渊明一句"采菊东篱下，悠然见南山"羡煞多少人，亦有数辈先贤与陶渊明同一行径，不为五斗米折腰，每日过着看"山气日夕佳，飞鸟相与还"的优哉日子。纳兰虽人在仕途，却淡泊功名，欲效陶渊明等先贤的心情则更为明显，他有诗云："吾本落拓人，无为自拘束。偶傥寄天地，樊笼非所欲。"

康熙二十三年（1684 年），顾贞观南归整三年，为招顾贞观回京，纳兰特地修建了几间茅屋，并写下了这首词以迎接顾贞观。

这首词的上片侧重叙志。问我为什么要造这几间草房，可是为了像海鸥那样无忧无虑，自由自在？将心中的感慨都付与流水，抛开这人世浮名的束缚，在那春天赏花歌舞。

下片点出为何要摆脱"浮名束"。是因为这人生如梦，变幻无常，令人无可奈何，不如冷眼旁观，与友人把酒言欢，消受清福。一起看雪赏雨，西窗剪烛。

与这首词同时完成的还有一首明志诗《寄梁汾并茸茅屋以招之》："三年此离别，作客滞何方？随意一尊酒，殷勤看夕阳。世谁容皎洁，天特任疏狂。聚首羡麋鹿，为君构草堂。"可见他与顾贞观的友情之深厚。

诗词的字里行间，更洋溢着对现实生活的不满。譬如海子的《面朝大海，春暖花开》："从明天起，做一个幸福的人／喂马，劈柴，周游世界／从明天起，关心粮食和蔬菜／我有一所房子，面朝大海，春暖花开。"表面上看，是对世俗生活的回归，"我"要"关心粮食和蔬菜"了；实质上说，还是对现实生活的抛弃，因为所谓"面朝大海"，即是背离现实——"喂马，劈柴，周游世界"这样的日子，看似简单，我们都明白，无论有多少个明天，这种日子也不会实现的。纳兰也是如此。诗人所选择的心目中的全新的生活，恰恰是最普通、最平实的生活，他把进行正常生活当作一种理想化的升华，这说明什么问题呢？说明他现在进行的生活是不正常的、背离他们自身理想的。

纳兰是权臣的长子，康熙帝的近侍，朝廷的重点培养对象，天生贵胄，多少人艳羡。作为被艳羡的对象，纳兰本人，却表现了让人惊讶的冷静，有出离尘世的透彻眼光。纳兰在审视自己当前的人生状况时，用了两个比喻：蕉叶覆鹿，翻手为云、覆手为雨。

"蕉中鹿"即指蕉叶覆鹿。砍柴人去打柴，阴差阳错下打死了一头肥硕的鹿。打柴人特别高兴，但是鹿太大，他带不走。他急中生智，将鹿藏在了芭蕉叶下。等他回来时，却找不到鹿了，他非常讶然，以为只是做了一个白日梦而已。"翻手为云、覆手为雨"典出《史记·郦生陆贾列传》，现在指人手段高明、权势大，其原本的意思，形容人反复无常。

这两个典故都指向同一个意向：命运的无常。打柴人前一刻还在为天降的好事欣喜若狂，下一刻发现那种喜悦的由来——一头鹿如同它的出现般，凭空消失了。他甚至开始怀疑自己命运中那一小段极度欢愉的时间是黄粱一梦，对实际发生的现实也产生了怀疑。当繁华的命运过后，我们独自啜饮生活的残酿时，谁又能说服自己昔日的繁华真的在自己身上出现过？

人们能相信的，只有现在，只有此刻，超出这个范畴的，我们脆弱的神经无法承受。说服自己相信一个失去的美好，远比说服自己忍受此刻的贫凉要难。

而事实上，有几人的一生能永远保持那种高调的繁华呢？烟花盛放，必然会走向寂灭；三春似锦，一定会走向秋凉。生命的本质是高低起伏的，如同抛物线，这条线的终点，一定是向着远方寂静的地平线。

可是，像纳兰这样在春日的繁花中欢乐畅饮酒浆的人，还是一个人世阅历

尚浅的年轻人，竟然能把命运审视得如此通透，真真让人佩服。陶渊明若知纳兰，当引为知音。

【词人逸事】

纳兰性德虽人在仕途，却淡泊功名，欲效陶渊明等先贤的心情则更为明显，他有诗云："吾本落拓人，无为自拘束。倜傥寄天地，樊笼非所欲。"

康熙二十三年（1684），顾贞观南归整三年，为招顾贞观回京，纳兰性德特地修建了茅屋三间，并写下了《满江红·茅屋新成·却赋》以迎接顾贞观，同时作诗以明志《寄梁汾并茸茅屋以招之》："三年此离别，作客滞何方？随意一尊酒，殷勤看夕阳。世谁容皎洁，天特任疏狂。聚首羡麋鹿，为君构草堂。"可见他与顾贞观的友情之深厚。

满江红

【原文】

为问封姨①，何事却、排空卷地。又不是，江南春好，妒花天气。叶尽归鸦栖未得，带垂惊燕飘还起。甚天公不肯惜愁人，添憔悴。

搅一霎，灯前睡。听半饷，心如醉。倩碧纱遮断，画屏深翠②。只影凄清残烛下③。离魂缥缈秋空里④。总随他、泊粉与飘香⑤，真无谓。

【注释】

①为问：犹相问、借问。封姨：古时神话传说中的风神，亦称"封家姨"

"十八姨""封十八姨"。唐谷神子《博异志·崔玄微》载：唐天宝中，崔玄微于春季月夜，遇美人绿衣杨氏、白衣李氏、绛衣陶氏、绯衣小女石醋醋和封家十八姨。崔命酒共饮。十八姨翻酒污醋醋衣裳、不欢而散。明夜诸女又来，醋醋言诸女皆往苑中，多被恶风所挠，求崔于每岁元旦作朱幡立于苑东，即可免难。时元旦已过，因请于某日平旦立此幡。是日东风刮地，折树飞沙，而苑中繁花不动。崔乃悟诸女皆花精，而封十八姨乃风神也。

②倩碧纱二句：倩，乞求、恳求。碧纱，碧纱窗、绿色的窗户。

③只影：谓孤独无偶。

④离魂：指远游他乡的旅人。缥缈：隐隐约约，若有若无。

⑤泊粉：指少许的残花。

【赏析】

这首词写塞上秋风排空卷地之景和自己的凄清无聊之情：相问秋风因何这般排空卷地地刮来。现在又不是江南的妒花时节，为何要如此狂风大作。狂风将树叶吹落，归来的乌鸦无处栖息，使小燕惊飞，欲垂落，又被风吹起。老天不肯怜惜愁苦的旅人，偏要为他增添憔悴。在灯前刚刚睡去，便被狂风声搅醒。耳听着片刻的风声，便令人心醉。指望那绿窗与画屏能遮挡住狂风。孤灯残影，离魂缥缈，吹残的花瓣与飘散的花香都随之而去，怎不叫人倍觉伤情。

塞上的秋日，不若京城的秋天红叶堕地，硕果满枝，却是一片苍冷景色，连风也不若紫禁城里的秋风飒爽中带着温婉，而是"排空卷地"而来。容若这位惜花人，自然几多抱怨。

这首《满江红》便是写塞上秋风横卷之景和自己的凄清无聊之情：想问秋风，因何这般排空卷地而来。现在又不是江南的妒花时节，为何要如此狂风大作。狂风将树叶吹落，使归来的乌鸦无处栖息，使小燕惊飞，几欲坠落，又被风吹起。老天不肯怜惜愁苦的旅人，偏要为他增添憔悴。在灯前刚刚睡去，便被狂风声搅醒。耳旁的狂风吹了半晌，心如酒醉一般混沌不明。指望那绿窗与画屏能遮挡住狂风。孤灯残影，离魂缥缈，吹残的花瓣与飘散的花香都随之而去，怎不叫人倍觉伤情。

苦旅天涯者，怕的便是萧瑟之景。马致远一曲《天净沙·秋思》吟得多少断肠客潸然泪下。纳兰容若所见，非"枯藤老树昏鸦、古道西风瘦马"之哀景，而是更进一筹，愁苦中带着毁灭与悲摧："叶尽归鸦栖未得，带垂惊燕飘还起"，连秋之悲哀中仅有的可停泊之心的宁静也丧失了，乌鸦归而无处栖息，小燕子被吹得在风中惊恐扑腾，煞是可怜。诗人目睹这一切，叹息说"甚天公不肯惜愁人，添憔悴"。

可是，一位飘零天涯的旅人，连自己的命运尚且无从把握，又怎能奈何得了这呼啸而来、肆意而去的狂风呢？他只能眼睁睁看着残花委地，自己身世的

飘零，也如这落花一般无可奈何。

真是"总随他、泊粉与飘香，真无谓"吗？无可奈何而已。

满江红

为曹子清题其先人所构楝亭，亭在金陵署中①。

【原文】

籍甚平阳②，羡奕叶、流传芳誉③。君不见、山龙补衮，昔时兰署④。饮罢石头城下水，移来燕子矶边树⑤。倩一茎黄楝作三槐⑥，趋庭处。

延夕月，承晨露。看手泽⑦，深余幕。更凤毛才思⑧，登高能赋。入梦凭将图绘写，留题合遣纱笼护⑨。正绿阴青子盼乌衣⑩，来非暮。

【注释】

①曹子清：曹寅，字子清，清文学家，号荔轩，又号楝亭，先世为汉族，原籍丰润（今属河北），自其祖父起为满洲贵族的包衣（奴仆），隶属于正白旗，为小说家曹雪芹祖父。楝亭：曹寅之先人所建，亭边植楝木，故以"楝"名亭。金陵：古邑名，今南京市的别称。

②平阳：地名，在今山西境内，相传古帝尧时为都。这里指金陵。

③奕叶：累世，代代。芳誉：美好的名声。

④山龙：指古代绘于衮服或旌旗上的山、龙图案。兰署：即兰台，指秘书省。

⑤石头城：古城名，又名石首城。故址在今江苏南京清凉山，本楚金陵城，汉建安十七年孙权重筑改名，城负山面江，南临秦淮河口，当交通要冲，六朝时为建康军事重镇。

⑥黄楝：落叶乔木，树皮味极苦，紫褐色，有灰色斑纹，羽状复叶，小叶卵状披针形，花小，绿黄色，树皮可入药，有祛湿热的作用，也叫苦树。三槐：相传周代宫廷外种有三棵槐树，三公朝天子时，面向三槐而立，后因以三槐喻三公。

⑦手泽：先辈存迹，此处指皇帝的题字。

⑧凤毛才思：比喻子孙有才似其父辈者。

⑨纱笼：谓以纱蒙覆贵人、名士壁上题咏的手迹表示崇敬。王定保《唐摭言》："王播少孤贫，尝客扬州惠昭寺木兰院，随僧食飧，诸僧厌怠，播至，已饭矣。后二纪，播自重位出镇是邦，因访旧游，问之，题已皆碧纱幕其上，播继以二绝句曰：'……上堂已了各西东，惭愧黎饭后钟。二十年来尘扑面，如今

始得碧纱笼。'"

⑩青子：指梅实，泛指尚未黄熟的果实。乌衣：指燕子。

【赏析】

当俞伯牙遇见钟子期，一曲《高山流水》流传于世，汩汩之流水，巍峨之高山，仿若天籁之音与心灵之沟通，响遏行云，天地万物宛若一体。

当旷世奇才李白遇见汪伦，蒙其恩，望着千尺之深的桃花潭水，留下了千古绝句"桃花潭水深千尺，不及汪伦送我情"，长亭外，都门帐饮无绪，无尽的是那脉脉的离人的泪。

而当天性哀愁、情思抑郁的纳兰性德，遇见自幼颖慧，四岁能辨声律，十几岁时，"即以诗词经艺惊动长者"，诗词曲通晓的曹寅，又岂是一曲《高山流水》能奏尽两人间的绵绵情谊？同是深宫院内人，相逢何必曾相识。

　　曹家与清室有着特殊关系，曹寅的祖父曹振彦为满洲贵族之包衣，属正白旗。而自曹振彦之子曹玺始至其子曹寅、孙曹頫等连续三代为江宁织造。曹寅比康熙皇帝小五岁，其母又是康熙皇帝的乳母。康熙二十三年（1684年）冬季康熙南巡，而在康熙南巡前六个月，曹玺死在江宁织造任上。十一月康熙巡幸到南京，特往曹府抚慰吊念。纳兰在陪同康熙南巡期间，专程来曹府，看望曹寅。

　　康熙二十四年五月初，曹寅至京，纳兰病殁之前，作此词相赠。纳兰与曹氏关系如此，且对曹氏了解甚深，因此在词中不免颇多盛赞语，但决不能简单看成逢迎之作。

　　一眼望去，这首《满江红》多处用典，然而细读便可发现，在典雅中不乏纳兰词一贯的清新自然之感，在蜿蜒曲折里不失流畅生动。

　　开篇起笔便称颂曹氏自祖上起声名显赫，方誉盛大，享有高官厚禄。"石头成下水"是化用李德裕的故事。据《中朝故事》记载：

李德裕居廊庙日，有亲知奉使于京口，李曰："还日，金山下扬子江中零水，与取一壶来。"其人举棹日，醉而忘之。泛舟止石城下，方忆。乃汲一瓶于江中，归京献之。李公饮后，叹讶非常。曰："江表水味，有异于顷岁矣。此水颇似建业石城下水。"其人谢过不隐也。

这故事记载的似乎只是一个传说一般的故事，想要表明的也不过是建业即石头城旧时繁华，连水质也与别处不同。词人由远处潺潺的石头城下水，描写至庭外布满岁月之痕迹的高大黄楝树。"三槐"则是相传周代宫廷外种有三棵槐树，三公朝天子时，面向三槐而立，后世因此以三槐喻三公。纳兰在这里假想，定是曹氏的先人栽种了一株黄楝于庭外，极为委婉地赞颂了曹家的鼎盛，有三公之功高位显者在。

"延夕月，承晨露。看手泽，深余慕"，承袭昨日的夕月，而俯身拾取今日的晨露，时光流逝，接着转而说看到题字，词人深深钦慕。手泽，本指手汗，后指先人之遗物或遗墨等。《礼记·玉藻》有言："父没而不能读父之书，手泽存焉而。"

此处作为皇帝的题字或是单纯指曹氏先辈的题字，都并不影响词意的理解。在言语间，词人流露出的真挚钦佩之情。

继而用"凤毛"两字极尽描写曹寅承袭祖上的过人才华。《世说新语·容止》有："王敬伦风姿似父。桓公望之曰：'大奴固有凤毛。'"晁瑞礼也在《永遇乐》中说过："龙阁先芬凤毛荣继，当世英妙。"

紧接着锦上添花，"入梦凭将图绘写，留题合遣纱笼护"，"纱笼"指宰相纱笼，典故来自唐五代王定保《唐摭言》中故事，后世以此作为世态炎凉，以势取人之典。但纳兰在这里反用其意，说曹家祖上自是显赫，即便是今日也是地位不同一般。

"正绿阴青子盼乌衣，来非暮。"乌衣意为名门望族子弟，此处是词人自指。词章到了这里，在奢华笔墨极尽之时笔调一转，借问你我何时聚，最是青梅结子时。由景至情，而能将情凌于景上，显得更为真切而婉丽。犹令人想到那句，"钟期既遇，奏流水以何惭"。

情到深处自是真，华美辞藻典章故事之下字句间流露的是一片真切。透过这一首《满江红》的浮华颂赞，能看到的，是纳兰、曹寅间说不尽的几多情谊。

【词人逸事】

曹子清即曹寅，先世汉族，自其祖父起为满洲贵族的包衣，隶属于正白旗。曹寅16岁时入宫为康熙御前侍卫，一说曾做过康熙伴读，曹寅与康熙这对少年君臣在幼时建立了良好的关系，一生深得康熙信任。曹寅与纳兰性德同为康熙帝侍卫8年，交谊很深。曹寅描述纳兰性德时曾这样写道："忆昔宿卫明光宫，楞伽山人貌姣好。"楞伽山人就是纳兰性德的号。而纳兰性德的骑术、剑术、武艺、文章在当时皆是一流的。而纳兰性德对曹寅也不吝赞美之词，这首《满江

《红》就是康熙二十二年他扈驾南巡到江宁时所作。可见二人的交情和对彼此的仰慕。

甚至到了曹寅的孙子曹雪芹时依然延续，和珅将曹雪芹所著的《红楼梦》奉呈乾隆皇帝，弘历阅读后说："此盖为明珠家事作也。"难怪俞樾在《小浮梅闲话》中据此说贾宝玉就是纳兰性德，开了《红楼梦》研究中索隐派先河。

满江红

【原文】

代北燕南①，应不隔、月明千里。谁相念、胭脂山下②，悲哉秋气③。小立
乍惊清露湿，孤眠最惜浓香腻。况夜乌、啼绝四更头，边声起④。

销不尽，悲歌意；匀不尽，相思泪。想故园今夜，玉阑谁倚？青海不来如
意梦⑤，红笺暂写违心字⑥。道别来、浑是不关心，东堂桂⑦。

【注释】

①代北：泛指汉、晋代郡和唐以后代州北部或以北地区。今山西北部及河北西北部一带。燕南：泛指黄河以北地区。

②胭脂山：即燕支山。古在匈奴境内，以产燕支（胭脂）草而得名。匈奴失此山，曾作歌曰："失我燕支山，使我妇女无颜色。"因水草丰美，宜于畜牧，一向为塞外值得怀念的地方。

③秋气：指秋日的凄清、肃杀之气。

④边声：边境上的马嘶、风号等声音。范仲淹《渔家傲》："四面边声连角起，千嶂里，长烟落日孤城闭。"

⑤青海：本指青海省内最大的咸水湖，蒙语为"库库诺尔"意即"青色的湖"。在青海东北部大通山、日月山和青海南山之间，北魏时始用此名。后比喻边远荒漠之地。

⑥红笺：红色笺纸。多用以题写诗词。违心：跟心愿相违背，不是出自本心。

⑦东堂桂：语出《晋书·郤诜》：郤诜以对策上第，拜议郎。后迁官，晋武帝于东堂会送，问诜曰："卿自以为何如?"诜对曰："臣举贤良对策，为天下第一。犹桂林之一枝，昆山之片玉。"后因称科举考试及第为"东堂桂"。

【赏析】

最深的爱，是无法言说的，最深的痛苦，亦是如此。在极度的情绪面前，语言到底还是太苍白。

然而不能相见，也只有以一纸书信作为寄托。单薄的纸片怎能承载起那般深厚的思念呢？怕是早已落满相思泪，不忍卒读了吧。

想念是一个动作，一种情绪，也是一个个孤单的日子，分分秒秒都难挨，一日如三秋。相见的人远在天边，相见的日子遥遥无期。

　　这是一首塞上月夜念妻怀乡之作，凄婉动人，伤情备至。秋日凄清，边声荒凉。又到月圆之时，而故园在千里之外。想到闺中孤独一人的妻子，纳兰不由得悲从中来。为了减轻妻子的苦恼，在写家信时，故意显得薄情寡义，偏偏说自己一点儿也不想家。可是这样一来，心里的痛苦反倒更深了。这首词是纳兰性德典型的边塞词。

　　"代北燕南，应不隔、月明千里。"代北燕南，泛指山西、河北一带。代北，原指汉、晋时期之代郡，唐以后之代州北部等。燕南，泛指黄河以北之地。在这里纳兰应该是以代北指代自己所在的边塞，以燕南指代妻子所在的家乡。千里共婵娟，借着月光的清辉，缩短了自己与妻子之间的漫长距离。这距离不是空间上的，而是心灵上的距离。起笔的这一句便饱含凄怨，令人黯然神伤。

　　"谁相念、胭脂山下，悲哉秋气。"胭脂山，《通典》纪：甘州删丹县，有胭脂山。这里泛指塞外泥土红色的山。"悲哉秋气"出自宋玉《悲秋赋》："悲哉，秋之为气也。"秋气指秋日凄清肃杀之气，草木零落，秋风萧瑟，荒凉的边塞更加冷清。触目所及，皆是一派萧索。纳兰在这样的境况之下，悲伤和孤独充满了心房。

　　"小立乍惊清露湿，孤眠最惜浓香腻。况夜乌、啼绝四更头，边声起。"这句写词人自己备受思念煎熬的情形。秋天寒露浓重，纳兰默立夜中满怀心事，不久便被露水的寒冷惊醒。或许纳兰发了很久的呆，他却只觉得过了一小会。也或许秋天的露水没有冰凉到能将他惊醒，而是他的心底太需要温暖。一个人睡去，最想念的，还是在家时枕畔的脂粉香气。想念那一份柔软的温暖，那一份熟悉的心安。心中愁绪万千，辗转难眠，偏偏聒噪的夜乌还来扰人清梦，提醒着他已是四更时分了。天快亮了，凄凉的边声，悠悠地传来，更让人无限伤感。

　　"销不尽，悲歌意。匀不尽，相思泪。想故园今夜，玉阑谁倚。"这句直抒胸臆，承接上文，进一步写词人心底的悲戚。凄凉的边声催下了眼泪，那悠远而苍凉的乐声，似悠长的思念，似无边的孤独，似漫天的萧瑟。眼泪止不住地落下，也无法冲淡心中的苦涩。想起那遥远的家乡，在这月圆人未圆的夜晚，是谁靠在玉阑边，对月伤怀呢？答案很明显，就是那独守空房的闺中人。

　　"青海不来如意梦，红笺暂写违心字。"这句写词人违背心意，在家信中故作冷漠。独自在这荒凉的塞外，不知何时才能归家。又不忍让妻子知道自己这般魂牵梦萦着家乡，索性在家信中撒谎，告诉她自己一点也不想家，好减轻妻子的烦恼。路途漫漫，归期遥遥，纳兰这般顾着妻子的感受，自己却更加痛苦难耐。纳兰有多么疼爱妻子，由此便可见一斑。

　　"道别来、浑是不关心，东堂桂。"科举考试而及第称为"东堂桂"。语出《晋书·郤诜传》：郤诜以对策上第，拜仪郎。后迁官，晋武帝于东堂会送，问诜曰："卿自以为何如？"诜对曰："臣举贤良对策，为天下第一。犹桂林之一枝，昆山之片玉。"考试及第与家信有什么关系呢？想来纳兰是想借科举来表达编造谎言就像考试及第一样艰难。明明已经被思念折磨得夜不能寐，还要在家信中隐藏心意，不让妻子察觉自己的忧思。在心爱之人面前克制自己的情感是

　　多么痛苦啊。然而纳兰太过深情，所以即便是这样，他也不愿让妻子多承担一丝烦恼。本是多情，偏作无情，其中的辛酸挣扎，也只有纳兰一人能够明了。

　　这首词写得哀婉缠绵，将词人复杂的心理描写得淋漓尽致。无数的情绪交织在一起，寂寞，思念，伤感，痛心。偏偏这些情绪，却不能倾诉，这才是最痛苦之处。

满庭芳

【原文】

埃雪翻鸦，河冰跃马，惊风吹度龙堆。阴磷夜泣①，此景总堪悲。待向中宵起舞，无人处、那有村鸡。只应是，金笳暗拍，一样泪沾衣。

须知今古事，棋枰胜负，翻覆如斯。叹纷纷蛮触②，回首成非。剩得几行青史，斜阳下、断碣残碑。年华共，混同江水③，流去几时回。

【注释】

①埃雪三句：埃，古代瞭望敌情之土堡，或谓记里程的土堆。龙堆，沙漠名，即白龙堆。阴磷：即阴火，磷火之类，俗谓鬼火。

②蛮触：《庄子·则阳》："有国于蜗之左角者，曰触氏；有国于蜗之右角者，曰蛮氏。时相与争地而战，伏尸数万。"后有"触蛮之争"之语，意谓由于极小之事而引起了争端。白居易《禽虫十二章》之七："蟭螟杀敌蚊巢上，蛮触之争蜗角中。"

③混同江：指松花江。见《清一统志·吉林一》："混同江，在吉林城东，今名松花江。"

【词评】

黄天骥《纳兰性德和他的词》："纳兰性德到了松花江畔。这一带，正是满洲在入关前各个部族互相吞并斗争的地方。诗人凭吊古战场，满怀心事，情绪悲怆。当然，纳兰性德不懂得满洲内部统一的历史意义，但是，战乱总给人民带来损害，所以诗人也有他不满的理由。读了这首词，我们多少可以体会到残酷的战争在人们心上留下的创伤。"

张草纫《纳兰词笺注》卷三："……按女真在明代分为三大部族：建州女真、海西女真、野人女真。纳兰氏属于海西女真的叶赫部。各部之间经常互相残杀。后建州女真的努尔哈赤剪平各部族，作者的高祖金台什战败，自焚而死。叶赫部世居混同江畔，因此这首词不是一般的怀古，还包含着对自己的祖先在部族战争中被残杀的隐痛。参考黄天骥《纳兰性德和他的词》。"

盛冬铃《纳兰性德词选》："此词也是容若出使梭龙途中之作。上半阕极写绝塞隆冬的荒凉景况和自己悲怆的心情，下半阕则感谓古今兴亡，如同棋局翻覆、蛮触相争，转眼成空，毫无意义。这可能是因当年建州女真与海西女真之间的争斗而兴叹。全词写景、抒情、议论，三者互相映衬，又一气贯通，融合为茫茫边愁，艺术上看，有它成功的地方。"

【赏析】

途经古战场，曾经腥风血雨的地方，如今一片太平。或许还残留着不散的阴魂，但英雄们的名字，早已无人知晓。

时间的手翻云覆雨，无人能敌。沧海桑田，斗转星移。一切纷争，或许毫无意义。

解读这首词之前，首先需要了解创作背景。当时纳兰同康熙巡幸关外，路过混同江畔，脚下正是各个部族互相厮杀的古战场。目之所及，皆是一望无垠的荒寒。然而纳兰的感慨却不止字面上这么简单，这就要追溯到纳兰的身世了。

纳兰性德是满族人，但他的始祖却是蒙古人，满族在明朝末年分为三大部族，建州女真、海西女真和野人女真，各部之间经常互相残杀。纳兰的始祖原姓土默特，他们的部族消灭女真纳喇部，并迁移到纳喇的土地上，土默特族改姓纳喇，纳喇族在这里繁衍壮大之后，迁徙到叶赫河岸，形成了拥有十五个部落的叶赫部，被称为叶赫那拉氏，纳喇也译作纳兰，这便是纳兰性德的姓氏来历。

当时，建州女真的努尔哈赤也来投靠势力强大的叶赫部，叶赫部长对他关照有加，还将自己的小女儿许配与他。后来，努尔哈赤在关外建立了疆域，逐渐发展壮大。为了扩张势力范围，他甚至与自己的同族人海西女真争夺领土，杀死了自己的岳父。接着，大败了纳兰性德的曾祖父为首领的叶赫部。叶赫部投降，从此，纳兰氏划归满洲正黄旗。祖先的仇恨与亲情，纠缠不清。

纳兰虽未曾经历，但也陆续知晓了家族的历史，对于满清，始终有着复杂的感情。然而自小他便受了两种教育，在汉人文化的熏陶之下，他也变得有了几分汉人的心性，从他的词中，便可见一斑。

这首词是纳兰随康熙巡逻关外时，路经古战场所感。"堠雪翻鸦，河冰跃马，惊风吹度龙堆。阴磷夜泣，此景总堪悲。"起笔便极尽凄寒，读之使人毛骨悚然。哨堡上压着厚厚的积雪，乌鸦翻飞而起。河里结了坚硬的冰，有战马从上空越过。白龙堆上盘旋着凌厉的朔风，还有那闪烁的鬼火，似是鬼魂在幽幽哭泣。目之所及，皆是苍凉凄清，这一切都让纳兰感伤不已。

"待向中宵起舞，无人处、那有村鸡。只应是，金笳暗拍，一样泪沾衣。""中宵起舞"为用典，《晋书·祖逖传》："（祖逖）与司空刘琨俱为司州主簿，情好绸缪，共被同寝。中夜闻荒鸡鸣，蹴琨觉曰：'此非恶声也。'因起舞。"纳兰在这里是说，想象刘琨、祖逖那样闻鸡起舞、及时奋发，但在这样荒凉死寂的地方，怎么会有报时的村鸡呢？壮志难酬，轻拍金笳发出的苍凉的声音，也能让他黯然落泪。心中意难平，眼前却只有一片废墟，多年潜藏心底的愤恨，最终化成了无边的苍凉落寞。

"须知今古事，棋枰胜负，翻覆如斯。叹纷纷蛮触，回首成非。"下片议论。历史的手翻云覆雨，或负或胜，如同一盘变幻莫测的棋局。"蛮触"典出《庄子集释》："有国于蜗之左角者，曰触氏；有国于蜗之右角者，曰蛮氏。时相与争地而战，伏尸数万。"后以"蛮触"比喻因小事争吵的双方。在纳兰眼中，祖先们以生死为代价的争斗，和蛮触之争别无两样。得失成败，实在是毫无意义。

"剩得几行青史，斜阳下、断碣残碑。年华共，混同江水，流去几时回。"历史的洪流汹涌而过，留下的，也只不过是几行青史、断碣残碑而已。曾经金戈铁马，势同水火，如今子孙已同朝为君臣。那些未酬的壮志，壮烈的英雄，都已化作沧海桑田，教人不堪回首。年华似水，浩浩荡荡，无穷无尽，而人和历史都只是其中的渺小微尘。

纳兰写这首词时，心中必定是惊涛骇浪。祖先的恩怨，万丈的豪情，历史的洪流，岁月的无常，都在他心中激荡。然而，他的眼前，却是那曾经有无数人战死，如今一片荒凉的废墟。斗转星移，今非昔比。他只能吟一首悲怆凄然的词，以此来寄托哀思，悼亡祖先。

【词人逸事】

纳兰性德现可考的始祖名星恳达尔汉，蒙古人，姓土默特，发展壮大后一举剪灭女真呐喇部，移居其地，改姓纳喇。后族众繁衍，人多势盛，迁至叶赫河岸，形成拥有十五个部落的叶赫部，被称为叶赫纳喇（又译纳兰、那拉）氏，为满洲八大姓之一。当时清太祖努尔哈赤尚势薄兵寡，势力强大的叶赫部长杨吉弩十分器重努尔哈赤的才干，将幼女孟古许配之，孟古后生清太宗皇太极，被尊为孝慈高皇后。努尔哈赤在关外建立基业后，姻眷之间却因争夺疆土变成了水火不容的仇敌。

在对抗努尔哈赤统一东北女真的战争中，城陷身死。天命四年，努尔哈赤大败叶赫部，性德的曾祖父叶赫部首领贝勒金台石被困城楼台，宁死不降，自焚身亡。并诅咒："我叶赫那拉氏，就算只剩下一个女子、也要灭你们满洲国！"清末的慈禧太后，即出于叶赫那拉氏。因此，世俗有一说。这正是应验了金台石的诅咒。以致慈禧倒行逆施，果然使大清因她而亡国。其子尼雅韩束手归降，尼雅韩即为纳兰祖父。此后，金台石劫后的子孙就被划为满洲正黄旗。

满庭芳

题元人《芦洲聚雁图》

【原文】

似有猿啼，更无渔唱[①]，依稀落尽丹枫[②]。湿云影里，点点宿宾鸿[③]。占断沙洲寂寞④，寒潮上、一抹烟笼。全不似、半江瑟瑟，相映半江红。

楚天秋欲尽，荻花吹处，竟日冥蒙⑤。近黄陵祠庙⑥，莫采芙蓉。我欲行吟去也，应难问、骚客遗踪⑦。湘灵杳、一樽遥酹⑧，还欲认青峰。

【注释】

①渔唱：渔人唱的歌。

②丹枫：经霜泛红的枫叶。唐李商隐《访秋》诗："殷勤报秋意，只是有丹枫。"

③宾鸿：即鸿雁、大雁。

④占断：全部占有，占尽。唐吴融《杏花》诗："粉薄红轻掩敛羞，花中占断得风流。"

⑤冥蒙：幽暗不明。

⑥黄陵祠庙：即黄陵庙。传说为舜二妃娥皇、女英之庙，亦称二妃庙，在今湖南湘阴之北。北魏郦道元《水经注·湘水》："湖水西流，径二妃庙南，世谓之黄陵庙也。"

⑦骚客：指屈原。

⑧湘灵：古代传说中的湘水之神；一说为舜妃，即湘夫人。酹：以酒浇地，表示祭奠。

【赏析】

秋之悲哀，是祭奠一次生命盛宴结束。纳兰对秋的体验，比任何人都要深刻。这也能够解释，为什么在纳兰的题画词中，这首关于秋景的作品堪称翘楚：他是懂画的人，是懂秋情的人，更是懂秋之髓味的人。

这首《满庭芳》是题在一首元人旧作《芦洲聚雁图》上的。虽然这幅画如今早已失传，但还好，我们有纳兰性德的词，得以重新描画这幅元人妙作的神髓：图画栩栩如生，仿佛能听到猿啼，却没有渔唱之声，红色的枫叶已经落尽，

天空的湿云里飞过点点雁影。寂寞沙洲，滚滚寒潮，轻烟朦胧，完全不像白居易所描绘的江边傍晚美丽的情景。已近深秋，芦花处处，一派迷蒙之景。经过二妃黄陵祠庙，千万不要采摘荷花。我欲行吟而去，想起三闾大夫，如今却难寻踪迹。想起娥皇、女英，她们的踪影已杳不可见，于是不胜叹惋，只有举杯遥祭。

透过纳兰的词我们大致可以知道，《芦洲聚雁图》描绘的应是一幅山水图，有洲渚、鸿雁、秋草和斜阳。"占断沙洲寂寞，寒潮上、一抹烟笼"化自苏东坡《卜算子》中一句"寂寞沙洲冷"。她讲述了一个女子未能得到爱却最终得到了爱人的怀念的故事。悲哀，毕竟不悲凉。纳兰性德把苏轼词中的五个字演绎成十三个，氤氲，伤感，感断心弦的忧愁——典型的纳兰风韵。

在化用了苏东坡的名句后，词人紧随其后信手拈起白居易的《暮江吟》："一道残阳铺水中，半江瑟瑟半江红。"他说，我没有看到半江瑟瑟半江红的景

致啊。是啊，"寒潮上、一抹烟笼"，雾气轻闭江面，自然无处寻得残阳铺水的可爱景象，取而代之的是带些寒意的江景。

至此一叹，惆怅之情还可言说，转到下阕，惆怅之心却难以言表，余韵悠长。楚国的天空秋色已尽，苇絮四处飘落，使这天气愈加阴沉、昏暗。临近娥皇、女英的祠堂之侧，怎能不让人生冷悯而采摘芙蓉呢？想要远离尘嚣之地且吟着歌曲离去便罢，只是，怕也难寻的踪迹啊！如同娥皇、女英一般。一去杳然。欲想杯酒遥祭，却不知九嶷山在何处。

水调歌头

题《西山秋爽图》

【原文】

空山梵呗①静，水月影俱沉。悠然一境人外，都不许尘侵。岁晚忆曾游处，犹记半竿斜照，一抹界疏林。绝顶茅庵里，老衲②正孤吟。

云中锡③，溪头钓，涧边琴。此生著几两屐，谁识卧游心？准拟乘风归去，错向槐安回首，何日得投簪④？布袜青鞋⑤约，但向画图寻。

【注释】

①梵呗：佛教徒作法事时念诵经文的声音。

②老衲：年老的僧人。亦为老僧自称。亦有借用于道士者。

③锡：即锡丈，谓僧人出行。

④投簪：丢下固冠用的簪子。比喻弃官。

⑤布袜青鞋：多指隐者或平民的装束，借指隐居。

【赏析】

在人们的印象中，题画诗似乎可供发挥的空间不大，多为应景之作，但是也不乏佳品，譬如纳兰性德的这首《水调歌头》。

上阕侧重景与境的描写：空山梵呗，水月洞天，这世外幽静的山林，不惹一丝世俗的尘埃。还记得那夕阳西下时，疏林上一抹微云的情景。在悬崖绝顶

之上的茅草屋中，一位老和尚正在沉吟。下阕侧重观画之感受与心情的刻画。行走在云山之中，垂钓于溪头之上，弹琴于涧水边，真是快活无比。隐居山中。四处云游，一生又能穿破几双鞋子，而我赏画神游的心情又有谁能理解？往日误入仕途，贪图富贵，如今悔恨，想要归隐山林，但是这一愿望要到何日才可以实现呢！只希冀从这画中得到安慰。

"只在此山中，云深不知处"的隐士生活为许多古代士人所倾慕。空山不见人，青枝茂密，绿叶扶疏，一个简朴的小茅棚里，老僧微闭双目虔诚地念诵经卷。他是念诵的《金刚经》还是《多心经》不可而知，只听到梵音声声在静谧的山林中悠远回荡，把寂静的夕阳无限拉长。

诗人对这种生活产生了无限向往，看着这幅画作，禁不住神游开去，觉得官宦日子真是受罪。这种心态类似于今天的城市白领梦想着去乡下承包一块土地，开垦自己的一块菜园、养一群鸡鸭。

　　虽然纳兰性德为我们描述的景色美若天外，让我们心生向往，可是有些东西，包括某些生活方式，我们一生也不可能真正拥有。不过，这并不妨碍我们去体味、去追求。向往美、向往一种极致的洒脱，到底比追求一些黑暗的、无聊的生活要好。

水调歌头

题岳阳楼图

【原文】

落日与湖水，终古^①岳阳城。登临半是迁客^②，历历数题名。欲问遗踪何处，但见微波木叶，几簇打鱼罾③。多少别离恨，哀雁下前汀。

忽宜雨，旋宜月，更宜晴。人间无数金碧，未许著空明。淡墨生绡④谱就，待俏横拖一笔，带出九疑⑤青。仿佛潇湘夜，鼓瑟旧精灵。

【注释】

①终古：往昔自古以来。

②迁客：遭贬迁的官员。

③鱼罾：渔网。

④生绡：未漂煮过的丝织品。古时多用以作画，因亦以指画卷。唐韩愈《桃源图》诗："流水盘回山百转，生绡数幅垂中堂。"

⑤九疑：亦称"九嶷"，山名，在湖南宁远南。

【赏析】

岳阳楼与江西南昌的滕王阁、湖北武汉的黄鹤楼并称为江南三大名楼，自古就有"洞庭天下水，岳阳天下楼"之誉。岳阳楼自建成之日起就受到了文人骚客的无限喜爱。人们不时高登楼上，把酒言欢，或吟诗，或长啸，或抒胸中之块垒，或抒发满怀豪情。可浏览八百里洞庭湖的湖光山色岳阳楼，是艺术创作中被反复描摹、久写不衰的一个主题。

纳兰容若的这首《水调歌头》为题画之作，所题之画的主题，正是岳阳楼。纳兰容若在诗歌中赞美图画，感慨人事：这岳阳楼的落日与湖水自古以来都是岳阳城的名胜。来到这里的大都是迁客骚人，留下了无数不朽的诗句。但要问寻他们的遗踪，却只能看到洞庭微波，木叶凋零，几处渔网横卧。人世间多少离恨，都如同这寂寞哀雁飞下孤洲。无论风雨晴空，无论明月暮霭，都各具风情。人间无数精美的金碧山水画，都不及它的澄澈空明。只用淡墨生绡摹画，巧妙地横向拖出一笔，那九疑山青青的风神便呈现出来，就如同在这潇湘夜色中，那湘水之神正弹奏着古瑟般栩栩如生！

　　这首词可谓是题画词中的翘楚，意境空灵，将画面中的景色与岳阳楼、洞庭湖的典故、名句融于一处，丝毫不见雕琢痕迹。观诗如览画，且词句铿锵，更富音律之美感，读过之后，满口辞藻的余香。

凤凰台上忆吹箫

除夕得梁汾闽中信，因赋

【原文】

荔粉初装①，桃符欲换②，怀人拟赋然脂③。喜螺江双鲤④，忽展新词。稠叠频年离恨⑤，匆匆里、一纸难题。分明见、临缄重发，欲寄迟迟。

心知。梅花佳句，待粉郎香令⑥，再结相思。记画屏今夕，曾共题诗。独客料应无睡，慈恩梦、那值微之⑦。重来日，梧桐夜雨，却话秋池⑧。

【注释】

①荔：植物名。又称木莲。常绿藤本，蔓生，叶椭圆形，花极小，隐于花托内。果实富胶汁，可制凉粉，有解暑作用。

②桃符：古时挂在大门上的两块画着门神或写着门神名字，用于辟邪的桃木板。后在其上贴春联。借代春联。

③然脂：泛指点燃火炬、灯烛之属。

④螺江：水名，也称螺女江。在福建福州西北。宋葛长庚《寄三山彭鹤林》："瞻彼鹤林，在彼长乐嵩山之上，螺江之角。"双鲤：一底一盖，把书信夹在里面的鱼形木板，常指代书信。

⑤稠叠：稠密重叠，密密层层。频年：连续几年。

⑥粉郎：傅粉郎君，三国魏何晏美仪容，面如傅粉，尚魏公主封列侯，人称粉侯，亦称粉郎。香令：晋习凿齿《襄阳记》："刘季和曰：'荀令君至人家，坐处三日香。'"后以"香令"指三国魏荀彧。亦用以借指高雅才识之士。

⑦慈恩：慈恩寺的省称。唐代寺院名。旧寺在陕西长安东南、曲江北，宋时已毁，仅存雁塔（大雁塔）。今寺为近代新建在陕西西安南郊。唐贞观二十二年李治（高宗）为太子时，就隋无漏寺旧址为母文德皇后追福所建，故名慈恩寺。微之：元稹，字微之。

⑧话秋池：唐李商隐《夜雨寄北》："问君归期未有期，巴山夜雨涨秋池。何当共剪西窗烛，却话巴山夜雨时？"却：再。

【赏析】

这是纳兰词里少见的喜气洋洋的作品。以往除夕，诗人多沉浸在对妻子的

感怀中，愁眉不展。唯有这次，虽然也是思人之作，却是欣欣然的、不悲哀的。只因为，他在除夕之夜接到了顾贞观（号梁汾）从闽中寄来的信。

薜荔萌发，春联欲换，在这辞旧迎新的时刻，怀人之情油然而起，遂点灯而赋，却欣喜地得到了来自闽中友人的书信，展开来奉读那动人的新词。这多年的离愁别恨，又岂能在这匆匆书写的一纸信文中说尽。于是信写好后，将封寄出，又拆开来，犹恐漏掉什么、未尽深意。

记得曾经的除夕之夜，我们在一起题诗。心中明了，那咏梅的佳句还在等待着你回来题赋。料想你独在闽中，此时正辗转不眠，而京华旧游之事犹如梦幻，你已不在其中。遥想他日重逢，当是在梧桐夜雨之时，那时定然能一起追忆今日的情景。

世上能使人辗转反侧的，除了爱情，还有友情。爱情，能使生命中处处洋

溢着玫瑰的甜香，每时每刻都如梦幻般甜蜜，相比而言，友情更像是一行诗，用细细密密的句子斜斜地插入你的生活，把每一个孤单乏味的瞬间填满。

诗人以一种快乐到天真的态度记下了对朋友的想念。"梅花佳句，待粉郎香令"，粉郎，对俊秀男子的雅称。冬日红梅大放，梅乃岁寒三友，其花美艳，其质高洁，读书人总爱取梅一瓶，共坐联对作诗。我的朋友，曾经的除夕夜，我们一起咏梅作诗，今年我依旧等着你，等你回来一起写下关于梅花的美丽诗篇。这种感情，朴实，感人，充满依恋。

在欢乐的佳节，你是否如纳兰容若一般，会想起像顾贞观一样能陪伴你走过生命的每一个孤寂瞬间的朋友？若有一友如纳兰之于梁汾、如梁汾之于纳兰，真是人间幸事。

凤凰台上忆吹箫

守岁①

【原文】

　　锦瑟何年②，香屏此夕③，东风吹送相思。记巡檐笑罢④，共捻梅枝。还向烛花影里，催教看、燕蜡鸡丝⑤。如今但、一编消夜，冷暖谁知？

当时。欢娱见惯，道岁岁琼筵，玉漏如斯^⑥。怅难寻旧约，枉费新词。次第朱幡剪彩^⑦，冠儿侧、斗转蛾儿^⑧。重验取^⑨，卢郎青鬓^⑩，未觉春迟。

【注释】

①守岁：农历除夕一夜不睡，送旧迎新。

②锦瑟：漆有织锦纹的瑟。借喻往日的好时光。李商隐《锦瑟》："锦瑟无端五十弦，一弦一柱思华年。"

③香屏：华美的屏风。南朝梁简文帝《美女篇》："朱颜半已醉，微笑隐香屏。"

④巡檐：来往于檐前。

⑤燕蜡鸡丝：即燕蜡与鸡丝，旧俗农历正月初一做节日食品。明瞿佑《四时宜忌·正月事宜》谓："洛阳人家，正月元日造丝鸡、蜡燕、粉荔枝。"

⑥琼筵：盛宴、美宴。玉漏：古代计时漏壶的美称，唐苏味道《正月十五夜》诗："金吾不禁夜，玉漏莫相催。"

⑦次第：依次地。朱幡：指显贵之家所用的红色旗幡。剪彩：古代正月七日，以金银箔或彩帛剪成人或花鸟图形，插于发髻或贴在鬓角上，也有贴于窗户、门屏，或挂在树枝上作为装饰的，谓之"剪彩"。

⑧斗转：乱转。宋康与之《瑞鹤仙·上元应制》："闹蛾儿、满路成团打块，簇着冠儿斗转。"蛾儿：古代妇女于元宵节前后插戴在头上的剪彩而成的应时饰物。

⑨验取：检验、查看。

⑩卢郎：传说唐时有卢家子弟为校书郎时年已老，因晚娶，而遭妻怨。宋钱易《南部新书》丁："卢家有子弟，年已暮犹为校书郎，晚娶崔氏女，崔有词翰，结褵之后，微有愠色。卢因请诗以述怀为戏。崔立成诗曰：'不怨卢郎年纪大，不怨卢郎官职卑。自恨妾身生较晚，不见卢郎年少时。'"后用为典故。

【赏析】

锦瑟无端五十弦，一弦一柱思华年。

转眼又到了除夕。除夕，除夕，除去往夕。它意味着与往夕告别，与旧人告别，与旧我告别。带着几分敬畏，几分期许，载欣载驰，奔向明日，奔向前程，奔向未知。

从前种种譬如昨日死，从后种种有如今日生，像一个神圣庄严的仪式。多希望有这样利落的告别，与昨天挥挥手，不带走任何记忆，不留下一片云彩。

可谁又能做到呢？人，从某种意义上来说，就是过去和回忆的集合体。尤其是，过往和回忆是那样美，那样华丽，让今日的我，不忍也不能放下。

对纳兰这样一个恋旧的人，更是如此。

过去的除夕是怎样的呢？香屏此夕，巡檐笑罢，共捻梅枝。烛花影里，争看燕蜡鸡丝。

今天的纳兰是怎样的呢？一编消夜，冷暖谁知？

融融春夜，在弥漫的年味中，在鲜花着锦的铺排中，整个人沉浸其中，本是一大幸福。更美的是，与相亲的人，相爱的人，共捻梅枝，共灯烛影。当一个人的幸福，被人感知着，并分享着，这幸福往往是加倍的，是暖心的。

今夕何夕？形单影只。一个人，靠一本书，独自消磨着这个夜。冷与暖，如鱼饮水，只能自知。当一个人的落寞，无人能知，这落寞往往也是加倍的，是蚀心的。

过去的温暖反衬着今天的落寞，过去的繁华反衬着今天的萧瑟。在这样的一个佳节，本是要与过去告别，却偏偏只能抓住过去，靠着过去的余温温暖着今日冰凉的自己。如何放下？如何舍弃？

舍不下。所以词的下片起始依旧在回忆过去。欢娱见惯，岁岁琼筵，好一个天上人间。只可惜，当时的自己没有领略，因为身处其中，因为见惯不怪，

而今想起来，才知可贵，才知珍惜。就像鱼在水中，从不知道水的珍贵，直到有一天它离开了水，在岸上挣扎时，才知水对自己而言，就是生命。当时的约定，当时的诺言呢？而今俱成梦境，新词写得再多，也是枉费。

过去的华丽提醒着今日的自己，那些过去都是回忆中的场景。现实中的场景又是怎样的呢？次第朱幡剪彩，冠儿侧，斗转蛾儿。看起来多么华丽，多么热闹！可别忘了，热闹是他们的，纳兰什么也没有！过往的繁华已让人不堪，现实的繁嚣更是让人受刺激。他只能徒然慨叹着：卢郎清鬓，未觉春迟。明明是说韶华已逝，好梦难留，却强作解语，安慰自己说："未觉春迟"。这真是，伤心人的违心语，当不得真的。

但，纳兰又能怎样呢？如果不自我安慰一下，岂不是要在回忆与现实的双重压迫下，无法呼吸？

不知道写这首词时，纳兰身在何处。从他的经历来揣测，应该是写在随康

熙出巡扈从期间。做着一个在外人看来风光无比的御前侍卫，谁又能知道当事人自己的内心感受？赏心应比驱驰好，他无法赏心，只能违心。

借着佳节良辰，抒发胸中块垒。

除夕，一夜连双岁，五更分两年。新与旧在此同时登场，纠结着。即使一个内心并不敏感的人，在这个特殊的时刻，也会生出与往日不一样的情愫。

明天，又是新的一天。

明天，却不是新的一天。

金菊对芙蓉

上元①

【原文】

金鸭消香②，银虬泻水③，谁家夜笛飞声？正上林雪霁④，鸳甃晶莹⑤。鱼龙舞罢香车杳⑥，剩尊前、袖掩吴绫⑦。狂游似梦，而今空记，密约烧灯⑧。

追念往事难凭。叹火树星桥，回首飘零。但九逵烟月⑨，依旧笼明。楚天一带惊烽火⑩，问今宵，可照江城⑪？小窗残酒，阑珊灯地，别自关情。

【注释】

①上元：上元节。节日名，俗以农历正月十五日为上元节，也叫元宵节。

②金鸭：一种镀金的鸭形铜香炉，多用以熏香或取暖。唐戴叔伦《春怨》诗："金鸭香消欲断魂，梨花春雨掩重门。"

③银虬：亦作"银蚪"，银漏、虬箭。古代一种计时器，漏壶底部的银质流水龙头。

④上林：上林苑，古宫苑名。一为秦旧苑汉初荒废至汉武帝时重新扩建。故址在今西安市西及周至、户县界；一为东汉光武帝时建造，故址在今河南洛阳市东汉魏洛阳故城西，东汉永平十五年冬车骑校猎上林苑即此；一为南朝宋大明三年建造，故址在今江苏南京市玄武湖北。后泛指帝王的园囿。

⑤鸳甃：用对称的砖瓦砌成的井壁，亦借指井。宋秦观《水龙吟》词："卖花声过尽，斜阳院落，红成阵，飞鸳甃。"

　　⑥鱼龙舞：古代百戏杂耍节目，亦称鱼龙杂戏、鱼龙百戏。唐宋时京城于元宵节盛行此戏，唐张说《侍宴隆庆池》诗："鱼龙百戏分容与，凫鹥双舟较溯洄。"鱼龙，指古代百戏杂耍中能变化为鱼和龙的猞猁模型，亦为该项百戏杂耍名。香车：用香木做的车，泛指华美的车或轿。

　　⑦吴绫：古代吴地所产的一种有纹彩的丝织品，以轻薄著名。

　　⑧烧灯：点灯，指举行灯会或灯市，指元宵节，旧俗于正月十五晚张灯结彩供人通宵观赏，故称。

　　⑨九逵：四通八达的大道，后多指京城的大路。

　　⑩楚天：古代楚国在今长江中下游一带，位居南方，所以泛指南方天空为楚天。烽火：古时边防报警的烟火，比喻战火或战争。

　　⑪江城：临江之城市、城郭。唐崔湜《襄阳早秋寄岑侍郎》诗："江城秋气早，旭旦坐南闱。"

【赏析】

这首词抒写上元之日的感怀：元宵佳节到来，看香炉中轻烟袅袅，漏壶滴水，不知哪里传来了玉笛之声。现在园囿中正是大雪初霁，飞檐碧瓦分外晶莹。街市上热闹非常，鱼龙杂耍，香车宝马，只有我一个人对酒独坐。记得当初相约今日一起赏灯，如今却恍然成梦。怀念往事，心中难平。那满眼的灯火璀璨，却是不堪回首。那京城的通衢大道上，烟云缭绕，月色朦胧。如今南方战事未平，不知今日是否也会有如此热闹的灯火相照？而我却对着小窗残酒，望着微弱的烛光，感慨万千。

唯有华丽的词句，才配得上华丽的佳节吧。元宵佳节，纳兰府中吃穿用度必然不同凡响，可是，锦衣玉食的生活却只能让纳兰的内心更加落寞、苍凉。

所谓金鸭，是古人用来熏香或取暖的鸭形铜香炉，镀金镶翠，更显其华丽。"银虬"则是古代计时器漏壶底部的银质流水龙头，若放在今天，这两样东西则可称之为"华贵典雅的家居设计"。他人做此类句子，多是出于美好的想象，大胆地使用华美的修辞，于纳兰，却是实打实地写实，描绘眼前的景象。

这首词是在抒写上元之日的感怀：元宵佳节到来，看香炉中轻烟袅袅，漏壶滴水，不知哪里传来了玉笛之声。现在园囿中正是大雪初霁，飞檐碧瓦分外晶莹。街市上热闹非常，鱼龙杂耍，香车宝马，只有我一个人对酒独坐。记得当初相约今日一起赏灯，如今却恍然成梦。怀念往事，心中难平。那满眼的灯火璀璨，却是不堪回首。那京城的通衢大道上，烟云缭绕，月色朦胧。如今南方战事未平，不知今日是否也会有如此热闹的灯火相照？而我却对着小窗残酒，望着微弱的烛光，感慨万千。

这样的好日子，词人想到的不是上街游乐，而是离别的故人，甚至想到了远方的战事。纳兰性德写作此诗时，吴三桂已死，但是他孙子吴世瑶继续称帝，康熙帝派大军围剿湖南，所以有"楚天一带惊烽火"之说。

欢乐的节日再热闹，也感染不了一颗孤寂的灵魂。"小窗残酒，阑珊灯

烛"，诗人对着小窗独酌，一杯残酒就度过了一个良宵。世上最悲的描写，不是以悲写悲，而是以乐写悲。纳兰性德用全城的欢乐衬托一个的孤寂，让我们看到的，是一个孤寂的人在孤寂的夜晚，任由名为孤寂的幽灵在他灵魂深处狂欢。

琵琶仙

中秋

【原文】

碧海年年①，试问取冰轮②，为谁圆缺？吹到一片秋香，清辉了如雪。愁中看、好天良夜，知道尽成悲咽③。只影而今，那堪重对，旧时明月。

花径里戏捉迷藏，曾惹下萧萧井梧叶④。记否轻纨小扇⑤，又几番凉热。只落得、填膺百感⑥，总茫茫、不关离别。一任紫玉无情⑦，夜寒吹裂。

【注释】

①碧海：此处指青天。

②冰轮：即圆月。

③悲咽：悲伤呜咽。

④井梧叶：井边梧桐的树叶。

⑤轻纨小扇：指纨扇，即用细绢制成的团扇。

⑥填膺：充塞于胸中。

⑦紫玉：古人多截取紫玉竹为箫笛，因以紫玉为箫笛之代称。

【赏析】

抒发哀怨的感情时，幽怨的人最先想到的往往是月亮。唐明皇夜会梅妃，杨贵妃得知自己深爱的男人心中还装着别的女人，满怀忧伤，饮酒独醉，开口便是"海岛冰轮初转腾，见玉兔，玉兔又早东升"（《贵妃醉酒》）。纳兰容若思念起心头的人儿，起首也是"碧海年年，试问取冰轮，为谁圆缺"。

这首词描绘了中秋月下的景致：年年岁岁，问那天上的明月在为谁圆缺？夜风吹得桂花飘香时，那月色更加清净如雪。这花好月圆的美好景色，在满怀愁绪的人看来也只觉伤感呜咽。形单影只，该如何去面对那旧时的明月？曾记得我们在鲜花小径追逐嬉戏，惹得梧桐树叶纷纷飘落，还记得那轻纱团扇陪伴了几个寒秋，如今却只落得胸中百感交集，无处申诉。任凭那幽咽的笛声唤起旧梦，吹到天明。

想必，容若所思念的，是他青梅竹马的恋人。看他所回忆的情节"花径里、戏捉迷藏，曾惹下萧萧井梧叶"。钟鼎人家青年男女，家教甚严，举止必然大方稳重，及笄的丫头、弱冠的小伙儿必然不好意思跑来跑去地捉迷藏，能做这种游戏的，当是"郎骑竹马来，绕床弄青梅"的年纪。小小的姑娘一定还是"妾发初履额"，一点儿不懂得羞呢，会"折花门前剧"。

那真是不会再来的美好时光，我们玩得多么畅快，撒了欢地在满是花朵的小路上奔跑，连梧桐树的叶子都被我们夸张的笑声与叫声惊落了几片。曾经我们共同走过的美好日子，并不短暂，"记否轻纨小扇，又几番凉热"。用细薄的纨素糊就的小团扇，陪伴我们在漫长的夏日赶凉风、扑流萤，经历了几多华年？那时，我们天真烂漫，亲密无间。

冰轮出碧海，美则美，却美得冷入骨髓。夜风吹动盛放的桂花，靖冷的月光下，甜香的桂花竟然映现了白雪般冷艳的气质，让夜色更觉凄清。这样清冷的夜、清冷的心，唯有清冷的曲子才能与之相配。诗人用一支紫玉笛吹出哀婉的曲子，表达内心浓浓的抑郁与伤怀。

御带花

重九夜①

【原文】

晚秋却胜春天好，情在冷香深处②。朱楼六扇小屏山③。寂寞几分尘土。虬尾烟销④，人梦觉、碎虫零杵⑤。便强说欢娱。总是无憀心绪⑥。

转忆当年，消受尽皓腕红萸⑦，嫣然一顾。如今何事，向禅榻茶烟⑧，怕歌愁舞。玉粟寒生⑨，且领略、月明清露。叹此际凄凉，何必更，满城风雨。

【注释】

①重九：即重阳，农历九月九日。旧时在这一天有登高的风俗。

②冷香：指清香的花。唐王建《野菊》诗："晚艳出荒篱，冷香着秋水。"

③朱楼：谓富丽华美的楼阁。《后汉书·冯衍传下》："伏朱楼而四望兮，采三秀之华英。"屏山：屏风。

④虬尾：指盘曲若虬的盘香。虬：古代传说中有角的小龙。

⑤碎虫零杵：断续的虫声和杵声。

⑥无憀：空闲而烦闷的心情，闲而郁闷。

⑦皓腕：洁白的手腕，多用于女子，三国魏曹植《洛神赋》"攘皓腕于神浒兮，采湍濑之玄芝。"红萸：指重阳节插戴茱萸。

⑧禅榻：禅床。宋郭象《睽车志》卷三："惟丈室一僧，独坐禅榻。"

⑨玉粟：形容皮肤因受寒呈粟状。

【赏析】

重阳节这天，天涯孤客，倍思亲人。纳兰容若独上小楼，啜饮着比天涯孤旅更为孤寒的伤悲。离家者尚有还家之日，远离人世者又怎会有归来之时？这首词写重阳节的无聊心绪，同时忆旧抒怀。

深秋季节的景致要比春天更美好，无限风情尽在秋日的花香深处。小楼的屏风落下些许微尘，却无人打扫。盘香烟消，孤独的人被窗外传来的虫鸣声和捣衣声惊醒，再难成眠。即使强颜欢笑，那百无聊赖的心绪也难以消减。记得当年，有伊人相伴一旁，那嫣然一笑，如今犹自灿烂。现如今，却空寂无聊，独自禅坐，怕见那歌舞繁华。清风雨露，霜华渐生，不觉寒冷。纵使不是满城风雨，而是胜却春天的美好秋夜，也已经只能感受到无比的凄凉冷清了。

"冷香"一处，有两种说法。一说指菊花、梅花等傲寒之花清幽的香气，另一种说法，则指女人香。或许在纳兰的印象中，妻子的气息就带着这般凉意的甜蜜。

重阳佳节，秋菊盛放，本来是"萧疏篱畔科头坐，清冷香中抱膝吟"（《红楼梦·对菊》）的日子，如今的容若却只能自问"圃露庭霜何寂寞，鸿归蛩病可相思"（《红楼梦·问菊》）。没有快乐，只有哀愁。当年与妻子嬉戏欢愉的小楼，如今盛满的不再是欢快的笑声，而是沉重的寂静。虽未曾常伴青灯，没了你的陪伴，人世繁华也褪去了光彩。爱人生命凋萎，容若的心便也寂灭了，寻常日子由一幅青绿山水瞬间褪色成了黑白水墨。

纵然晚秋却胜春天好，能使人在这人间好景中感叹"此际凄凉"的，恐怕也只有爱情了。这样的爱情，我们读来心醉；那身处爱情中的人，却是无尽地心碎。此情此景此爱恋，闻者悲戚，说者断肠。

东风第一枝

桃花

【原文】

薄劣东风，凄其夜雨，晓来依旧庭院。多情前度崔郎^①，应叹去年人面。湘帘乍卷②，早迷了、画梁栖燕。最娇人、清晓莺啼，飞去一枝犹颤。

背山郭、黄昏开遍。想孤影、夕阳一片。是谁移向亭皋③，伴取晕眉青眼④。五更风雨，莫减却、春光一线。傍荔墙、牵惹游丝⑤，昨夜绛楼难辨⑥。

【注释】

①崔郎：崔护，字殷功，博陵（今河北定县）人。唐代诗人，官至御史大夫、岭南节度使。据唐孟棨《本事诗·情感》记载：崔护于清明日游长安城南，因渴求饮，见一女子独自靠着桃树站立，遂一见倾心。次年清明又去，人未见，门已锁。崔因题诗于左扉："去年今日此门中，人面桃花相映红。人面不知何处去，桃花依旧笑春风。"

②湘帘：用湘妃竹做的帘子。宋范成大《夜宴曲》诗："明琼翠带湘帘斑，风帏绣浪千飞鸾。"

③亭皋：水边的平地。《汉书·司马相如传上》："亭皋千里，靡不被筑。"

王先谦补注："亭当训平……亭皋千里，犹言平皋千里。皋，水旁地。"

④晕眉：谓妇女晕淡的眉目。青眼：即柳眼。

⑤荔墙：薜荔墙。游丝：飘浮在空中的蛛丝。

⑥绛楼：红楼。

【赏析】

三月水暖，桃花次第开，漫随风，舞清香。古人因此将正月至三月桃花开放的季节取名为桃花春。纳兰这首咏桃花之作便应该是写于这样一个桃花飘香的阳春之日。

东风第一枝是词牌名，据传为唐人吕谓老首创，原为咏梅而作，又名《琼林第一枝》。双调，上片九句，押四仄韵，五十字；下片八句，押五仄韵，五十字，共一百字。

"薄劣东风，凄其夜雨，晓来依旧庭院"，"薄劣"是薄情的意思，这里是借用了宋朝张元幹《踏莎行》中的一句：

"薄劣东风，天斜落絮，明朝重觅吹笙路。"

东风薄情，夜雨凄迷，早晨的庭院依然如旧，而深深庭院中多情的桃花却绽开了。词本就贵在委婉曲折，层深跌宕，而咏物之词则又须若即若离，含蓄微妙，纳兰这首词起笔便很有种欲扬先抑的味道。

提起了桃花，就总会让人联想起唐代那个美丽的故事。

唐代孟棨在他那本记录了许多诗歌故事的《本事诗》里这样写道：

"相传唐崔护清明郊游，至村居求饮。有女持水至，含情倚桃伫立。明年清明再游访，则门庭如故，而人去室空矣。遂题诗云：'去年今日此门中，人面桃花相映红。人面不知何处去？桃花依旧笑春风。'"

风流倜傥的才子偶然经过一户人家，门扉轻掩，阶前无尘，几枝桃花斜出墙外，在春风里颤动身姿，悄然飘下零落的花瓣。拾眼间，却见一清秀女子倚门而立，嫣然而笑。那一刻，瞬间成千古。一年以后，又是一个明媚的春天，

当才子再回故地，人已杳然，只留下那丛桃花，灿然开放在春天里，笑靥正如那心仪的女子。也许这位名叫崔护的才子没有想到，这一阕伤情之作竟绵绵荡荡流传至今，他的名字也因诗而存。

这个儒雅书生并无炫人的财富，但却把一份思念刻成一首小诗，挂在桃花绽放的梢头，在春天的阳光下，与影影绰绰的记忆一起放大成一片片离愁，让今人唇齿之间还摩擦着"人面桃花"的珠溅玉屑，徜徉在花飞花谢的爱情之中。

因而，桃花已然成为一种象征，纳兰在这里唏嘘，此情此景如果崔护看到，应当会发出人面桃花的感叹吧。情绪尚在"人面桃花"的故事里徘徊，至"湘帘乍卷"才猛地回神，看梁间栖燕。纳兰在这里没有点明，却可以推想，彼时

看见的定当是双飞双栖的燕子，因此才会一时迷神。

与此同时，清晓黄鹂在枝头啼叫，那细嫩轻柔的啼鸣声最是动人，当它飞去后，桃枝犹自颤抖，别有一种楚楚动人的姿态。"娇"一字描摹出声音的细嫩、清润。前蜀李珣的《望远行》中便有这样的用法：

"琼窗时听语鹦娇，柳丝牵恨一条条。"

到了这里，词转入下片，纳兰的思绪也由眼前的庭院推延到山郭，他想象桃花在夕阳里的美丽风采。想着想着，却觉得这样的桃花似乎太孤单，"想孤影、夕阳一片"，独立夕阳中，愈美丽就愈显得悲凉。于是词人给桃花找了水边杨柳为伴，从而使它愈加动人迷离。

愿望终归是愿望，"五更风雨，莫减却、春光一线"一句将人拉回了现实，夜来的风雨减损了春色，一笔宕开，却紧接着在结尾句点醒题旨，回照了开端。那鲜艳的桃花依傍在薜荔墙下，愈发红艳可爱，牵惹着游丝，与那红色的楼阁互掩难辨。情景在此熔铸合一，有一种悠然不尽的邈远深意，通篇读来，有感

可发有情可叹。

　　古时的女子偶一回眸，然后羞涩地一笑，就绘成一幅"人面桃花"的画卷，不仅让崔护心动，也隔着千百年的时光让纳兰感叹让今人迷醉，缠绵成一首绝唱。而纳兰这首桃花词写得恰如那女子的涩然一笑，低回婉转之间是艳若桃花的不尽情意。

秋水

听雨

（按此调谱律不载，疑亦自度曲）

【原文】

谁道破愁须仗酒，酒醒后，心翻醉。正香消翠被①，隔帘惊听，那又是、点点丝丝和泪。忆剪烛、幽窗小憩②。娇梦垂成③，频唤觉、一眸秋水④。

依旧乱蛩声里，短檠明灭⑤，怎教人睡。想几年踪迹，过头风浪⑥，只消受、一段横波花底⑦。向拥髻、灯前提起⑧。甚日还来，同领略、夜雨空阶滋味。

【注释】

①翠被：翡翠羽制成的背帔。

②忆剪烛：语出唐李商隐《夜雨寄北》诗：“何当共剪西窗烛，却话巴山夜雨时。”谓剔烛芯。后以“剪烛”为促膝夜谈之典。元杨载《题火涉不花同知画像》诗：“裘暖鸣鞭疾，翡翠帘深剪烛频。”小憩：短暂休息。

③垂成：事情将近成功。

④秋水：秋天的水，比喻人（多指女人）清澈明亮的眼睛。

⑤短檠：矮灯架，借指小灯。唐韩愈《短灯檠歌》：“一朝富贵还自恣，长檠焰高照珠翠；吁嗟世事无不然，墙角君看短檠弃。”

⑥风浪：比喻艰险的遭遇。

⑦横波：水波闪动，比喻女子眼神闪烁。

⑧拥髻：谓捧持发髻，话旧生哀，是为女子心境凄凉的情态。

【赏析】

读纳兰一阕《秋水·听雨》，禁不住想起林黛玉的一首《秋窗风雨夕》。黛玉病卧潇湘馆，秋夜听雨声渐沥，心下凄凉，遂仿《春江花月夜》之格作词曰："泪烛摇摇爇短檠，牵愁照恨动离情。谁家秋院无风入？何处秋窗无雨声？"字字句句的秋情，字字句句的伤悲。曹雪芹在代书中人作词时拿捏得向来很准，譬如第七十回"林黛玉重建桃花社，史湘云偶填柳絮词"，他让身世飘零的黛玉作词曰："叹今生谁舍谁收？嫁与东风春不管，凭尔去，忍淹留。"人物哀哀凄凄的形象跃然纸上。到了心思缜密、踌躇满志的宝钗则一改倾颓气色："韶华休笑本无根，好风凭借力，送我上青云！"颇有男儿声韵。

　　黛玉毕竟是闺阁女儿，有悲，无阅历；有情，无情事。一篇《秋窗风雨夕》下来，华美流畅，感动的，却更多是黛玉自己。因她身处秋境，身系飘零，词句引导出的是内心深处的悲伤，但在多数读者身上，难以引发共鸣。纳兰性德不同，同为少年才俊，纳兰毕竟年长些，阅历多些，在这篇《秋水》中引入自己的感情经历，旁人看了更易懂。

　　这首词写诗人听秋雨而生发的情感：谁说消愁一定要喝酒，酒醒之后，心反而醉了。伊人已不在身边，寂寞无聊，却听得窗外渐渐沥沥地下起了秋雨，可知那雨水是伴着泪水流下的呢。记得当初秋夜闻雨，西窗剪烛，你当时刚要睡着却又被频频唤醒，眼神迷离的情景。现在已经是秋虫哀鸣，灯光明灭，可寂寞却叫人无法入睡。回想这几年的足迹，经历的风风雨雨，只有与你相守的日子最让人安慰。想和灯烛前拥的你诉说，又不知什么时候才能再回来，让我们一起领略这秋雨缠绵的无尽秋意！

怀念故人的心碎的词句，偏偏用了让人心碎的典故。"忆剪烛幽窗小憩"一句，典出晚唐李商隐《夜雨寄北》："君问归期未有期，巴山夜雨涨秋池。何当共剪西窗烛，却话巴山夜雨时。"这是李商隐身居遥远的巴蜀写给远在长安的妻子的诗句。唐人的旧句子，或华丽或雄浑，难见这种朴实无华又深情的小文字，多么亲切有味。每每夜深读起，齿颊生香，心下平和，幸福中，裹杂着一些缠绵的思念，小小的忧愁。只是这种小伤悲的词句，用到纳兰容若的词中，便是大悲痛了，有苏轼《江城子》"千里孤坟，无处话凄凉"的悲哀——只因李商隐的妻还在世，在远方的长安城等待着丈夫归来，还能有"共剪西窗烛"的日子；而纳兰容若的妻香魂已逝，纵使世人为她写情词万言也唤不回来伊人的一声回应。

梁何逊写"夜雨滴空阶，晓灯离暗室"；蒋捷说"悲欢离合总无情，一任阶前点滴到天明"；纳兰容若叹息道"甚日还来，同领略夜雨空阶滋味"。斯人去后，诗人的生命里只剩下"乱蛩声里，短檠明灭"，漫长的秋夜，雨滴敲打着空阶无法入眠。年轻的容若不知独自熬过了多少个失眠夜，他也曾想过借酒浇愁，得出的结论却是"一谁道破愁须仗酒"。这酒醒后，心反而醉得更深，痛得更多。

妻子离世后，纳兰容若的日子，秋雨绵绵，恨绵绵。容若三十一岁英年早逝，对他来讲，也许其中的禅益远大于遗憾。

水龙吟

题文姬①图

【原文】

须知名士倾城，一般易到伤心处。柯亭②响绝，四弦③才断，恶风吹去。万里他乡，非生非死，此身良苦。对黄沙白草④，呜呜卷叶，平生恨、从头谱。

应是瑶台⑤伴侣。只多了、毡裘⑥夫妇。严寒觱篥⑦，几行乡泪，应声如雨。尺幅⑧重披⑨，玉颜千载，依然无主。怪人间厚福⑩，天公尽付，痴儿呆女⑪。

【注释】

①文姬：汉蔡文姬，名蔡琰，字文姬，生卒年不详。陈留圉（今河南杞县南）人。为汉大文学家蔡邕之女。博学能文，有才名，通音律。有《悲愤诗》两首传世。

②柯亭：古地名。又名高迁亭。在今浙江绍兴西南，以产良竹著名。晋伏滔《长笛斌》："邕避难江南，宿于柯亭。柯亭之观，以竹为椽。邕仰而盯之曰：'良竹也。'取以为笛，奇声独绝。历代传之，以至于今天。"

③四弦：指琵琶。因有四弦，故称。

④黄沙白草：形容边塞的荒凉景象。

⑤瑶台：美玉砌的楼台。亦泛指雕饰华丽的楼台，指传说中的神仙居处。

⑥毡裘：古代北方少数民族用毛制成的衣服。

⑦觱篥：古代的一种管乐器，形似喇叭，以芦苇为嘴，以竹做管，吹出的声音悲凄，羌人所吹。唐刘商《胡笳十八拍》第七拍："龟兹愁中听，碎叶琵琶夜深怨。"

⑧尺幅：指小幅的纸或绢，泛称文章、画卷。

⑨披：披露、陈述。

⑩厚福：多福，大福。

⑪痴儿呆女：指迷恋于情爱的男女。

【赏析】

在赏析这首词之前，我们首先要了解一下蔡文姬。

蔡文姬的父亲是大名鼎鼎音乐家蔡邕。文姬在父亲的熏陶下，既博学能文，又善诗赋，兼长辩才与音律。她的丈夫卫仲道更是一名才子，夫妇两人恩爱非常，可惜好景不长，不到一年，卫仲道便因咯血而死。当时正处东汉末年，军阀混战，北方匈奴趁机掠掳中原一带，蔡文姬与许多被掳去的妇女一齐被带到南匈奴。

容若的这首题画之作，正是描写文姬被掳时的情景。

"须知名士倾城，一般易到伤心处"，这句中的"倾城"应解释为美女，首句的意思：名士与美女都有一个共同的特点，那就是多情而敏感，他们最容易生愁动感。

接下来，在"柯亭响绝，四弦才断，恶风吹去"这句中，容若提到两个典故。

相传蔡文姬的父亲蔡邕避祸于江南，有一次宿于柯亭，看到这里的椽子是用竹子做成的，于是将其买下，制成笛子后，音色十分优美。"柯亭响绝"的意思是说蔡邕已经逝去，人们再也听不到美妙绝伦的笛声了。

蔡文姬受父亲的熏陶，很小就精通音律，能通过断弦的声音判定是第几根弦。一开始，蔡邕还不以为然，为了证明自己的判断，他有意弄断另一根琴弦，蔡文姬又准确地指出是第四根，因此后人也称蔡文姬为"四弦才"。在这里

"断"有断弦之意,"四弦才断"暗指蔡文姬经历了丧夫之痛。

了解了以上两个典故后,其他词句就显得平白如话,十分容易理解了,"恶风吹去"指的是蔡文姬被匈奴掳去的事实。随后,容若对蔡文姬赴漠北的情景进行了描写,并对其"万里他乡,非生非死,此身良苦","玉颜千载,依然无主"的悲惨命运表示了哀叹和同情,最后三句更是对老天让那些"痴儿呆女"偏得"人间厚福"发出了不平的慨叹。

此外,有的词学家联系当时的时代背景,认为这首词乃是一首借题发挥之作,是容若借蔡文姬为顾贞观的好友吴兆骞鸣不平,这种解读也有一定的道理。

【词人逸事】

蔡文姬,名琰,字昭姬,为避司马昭的讳,改为文姬。蔡文姬的父亲是大名鼎鼎的蔡邕。文姬在父亲的熏陶下自小耳濡目染,既博学能文,又善诗赋,兼长辩才与音律。初嫁河东卫家,卫家是河东世族,她的丈夫卫仲道更是太学出色的士子,夫妇两人恩爱非常,可惜好景不长,不到一年,卫仲道便因咯血而死。文姬守寡在家。

当时正处东汉末年,军阀混战,北方匈奴趁机掠掳中原一带,在"中土人脆弱、来兵皆胡羌,纵猎围城邑,所向悉破亡。马边悬男头,马后载妇女,长驱入朔漠,回路险且阻"的状况下,蔡文姬与许多被掳去的妇女,一齐被带到南匈奴。

饱受番兵的凌辱和鞭笞,一步一步走向渺茫不可知的未来,当时蔡文姬刚刚23岁,正值青春年华。然而这一去就是12年。她嫁给了虎背熊腰的匈奴左贤王,饱尝了异族异乡异俗生活的痛苦。后为左贤王生下两个儿子,她学会了吹奏"胡笳",相传《胡笳十八拍》即为其所作,曲调哀怨,动人心魄。后来曹操统一北方,挟天子以令诸侯。曹操少年时代曾受蔡邕教导,得知文姬被掳,便派使者携带黄金千两,白璧一双,将她赎回,后改嫁董祀。

纳兰性德所题之画正是文姬被掳时的情景,对她"万里他乡,非生非死。

此身良苦"，"玉颜千载，依然无主"的命运表达了深刻的哀叹和同情。

水龙吟

再送荪友南还

【原文】

人生南北真如梦，但卧金山①高处。白波②东逝，鸟啼花落，任他日暮。别酒盈觞，一声将息，送君归去。便烟波万顷，半帆残月，几回首、相思苦。

可忆柴门深闭，玉绳低、剪灯夜雨。浮生如此，别多会少，不如莫遇。愁

对西轩，荔墙叶暗，黄昏风雨。更那堪、几处金戈铁马③，把凄凉助。

【注释】

①金山：山名，在江苏镇江西北。这里代指严绳孙的家乡。

②白波：白色波浪，水流，此处喻指时光。

③金戈铁马：金属制的戈，配有铁甲的战马。指战争。

【赏析】

纳兰是个至情至性的人，纳兰词中所表露出的情感，无论是恋情、夫妻情、友情，无一不是体现了一种痴的情怀。本篇是为严绳孙南归所赋的赠别之作，其实在这首词填写的同时，纳兰还有四首诗词赠别绳孙，故此处说"再送"。

纳兰起笔不凡，"人生南北真如梦"一句抛出了"人生如梦"这等千古文人常叹之语，其后接以他总挂在嘴边的归隐之思，令全词的意境在开篇时便显得空远阔大。"白波东逝，鸟啼花落，任他日暮"，白描勾勒出的情景或许是此时，也或许是想象：看江水东流，花开花落，莺歌燕语，任凭时光飞逝，这是何等惬意。

在这样逍遥洒脱的词境中，纳兰叹道，"别酒盈觞，一声将息，送君归去"，点出了别情。自古送别总是断肠时，古时不比如今，一别之后或许就是此生再难相见，因而古人或许在自己的生死上能阔达一番，却也总对与友人的离别无可奈何。

眼前你我离别之情充满了酒杯，只能一声叹息，送你离去。而离去之后，天地便换了风光，"便烟波万顷，半帆残月"，岂止是送行人，远行人自身亦是满腔悲愁，的的确确就像纳兰说的，"几回首，相思苦"。

下片首句转入了回忆，"可忆柴门深闭，玉绳低、剪灯夜雨"，"玉绳"是星名，通常泛指群星，这里的意思是说忆起柴门紧闭，斗转星移，夜雨畅谈的时光。之后的一句，多少可以看出纳兰的一些悲观情绪。他说，"浮生如此，别多会少，不如莫遇"，这话说得实在悲凉，人在时间面前终归是渺小的，时间不可逆转正是种种迷惘痛苦的根由。

"愁对西轩，荔墙叶暗，黄昏风雨"转笔又是白描写景，如今离别，又兼愁风冷雨，四字小句层层将气氛层层渲染开去。倒是篇末一句，有种不同于前面词句的雄浑苍凉的味道，"更那堪几处，金戈铁马，把凄凉助"，将国事与友情融为一体，使得这首词境界阔大了不少。

纳兰填完此词一个月后，便溘然长逝了。这次离别之后，两人也便真的没有了再次相见的机会。隔着时间的长河，凝聚在词句中这种怆然伤别的深挚友情依旧令人感叹不已。

百字令

【原文】

人生能几？总不如休惹、情条①恨叶。刚是尊前同一笑，又到别离时节。灯烛残，炉烟爇②尽，无语空凝咽③。一天凉露，芳魂④此夜偷接。

怕见人去楼空，柳枝无恙，犹扫窗间月。无分暗香深处住，悔把兰襟⑤亲结。尚暖檀痕⑥，犹寒翠影，触绪添悲切。愁多成病，此愁知向谁说？

【注释】

①情条：指纷乱的情绪。

②爇：燃烧。

③凝咽：犹哽咽，哭时不能痛快出声。

④芳魂：谓美人的魂魄。

⑤兰襟：芬芳的衣襟，比喻知心朋友。襟，连襟，彼此心连心。

⑥檀痕：带有香粉的泪痕。檀，即檀粉，化妆用的香粉。

【赏析】

"人生能几？"这首词的开篇，纳兰就直言人生苦短。三国时期，枭雄曹操就在面对奔流而去的茫茫大江时喟叹一声："对酒当歌，人生几何？譬如朝露，去日苦多。"不过，他饮酒饮出的是一腔豪气，纳兰涌上心头的却是无奈和寂寞。

"人生能几？总不如休惹、情条恨叶"，本不该坠入情恨的纠葛之中，却又欲罢不能，"情条"是指纷乱的情绪。在这里，词人似乎对自己的"多情"有一股悔意，虽悔却又无意去改，当真是率性之至。

　　上阕写幽会，既像实写，又像因思念亡妻而产生的幻觉，读来便有了几分缥缈迷离的感觉，更加耐人寻味。"刚是尊前同一笑，又到别离时节"，这两句是在写两人刚刚对饮一杯，相视而笑，离别的时间就到了。就好像灰姑娘必须在午夜十二点前抽身一样，"离别"二字是个魔咒，让纵然相爱却不能长相厮守的现实有着强烈的宿命感。

　　"灯炧挑残，炉蒦烟尽，无语空凝咽"，残灯摇曳，炉烟燃尽，两人只能默默无语暗自垂泪，就连道别的话也不忍心说出口，似乎说过"再见"之后就会瞬间海角天涯。"一天凉露，芳魂此夜偷接"，读到此处，我们或许可以将这当作词人与意中人暗夜相会的情景，但"芳魂"二字一出心里便了然了，这更像

一首悼念卢氏的词。纳兰大概是深夜辗转反侧，难以成眠，勾起了旧日与卢氏相守的点滴回忆，或者是期待在梦中能与佳人的芳魂相聚。"凉露"二字既可指现实中的深夜露水，也可理解为是纳兰这腔怨恨的无限悲凉。

下阕从回忆或梦境回到了现实，纳兰怕见"人去楼空"，现实却正是如此。柳枝如丝，犹自拂过她曾经住过的阁楼，明月照旧，照着容若一人孤独的身影。纳兰长叹："无分暗香深处住，悔把兰襟亲结。"你我有缘无分，不能同居共处，真悔恨当初那样的亲昵。这般悔恨着，却仿佛看见了她满脸泪痕、身影绰绰，自己那无边的愁绪就被触动开了，即"尚暖檀痕，犹寒翠影，触绪添悲切"。愁苦交叠，以至于相思成病，这一番寂寞哀愁又能向谁倾诉呢？

全词就在散溢开来的孤独感、无力感中戛然而止，更加令人九曲回肠，添悲增恨。

百字会

【原文】

绿杨飞絮，叹沉沉院落、春归何许①？尽日缁尘吹绮陌②，迷却梦游归路。世事悠悠，生涯未是，醉眼斜阳暮。伤心怕问，断魂何处金鼓③？

夜来月色如银，和衣独拥，花影疏窗度。脉脉此情谁得识？又道故人别去。细数落花，更阑未睡④，别是闲情绪。闻余长叹，西廊唯有鹦鹉。

【注释】

①沉沉：幽深的样子。何许：什么，哪里。

②缁尘：黑色灰尘。常喻世俗污垢。绮陌：繁华的街道，亦指风景美丽的郊野道路。

③金鼓：即钲。《汉书·司马相如传上》："拟金鼓，吹鸣籁。"颜师古注："金鼓谓钲也。"王先谦补注："钲，铙。其形似鼓，故名金鼓。"

④更阑：更深夜尽，深夜。

【赏析】

这首词唱叹的是与故人别后的孤苦寂寞。别去的"故人"是谁无法考证，但从这词中透露出来的低回伤感可知绝非一般朋友，必是词人的红颜或者知己无疑。

"绿杨飞絮，叹沉沉院落、春归何许"，首句的意境极美，深深的庭院中，绿杨悄然抽枝，飞絮自在飘扬，竟没察觉到春意已浓郁至此。一个"叹"字就奠定了全词的基调，淡淡的感伤混迹于字里行间，揣摩可得。

"尽日缁尘吹绮陌，迷却梦游归路"，终日的凡尘俗事让人迷乱，自己想走的那条路便是无论如何也寻不到了。纳兰就像一个迷路的孩子，虽然出身望族、才华横溢、前途光明，但这不是他想要的，他就这样在似锦的前程里感慨喟叹，试图抗拒最终又无奈接受。

"世事悠悠，生涯非是，醉眼斜阳暮。伤心怕问，断魂何处金鼓？"醉酒之

后抬头观天际夕阳，只觉世事变换，人生无常，就连远处传来的金鼓之声，也令人伤心断肠。

从上阕"斜阳"到下阕"夜来"，不禁唏嘘：就连宣纸上的光阴也是留不住的。月色如银似水，孤独的人却只能和衣独坐在窗前的花影里。知己别离的孤苦无告、幽独寂寞又有谁能够知晓？夜深难眠，空数落花，心绪寂寞如斯，那慨然长叹之声也只有西廊的鹦鹉能听到了。

"脉脉此情谁得识？又道故人别去。"这是本词中最令人伤心的一句，人生最可怕的不是没有知己，而是知我者又别我而去。倘若俞伯牙一生不遇钟子期，也不过因无人能懂自己而黯然，但既得知己又复失去，哀莫大于心死，琴声再

美又弹给谁听？人们常说"人生得一知己则死而无憾"，古人惜字如金，"知己"二字简直妙极，不论红颜知己还是生死之交，能懂自己心思者最是难求。

纳兰心思细腻，醉酒时的糊涂与清醒后的残酷让人伤心魂断，他的不快乐似乎只有这位"故人"能懂，可是"故人"此际又要别他而去，难怪他会伤心了。

百字令

废园有感

【原文】

片红飞减，甚东风不语、只催漂泊。石上胭脂花上露，谁与画眉商略？碧①

甃瓶沉，紫钱钗②掩，雀踏金铃索。韶华如梦，为寻好梦担阁。

又是金粉③空梁，定巢燕子，一口香泥落。欲写华笺凭寄与，多少心情难托。梅豆④圆时，柳绵飘处，失记当初约。斜阳冉冉，断魂分付残角⑤。

【注释】

①碧甃：青绿色的井壁，借指井。

②紫钱：指苔藓。钗：妇女的一种首饰，由两股簪子合成。

③金粉：喻指繁华绮丽的生活。

④梅豆：梅花苞蕾。

⑤断魂：灵魂从肉体离散，指爱得很深或十分苦恼、哀伤。残角：远处隐约的角声。

【赏析】

心境不同，看到的风景也就不一样。就比如在这片废园之中，有人看到的是残垣断瓦下萌生的盎然春意，有人看到的是荒芜破败、满目疮痍，纳兰必定是后者。在萧索景象中黯然神伤也是人之常情，但大多数人的感伤是一时的，不像纳兰的愁绪常是绵延不休的，一株小草引发的哀伤往往会蔓延成一座森林。

在这首词里，纳兰的满腹感慨就是由废园之景引发的：园内残花飘飞，东风沉默地催促着百花的凋谢。石头上已经撒落了一片花瓣，如胭脂一般，画眉在枝头啼鸣婉转，犹如人在闲谈。井壁被杂草深掩，钗头被苔藓掩盖，麻雀还踏在护花铃上鸣啼，往日相游相嬉的踪迹都不见了。这番景象让纳兰忍不住感叹："韶华如梦，为寻好梦担阁。"人生如梦，美好的时光易逝，都因为固执地寻找旧梦耽搁了。

所谓一语成谶，这不正是纳兰自己一生的缩影吗？他原本可以生活得幸福洒脱的，却为寻"旧梦"而郁郁寡欢，以至在鼎盛之年撒手尘寰。

纳兰到这废园中时正是春满人间，原本华美的屋梁已显斑驳，燕子又飞回这里衔泥筑巢了，坠落的花瓣撒了一地。梅花开时，柳絮飘处，曾有他们当时的约许，夕阳西下，残角声起，"欲写华笺凭寄与"，纳兰想给谁写信寄托情思我们不得而知，但"多少心情难托"，这情感想必是深沉而热烈的，只怕用尽所有语言也难以诉尽。

这首词里大有不胜今昔和不胜孤凄之慨，读后便被一种凄凉伤感的氛围所环绕。

百字令

宿汉儿村

【原文】

无情野火，趁西风烧遍、天涯芳草。榆塞①重来冰雪里，冷入鬓丝吹老。牧马长嘶，征笳②乱动，并入愁怀抱。定知今夕，庾郎瘦损多少。

便是脑满肠肥，尚难消受，此荒烟落照。何况文园憔悴后，非复酒垆③风调。回乐峰④寒，受降城远，梦向家山绕。茫茫百感，凭高唯有清啸⑤。

【注释】

①榆塞：泛称边关、边塞。

②征笳：旅人吹奏的胡笳。

③酒垆：卖酒处安置酒瓮的砌台，亦借指酒肆、酒店。

④回乐峰：回乐县境内的一座山峰。回乐县唐属灵州，为朔方节度治所，在今甘肃灵武西南。

⑤清啸：清越悠长的啸鸣。

【赏析】

　　塞上景致荒凉，诗人出使塞上，途中所见，百感交集：塞上荒凉萧索，无情的野火趁着秋风将无边的芳草都烧遍了。再一次来到边塞，又是风雪交加，寒风刺骨，催人老去。战马嘶鸣，号角声起，凄冷苦寒，让人伤怀，如庾郎愁怀难遣，致使身心憔悴消瘦。即便是脑满肠肥的得意之人，也难以承受这长河落日、大漠孤烟的悲凉之景，又何况是如同司马相如这样往日风采不再的多愁多病之身呢？塞外苦寒荒凉，旅人梦回故乡，心中百感陈杂，思绪茫茫，只有登高长啸才能抒怀。

　　词中"定知今夕，庾郎瘦损多少"中提到的"庾郎"是指北周诗人庾信。庾信的父亲是梁代诗人庾肩吾，他自幼同父亲行走于萧纲的宫廷，后来又和徐陵一起任萧纲的东宫学士，共创出"徐庾体"，是著名的宫廷作家，久负文名。

西魏仰慕庾信才华，强留之。后北周代魏，庾信也一直得到器重。但是，庾信以身仕敌国而羞愧，满心怨愤，郁郁终了。

纵览这篇《念奴娇》，仿佛庾信之类人的作品，流露出浓郁的亡国哀怨。

纳兰容若的曾祖是在与努尔哈赤的对抗中自焚而死的。这两个部族，在明朝中叶时都受过明朝的封爵，是明朝的藩属。明朝末年，爱新觉罗部逐渐壮大，遂背叛明朝，而叶赫部的酋长、纳兰容若的曾祖忠心于明，不肯与努尔哈赤为伍，遂遭吞并。叶赫家的女子在努尔哈赤后宫为妃，叶赫家才完成了由仇敌到贵戚的转变。

纳兰容若的亡国之感，当是来源于此。从这个角度上说，称其为明朝遗民也不过分。这样我们也就不难理解，作者面对荒烟落照为何如此悲愤了——凭高唯有清啸。如庾信般夹在故国与今日朝廷间，内心被祖先的仇恨与仇敌的恩宠所折磨，是进、是退，是喜、是悲？这是年轻的纳兰无法辨析清楚的，只能登高长啸暂且释怀。

台城路

上元

【原文】

阑珊火树鱼龙舞，望中宝钗楼①远。鞚鞢②余红，琉璃③剩碧，待嘱花归缓缓。寒轻漏浅。正乍敛烟霏④，陨星⑤如箭。旧事惊心，一双莲影藕丝断。

莫恨流年似水，恨销残蝶粉⑥，韶光忒⑦贱。细语吹香，暗尘⑧笼鬓，都逐晓风零乱。阑干敲遍。问帘底纤纤⑨，甚时重见？不解相思，月华⑩今夜满。

【注释】

①宝钗楼：唐宋时咸阳酒楼名，指歌楼酒肆。

②靺鞨：红靺鞨，又称靺鞨芽，即红玛瑙。相传产干靺鞨国，故名。

③琉璃：用铝和钠的硅酸化合物烧制成的釉料，常见的有绿色和金黄色两种，多加在黏土的外层，烧制成缸、盆、砖瓦等。

④烟霏：云烟弥漫，烟雾云团。

⑤陨星：流星，代指燃放之烟火。

⑥蝶粉：蝶翅上的天生粉屑，唐人宫妆。

⑦忒：副词，太、过于。

⑧暗尘：积累的尘埃，前蜀薛昭蕴《小重山》词："思君切，罗幌暗尘生。"

⑨纤纤：形容小巧或细长而柔美。这里代指所思念的女子。

⑩月华：月光，月色。

【赏析】

这首词写的是在元宵之夜的所见所想：上元之夜，灯事已近尾声，人们渐渐离去，远远望去，闹市中的歌楼酒馆也愈来愈远了。远远望去灯市上红红绿绿的灯火像靺鞨、琉璃般星星点点，缓缓地消散。夜已深，寒意袭人，漏壶的水也快要滴完了。突然见到一双莲花形的灯影，于是陈年旧事被勾起，如同烟

花般骤然升起，并迅速扩散，令人心惊，又令人情思难断。莫怪美好时光太过短暂。想你当时细声细气的谈笑，吐气如兰，如今我却是两鬓生尘，散落在清晨的寒风里。寻遍栏杆，那帘下的纤纤丽人，何时还能再见？月亮不知道人的相思，偏偏要在今夜团圆。

台城路

洗妆台①

【原文】

　　六宫佳丽谁曾见②，层台尚临芳渚③。露脚斜飞，虹腰欲断④，荷叶未收残雨。添妆何处，试问取雕笼⑤，雪衣分付⑥。一镜空蒙，鸳鸯拂破白蘋去。

　　相传内家结束，有靶装孤稳，靴缝女古⑦。冷艳全消，苍苔玉匣⑧，翻出十眉遗谱⑨。人间朝暮。看胭粉亭西，几堆尘土。只有花铃，绾风深夜语。

【注释】

①洗妆台：指金章宗为李妃所建的梳妆楼，在今北京北海琼华岛上，高士奇《金鳌退食笔记》称之为"广寒之殿"，今已不存。晚明王圻《稗史汇编·地理门·郡邑》谓："琼花岛梳妆台皆金故物也。……妆台则章宗所营，以备李妃行园而添妆者。"其自注云："都人讹为萧太后梳妆楼。"时人误以为是辽萧太后之梳妆楼，遂多有讹而咏之者，本篇亦如是。

②六宫：古代皇后的寝宫，正寝一，燕寝五，合为六宫。《礼记·昏义》："古者，天子后立六宫，三夫人、九嫔、二十七世妇、八十一御妻，以听天下之内治，以明章妇顺，故天下内和而家理。"郑玄注："天子六寝，而六宫在后，六宫在前，所以承副施外内之政也。"因用以称后妃或其所居之地。佳丽：美貌的女子。

③层台：重台，高台。芳渚：长有芳菲花卉的水边。

④露脚：露滴。宋周邦彦《早梅芳·牵情》词："河阴高转，露脚斜飞夜将晓。"虹腰：本意虹的中部，这里指虹桥，拱桥，指今北海太液池之永安桥。

⑤雕笼：指雕刻精致的鸟笼，代指笼中之鸟。

⑥雪衣：白色的羽毛，即雪衣女，泛指某些白色的鸟类，这里指白鹦鹉。《太平御览》卷九二四引唐郑处诲《明皇杂录》："开元中，岭南献白鹦鹉，养之宫中……忽一日，飞上贵妃镜台，语曰：'雪衣娘昨夜梦为鸷鸟所搏，将尽于此乎！'"

⑦内家：指皇宫宫廷，或指宫女、太监。帊装：即帊服，谓盛服。孤稳：玉，古代契丹语的音译。女古：金、黄金，亦为古代契丹语的音译。

⑧冷艳：形容花耐寒而艳丽，也指耐寒而艳丽的花或人物冷傲而美艳。玉匣：玉饰的匣子，亦指精美的匣子，汉代帝王葬饰，亦赐大臣，以示优礼，即所谓"金缕玉匣"。

⑨十眉遗谱：即《十眉图》，十样不同的美女眉型画图。唐玄宗命画工绘

制。唐张泌《妆楼记·十眉图》："明皇幸蜀，令画工作十眉图，横云、斜月，皆其名。"明杨慎《丹铅续录·十眉图》："唐明皇令画工画十眉图。一曰鸳鸯眉，又名八字眉；二曰小山眉，又名远山眉；三曰五岳眉；四曰三峰眉；五曰垂珠眉；六曰月棱眉，又名却月眉；七曰分梢眉；八曰逐烟眉；九曰拂云眉，又名横烟眉；十曰倒晕眉。"

【赏析】

这首词为登临吊古，以辽太后往事，抒发以古为鉴之意：往日那六宫中美丽的皇后妃嫔早已消逝，谁又见到过呢？而今只有这太液池畔高高的楼台依稀尚存。雨脚斜飞，水漫拱桥，荷叶田田，残雨潇潇，眼前是一片迷蒙的景象。要问在何处添妆，只有笼中的鹦鹉能够回答。眼前只有一片空蒙碧水，鸳鸯游荡于白蘋之间。辽代宫中曾以玉饰首，以金饰足，而不再采用汉家宫中的装束样式。如今繁华落尽，玉匣生苔，从中翻出唐代的《十眉图》。人间变换只在朝夕之间。看那曾经的胭粉亭中已是尘土堆积，只有护花铃还摇曳在深夜的风雨之中。

台城路

塞外七夕①

【原文】

白狼河②北秋偏早，星桥③又迎河鼓④。清漏频移，微云欲湿，正是金风玉露⑤。两眉愁聚。待归踏榆花，那里才诉。只恐重逢，明明相视更无语。

人间别离无数。向瓜果筵⑥前，碧天⑦凝伫⑧。连理千花，相思一叶，毕竟随风何处。羁栖⑨良苦。算未抵空房，冷香⑩啼曙。今夜天孙⑪，笑人愁似许。

【注释】

①七夕：农历七月七日。

②白狼河：古水名，即今辽宁境内的大凌河，因发源于白狼山而得名。

③星桥：神话中的鹊桥。北周庾信《舟中望月》诗："天汉看珠蚌，星桥似桂花。"

④河鼓：星名，属牛宿，在牵牛之北，一说即牵牛。《史记·天官书》："牵牛为牺牲。其北河鼓，河鼓大星，上将；左右，左右将。"司马贞《索隐》引孙炎曰："河鼓之旗十二星，在牵牛北。或名河鼓为牵牛也。"《尔雅·释天》："何鼓谓之牵牛。"

⑤金风玉露：秋风和白露，亦借指秋天。秦观《鹊桥仙》："金风玉露一相逢，便胜却人间无数。"

⑥瓜果筵：七夕夜食瓜果的习俗。

⑦碧天：青天，蓝色的天空。

⑧凝伫：凝望伫立，停滞不动。

⑨羁栖：滞留他乡。

⑩冷香：指花、果的清香或清香之花，代指女子。清侯方域《梅宣城诗序》："'昔年别君秦淮楼，冷香摇落桂华秋。'冷香者，余栖金陵所狭斜游者也。"

⑪天孙：星名，即织女星，指传说中巧于织造的仙女。

【词评】

逼真北宋慢词。

——谭献《箧中词》

情怀迥然不像出于华阀的"富贵花"所有，这就是纳兰才性异于常人处。有谁如纳兰这样年方青壮、位处清贵，却把随天子出巡看成行役天涯的苦差使呢？

——严迪昌《清词史》

【赏析】

这首词咏七夕，作于第一次扈驾出巡塞外，抒发羁栖之苦：又是七夕之夜，白狼河的秋天来得格外的早，又到了牛郎织女鹊桥相会的日子。时光流转，湿云微微，正是这秋风白露相逢的初秋时节。两眉凝聚，乡愁升起，只有等到踏上回家的路，才能倾诉。只怕相逢的时候，明明四目相对，却仍旧相顾无言。人世间有别离无数，都在这七夕之夜，举头仰望碧天，遥寄相思。那连理枝、相思树的誓言，如今都随风飘向了何处？羁旅之苦，想来家中伊人同样独守空闺，相思成灾，暗自垂泪。今夜天空的织女星，恐怕也要笑人间也有如此的离愁别苦！

木兰花慢

立秋夜雨，送梁汾南行

【原文】

盼银河迢递，惊入夜，转清商①。乍西园蝴蝶，轻翻麝粉②，暗惹蜂黄③。炎凉。等闲瞥眼，甚丝丝、点点搅柔肠。应是登临送客，别离滋味重尝。

疑将。水墨画疏窗④。孤影淡潇湘⑤。倩一叶高梧，半条残烛，做尽商量⑥。

荷裳⑦。被风暗剪，问今宵、谁与盖鸳鸯。从此羁愁万叠⑧，梦回分付啼螀⑨。

【注释】

①清商：商声，古代五音之一。古谓其调凄清悲凉，故称。谓秋雨、秋风之声。晋潘岳《悼亡诗》："清商应秋至，溽暑随节阑。"

②麝粉：香粉，代指蝴蝶翅膀。

③蜂黄：古代妇女涂额的黄色妆饰。也称花黄、额黄，此处代指蜜蜂。

④水墨：浅黑色，常形容或借指烟云疏窗：雕刻有花纹图案的窗户。

⑤孤影：孤单的影子。潇湘：本指湘江或指潇水、湘水，此处代指竹子。

⑥商量：斟酌、商讨。

⑦荷裳：用荷叶做衣服，这里指荷叶

⑧羁愁：旅人的愁思。万叠：形容愁情的深厚。

⑨蛰：即"寒蝉"，蝉的一种，比较小墨色，有黄绿色的斑点，秋天出来鸣叫。

【赏析】

这首词为送别之作：盼望着高远的天河出现，入夜却偏偏下起了悲凄的秋雨。秋风乍起，园中蜂飞蝶舞，一片凄凉的景象。世态炎凉。入秋夜雨本来是件等闲之事，但今夜那丝丝点点之声却搅断了我的寸寸柔肠。送别又偏偏是在立秋夜雨之时，更加愁上添愁。烟雨蒙蒙，好像一幅疏窗孤影的水墨画。加上夜雨梧桐、泣泪残烛，令我费尽思量。荷叶被西风吹散，今夜谁来让鸳鸯栖息呢？从此以后旅途劳顿，离忧恼人，当梦醒的时候，唯有悲切的寒蝉声相伴了。

开篇小序写得明白，这是一首送别之作。在清朝康熙二十年（公元1681年）秋天，梁汾南的母亲去世，他还乡奔丧时，纳兰写了这首《木兰花慢》为他送行。

"盼银河迢递，惊入夜，转清商。"开篇三句是说盼望着高远的天河出现，入夜却偏偏下起了悲凄的秋雨。清商是古代五音之一，也叫商音，调子悲凉凄切。依照阴阳五行学说，商与秋皆属"金"，因此在诗词中商、秋可以通用，清商即清秋。在这里借指入夜后的秋雨之声凄清。

"乍西园蝴蝶，轻翻麝粉，暗惹蜂黄。"西园，本是某一园林名，后来也泛指园林。"麝粉"本来是香粉的意思，在这里代指蝴蝶翅膀。这三句是说秋风乍起，园中蜂飞蝶舞，一片衰飒的景象。三句之后的"炎凉"两字像是概括，也表明了前面所描绘的景象暗喻着仕途的炎凉变幻。

词句到了这里，纳兰才似乎觉出今夜秋雨的愁人之意似的，本以为入秋夜雨是等闲之事，但今夜那丝丝点点之声却令人搅断寸寸柔肠。而后纳兰为这样凄冷的情景找了理由，"应是登临送客，别离滋味重尝"，想来，是因为此时正是别离时，这渐沥秋雨才这样断人肠吧。

紧随其后的两句，"水墨画疏窗，孤影淡潇湘"意境很是空淡疏缈。疏窗是雕刻有花纹图案的窗户。潇湘，本指湘江，是离愁别恨的代名词，在这里无非是纳兰心事的一种寄托，和下片开头"疑将"两字连在一起看，勾勒出这样一幅景象：秋夜雨洒落在疏窗上，那雨痕仿佛是屏风上画出的潇湘夜雨图。"潇湘"二字本就是离愁别恨的代名词，在这里无非是纳兰心事的一种寄托。

"倩一叶高梧，半条残烛，做尽商量"，这句子纳兰说得婉转，"倩"是请、恳求的意思。窗外夜雨梧桐、屋内泣泪残烛，怎不让人伤神？因此纳兰说，能否请梧桐和灯烛细做掂量，莫要此时再添人愁绪。

"荷裳。被风暗剪，问今宵、谁与盖鸳鸯"，已至秋天，荷塘自然也是一片萧索，到了"从此羁愁万叠，梦回分付啼螀"，纳兰终于将送别二字明写在了词面上，"螀"是蝉的意思，在诗词中是重要意象之一，通常表达悲戚之情，用于离别的感伤。纳兰这三句意谓你将上路远行，从此以后旅途劳顿，离忧恼人，当梦醒的时候，唯有悲切的寒蝉声相伴了。词人把这样的话放在词末，惜别离愁之意溢于言表。

瑞鹤仙

丙辰生日自寿。起用《弹指词》句，并呈见阳①

【原文】

马齿加长矣②，枉碌碌乾坤，问汝何事。浮名总如水。判尊前杯酒，一生长醉。残阳影里，问归鸿、归来也未③？且随缘、去住无心④，冷眼华亭鹤唳⑤。

无寐。宿醒犹在⑥。小玉来言⑦，日高花睡。明月阑干，曾说与、应须记。是蛾眉便自，供人嫉妒⑧，风雨飘残花蕊。叹光阴、老我无能，长歌而已⑨。

【注释】

①丙辰：康熙十五年，此年纳兰性德22岁。《弹指词》：指顾贞观《弹指词》（金缕曲·丙午生日自寿）。见阳：张见阳，即张纯修，字子敏，号见阳，辽阳人。隶汉军正白旗，累官安徽庐州府知府，有《语石轩词》一卷。

②马齿：马的牙齿。后因以谦称自己虚度年华，没有成就。《穀梁传·僖公二年》："荀息牵马操璧而前曰：'璧则犹是也，而马齿加长矣！'"

③归鸿：归雁，诗文中多用以寄托归思。

④随缘：佛教语，谓佛应众生之缘而施教化，缘，指身心对外界的感触，

后指顺应机缘，任其自然。无心：不是存心的。

⑤冷眼：冷静理智的眼光，冷淡的态度。华亭鹤唳：南朝宋刘义庆《世说新语·尤悔》："陆平原河桥败，为卢志所谮，被诛，临刑叹曰：'欲闻华亭鹤唳，可复得乎？'"华亭在今上海松江西，陆机于吴亡入洛以前常与弟云游于华亭墅中。后以"华亭鹤唳"为感慨生平悔入仕途之典。

⑥宿醒：犹宿醉，三国魏徐干《情诗》："忧思连相属，中心如宿醒。"

⑦小玉：神话中仙人侍女名，泛称侍女。

⑧蛾眉：美人的秀眉，也喻指美女，美好的姿色。屈原《离骚》："众女嫉余之蛾眉兮，谣诼谓余以善淫。"

⑨长歌：放声高歌。

【赏析】

这首词是作者22岁生日抒怀自寿之作：年龄又长了一岁，自问在这莽莽乾坤中，在这大千世界里。徒自碌碌无为，所营何事！这人世浮名如同流水，转眼即逝。不如一醉方休，常睡不醒。夕阳西下，问天空鸿雁是否已经归来？不如达观处世，顺其自然，对富贵功名之事须冷眼相看。心绪不佳唯借酒解忧，

疏懒度日，日高不起。侍女说你我在月明凭轩之时，曾经共语人生，既是高标见妒，出众的人才，便自然要遭人嫉妒，犹如那美丽的鲜花遭遇风雨的摧残一样。感叹时光蹉跎，一事无成，唯有长歌解忧。

十五六岁的年纪对我们来说，正是所谓的花季，但是对于古人而言，已是娶妻生子、独当一面的年岁了。由此，我们也就不难理解，为什么二十二岁的

纳兰性德会在生日这天写下一篇抒怀自寿之作。

年龄又长了一岁，自问在这莽莽乾坤中，在这大千世界里，徒自碌碌无为，所营何事！这人世浮名如同流水，转眼即逝。不如~醉方休，长睡不醒。夕阳西下，问天空鸿雁是否已经归来？不如达观处世，顺其自然，对富贵功名之事须冷眼相看。

心绪不佳唯借酒解忧，疏懒度日，日高不起。侍女说你我在月明凭轩之时，曾经共语人生，既是高标见妒，出众的人才，便自然要遭人嫉妒，犹如那美丽的鲜花遭遇风雨的摧残一样。感叹时光蹉跎，一事无成，唯有长歌解忧。

丙辰年，即公元1676年，性德中二甲第七名进士，并以诗词才藻大获称誉。正在人生顺风顺水之际的性德表现了过人的稳重，以及今天我们这个年岁的人难以理解的淡定。

雨霖铃

种柳

【原文】

横塘如练。日迟帘幕，烟丝斜卷。却从何处移得，章台①仿佛，乍舒娇眼。恰带一痕残照，锁黄昏庭院。断肠处、又惹相思，碧雾蒙蒙度双燕。

回阑恰就轻阴②转。背风花、不解春深浅。托根③幸自天上，曾试把《霓裳》④舞遍。百尺垂垂⑤，早是酒醒，莺语如剪。只休隔、梦里红楼，望个人儿见。

【注释】

①章台：指京城的宫苑。

②轻阴：淡云或疏淡的树荫。

③托根：犹寄身。

④霓裳：就是《霓裳羽衣曲》，唐代乐曲名，相传为唐玄宗所制。

⑤百尺：十丈。喻高、长或深。垂垂：渐渐。

【赏析】

《雨霖铃》是一首词牌名，也写作《雨淋铃》。后人中，以柳永的《雨霖铃》最是打动人心，"多情自古伤离别，更哪堪，冷落清秋节！今宵酒醒何处？"仿佛字字都雕刻在人的心上，叫人无法抹去那痛楚。柳永的离别低回特别，好像火焰的余烬，惨烈中带着美丽。容若的这一首《雨霖铃》却是别有一番风味在词间。

这首词写相思相忆的恋情。"横塘如练"，这里的"横塘"是古堤名，在江苏吴西南，泛指水塘，这首词的情景感觉范围很小，池塘旁边，门帘之后，一个人在日暮西沉的时刻，隔着门帘，看着水塘边的景色变幻。

"日迟帘幕，烟丝斜卷。"看似惬意，却又寂寞难耐。夕阳西下，柳条依依，在暗黄的光芒下如烟似雾，让人看不清楚。"却从何处移得，章台仿佛，乍舒娇眼。"且问是从哪里移来的，张开娇眼，说是从章台而来。词人无法探究柳树的来处，但它们能够在这水塘边，陪伴自己度过夕阳沉落下的黯然时光，彼此之间，也算是缘分一场。

既然是相思相忆之词，那么这首词就势必要提到所思之情、所忆之人，容若在上片中只是略微写到自己的伤怀之情，"恰带一痕残照，锁黄昏庭院"。此时夕阳残照，仿佛锁住了黄昏的庭院。无法与相爱的人相守在一起的感觉，就好像这黄昏中的庭院一样，深深之处，尽是离散之寂静。

夕阳残照，放眼望去，所看到之处，尽是相思不尽的离愁，"断肠处又惹相思，碧雾蒙蒙度双燕。"成双成对的燕子在风中飞来飞去，形影不离。与形单影孤的自己相比，简直是太幸福不过了。

上片在淡然的忧伤中结束。而到了下片，则是情绪稍微地缓转了一些，"回阑恰就轻阴转。背风花、不解春深浅。"自己就好像栏杆后的花朵，在风中摇曳，活在自己的世界中，而不知道春天已经来了。

独自享春，是无法体会到春日的幸福的。无法在现实中看到自己想要的结果，那么便干脆寄托在虚幻中吧。"托根幸自天上，曾试把《霓裳》舞遍。百尺垂垂，早是酒醒莺语如剪。""霓裳"就是唐代乐曲《霓裳羽衣曲》。这里是说，曾在梦里随着乐曲翩翩起舞，欢唱不已，可是酒醒之后，看见黄莺宛转，那百尺长条随风飘摇，摇曳生姿，凄凉便会加倍。

"只休隔梦里红楼，望个人儿见。"为了能和心爱的人相会，容若便不惜忍受梦醒后的凄凉，也要在睡梦中看到心爱的人，只要看到她的摇曳生姿，内心便会生出百转千回的柔情，细细密密，无法割舍。

既然清醒无益，那不如沉醉不醒吧。

疏影

芭蕉①

【原文】

湘帘卷处，甚离披翠影②，绕檐遮住。小立吹裙，常伴春慵③，掩映绣床金缕④。芳心一束浑难展⑤，清泪裹、隔年愁聚。更夜深、细听空阶雨滴，梦回无据。

正是秋来寂寞，偏声声点点，助人离绪。缅被初寒⑥，宿酒全醒，搅碎乱蛩双杵⑦。西风落尽庭梧叶，还剩得、绿阴如许。想玉人、和露折来⑧，曾写断肠句。

【注释】

①芭蕉：芭蕉属多年生的树状的草本植物，叶子很大，果实像香蕉，可以吃。

②离披：分散下垂貌，纷纷下落貌。《楚辞·九辩》："白露既下百草兮，奄离披此梧楸。"

③春慵：春天的懒散情绪。五代刘兼《昼寝》诗："花落青苔锦数重，书淫不觉避春慵。"

④掩映：彼此遮掩，互相衬托。绣床：装饰华丽的床，多指女子的睡床。金缕：指金丝制成的穗状物。

⑤芳心：指女子的心境。

⑥缬被：染有彩色花纹的丝被。

⑦蛩：蟋蟀的别称。

⑧玉人：容貌美丽的人。

【赏析】

这首词借咏芭蕉寓托怀人之意：卷起竹帘，看到那摇动的芭蕉绿影婆娑，遮住了屋檐。伊人春日慵懒，晚起后小立风中，轻风吹起她的罗裙，绣床金缕掩映。芭蕉芳心裏泪，如人心之愁聚。深夜侧耳倾听空阶夜雨，愁绪使人难以成眠。本来正是秋来寂寞之时，偏又雨打芭蕉，声声助怨。锦被难以御寒，宿醉已经全醒，耳边传来虫鸣杵捣之声，离愁于是更甚。秋风袭来，梧叶落尽，而芭蕉绿荫依旧。和着露水被伊人折下，借叶题诗，以寄相思离恨。

这首词是容若借着咏芭蕉寓托怀人之意。

芭蕉向来是词人们笔下的常客，这种植物属多年生的树状的草本植物，叶子很大，仿佛一把遮天的伞，为忧愁的人遮住哀伤。词的开篇，直接点名词意，"湘帘卷处，甚离披翠影，绕檐遮住。

卷起帘子，门外的那棵芭蕉树绿影婆娑，高大的树干撑起树叶，遮住了房檐。绿荫之下，人总是会产生慵懒的情绪。在这首词的开头，容若使用这样一种隐晦、不点名的手法，将自己慵懒、漫不经心的心态写出。

而后他才慢慢道来："小立吹裙，常伴春慵，掩映绣床金缕。"不但是他自己慵懒不愿意动身，就连伊人也慵懒至极。这词中所形容的女子到底是谁，无法得知，但她懒懒的身影出现在楼阁之上，对着镜子梳妆打扮，身影若隐若现地出现在门板之后，让人忍不住心动，这大好景色之下的美人，该是多么诱人的一处风景。

　　但这景象并不是真的，而是容若回忆中的一幕，想来这个女子应当是已经离他而去了，不知道是不是妻子卢氏生前的景象。"芳心一束浑难展，清泪裹、隔年愁聚。"词越往下写，越能看到容若内心的挣扎与痛苦。

　　他想与女子一聚，可是现实无奈，他的愿望难以实现。于是悲哀之下的容若，只得独自在夜里忍受寂寞与孤冷。"更夜深细听，空阶雨滴，梦回无据。"夜里有雨，小雨无声，但一点一滴都下在容若心里，让他愁绪满怀，难以入眠。

　　下片开始，则点明时节，"正是秋来寂寞，偏声声点点，助人离绪"。正是秋季时节，难怪雨水缠绵不绝，也难怪容若愁绪不断，秋季本就是个令人无法放下的季节，在这个季节里，看到万物凋零，心中倍感凄凉。

　　所以"缬被初寒，宿酒全醒，搅碎乱蛩双杵"。锦被外空气寒冷，隔夜的宿醉已经醒来，酒醒之后，才觉得头脑昏沉。看到门外，却已是"西风落尽庭梧叶，还剩得、绿阴如许。"这不留情面的西风将梧桐叶刮落，想几何时，那里还是绿荫一片呢。

词的结尾，容若看景伤情，也只得"想玉人、和露折来，曾写断肠诗句"。"玉人"原指容貌美丽的人，这里指代词人思念的人。写下这断肠的词句，只为了思念那岁月中的一个人，如此无奈，却又是如此伤情。

潇湘雨

送西溟归慈溪①

（按此调谱律不载，疑亦自度曲。）

【原文】

长安一夜雨，便添了、几分秋色。奈此际萧条②，无端又听、渭城风笛。咫尺层城留不住，久相忘、到此偏相忆。依依白露丹枫，渐行渐远，天涯南北。

凄寂。黔娄当日事，总名士、如何消得？只皂帽蹇驴，西风残照，倦游踪迹。廿载江南犹落拓③，叹一人、知己终难觅。君须爱酒能诗，鉴湖④无恙，一蓑一笠。

【注释】

①西溟：即姜宸英，号湛园，又号苇间，浙江慈溪人，与朱彝尊、严绳孙称"三布衣"。慈溪：隶属浙江，因治南有溪，东汉董黯"母慈子孝"传说而得名。

②萧条：寂寥冷落，草木凋零。

③落拓：贫困失意。

④鉴湖：湖名，即镜湖，又称长湖、庆湖。在浙江绍兴城西南二公里，为绍兴名胜之一。

【赏析】

纳兰性德这首浸满秋之悲凉的作品是赠予好友姜宸英的。

这首词为赠别之作，劝慰与不平并行。"长安一夜雨，便添了、几分秋色。奈此际萧条，无端又听、渭城风笛"，京城下了一夜的秋雨，更增添了几分秋色。面对这秋色萧条，正无奈之际，又没来由地传来了声声的别离之曲，这就更增添了离愁别恨。

"咫尺层城留不住，久相忘、到此偏相忆"，近在咫尺的高城却无法将你留住，昔日你我共处时的优游自得之乐，此后便成了令人思念的往事。"依依白露丹枫，渐行渐远，天涯南北。凄寂"，你将渐行渐远，从此你我天各一方，心中有无限凄凉孤寂。

"黔娄当日事，总名士、如何消得？""黔娄"本是人名，据《高士传》中记载，他家里十分贫苦，终生隐居不出门，死时衾不蔽体。纳兰用在这里是指代贫穷而高洁的隐士。词中说到，忽然想起当年黔娄的故事，即使是名士风流，又如何承受得了呢？

"只皂帽寒驴，西风残照，倦游踪迹"，"皂帽寒驴"是黑色的帽子，用在诗词里，是比喻节气高尚。只希望从此两袖清风，在西风的伴随之下，浪迹天涯。

"廿载江南犹落拓，叹一人、知己终难觅"，虽然你二十年来在江南负有盛名，但至今仍以疏狂而落落寡欢，难逢知己。"君须爱酒能诗，鉴湖无恙，一蓑一笠"，"一蓑一笠"借指隐士的生活。别后想必会更加且醉且歌，洒脱不羁，独钓于江湖之上。

自古英雄多寂寞。姜宸英是名震江南的才子，却仕途不顺，到七十岁才中了一个探花，授编修。姜宸英的一生是悲哀的一生。纳兰性德早逝，没能看到这位挚友最后让人嗟叹的结局。康熙三十八年（公元 1699 年），姜宸英的编修板凳还没坐热，就被牵连进了科场弊案，锒铛入狱。当康熙发现这是一场冤案，赦免其出狱时发现他已饮药自尽。

"君须爱酒能诗，鉴湖无恙，一蓑一笠"，正如词的最后一句，那样的人生，虽然没有耀眼的梦想，却有着生命静静消隐的余韵，纵使不平、抑郁，依然绵长抒婉，也是一场优美伤凄的人生之旅。比起囚笼中的一杯毒药后痛断肝胆的挣扎，那江上的叹息简直就是轻快的叹咏了。早已往生的纳兰若知爱友结局如此，情何以堪？

【词人逸事】

姜宸英，字西溟，擅词章，工书画。生性疏放，屡试不第。初以布衣荐修明史，与朱彝尊、严绳孙称"三布衣"。康熙三十六年中探花，授编修，年已七十。后因顺天乡试案被牵连而于死狱中。有《苇间诗集》《湛园未定稿》《湛园藏稿》等。其山水笔墨遒劲，气味幽雅。楷法虞、褚、欧阳，以小楷为第一。唯其书拘谨少变化。包世臣称其行书能品上。兼精鉴，名重一时。家藏兰亭石刻，至今扬本称姜氏兰亭。

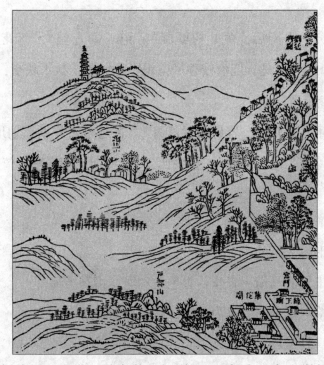

纳兰性德与其相识很早，姜宸英回忆说："君年十八九，举礼部，当康熙之癸丑岁。未几也，余与相见于其座主东海阁学士公（徐乾学）邸。"姜宸英生性豪迈疏狂，而纳兰性德却并不以其狂怪为戒，且交游甚厚，康熙十七、十八年留居西溟于府邸。二人诗词往还，多唱和之作。

风流子

秋郊即事

【原文】

平原草枯矣，重阳后，黄叶树骚骚①。记玉勒青丝②，落花时节，曾逢拾翠③，忽听吹箫。今来是、烧痕残碧尽，霜影乱红凋。秋水映空，寒烟如织，皂雕飞处④，天惨云高。

人生须行乐，君知否，容易两鬓萧萧⑤。自与东君作别，划地无聊⑥。算功名何许，此身博得，短衣射虎⑦，沽酒西郊⑧。便向夕阳影里，倚马挥毫⑨。

【注释】

①骚骚：形容大风的声音。

②玉勒：玉饰的马衔。青丝：青色的丝绳，指马缰绳。

③拾翠：拾取翠鸟羽毛以为首饰，后多指妇女游春。

④皂雕：一种黑色大型猛禽。

⑤萧萧：花白稀疏的样子。

⑥划地：照样，依旧。

⑦短衣：指带短下摆或短后摆的紧身上衣，为打猎的装束。射虎：指汉李广和三国吴孙权射虎的故事，诗文中常用以形容英雄豪气。

⑧沽酒：买酒。

⑨挥毫：写毛笔字或作画。

【词评】

意境虽不甚深，风骨渐能骞举，视短调为有进，更进，庶几沉着矣。

——况周颐《蕙风词话》

【赏析】

纳兰的词婉转含蓄，常使人误以为他定是一位只会感伤、吟风弄月的文弱书生。事实上，作为满人的后裔，纳兰善骑射，身手了得。而他所向往的，也是能够驰骋沙场、实现男儿抱负的苍茫大地。

"平原草枯矣，重阳后，黄叶树骚骚"，"骚骚"是形容风大，重阳节过后，平原上的草都枯萎了，黄叶在疾风中凋落。"记玉勒青丝，落花时节，曾逢拾翠，忽听吹箫"，记得春日骑马来此踏青时，多么的意气风发。如今故地重游已是萧瑟肃杀，空旷凋零，可谓"今来是、烧痕残碧尽，霜影乱红凋"。"秋水映空，寒烟如织，皂雕飞处，天惨云高"，秋水映破长空，寒烟弥漫，苍穹飞雕，一片苍茫。上阕在一片萧瑟又富有豪迈气息的画面中结束。

下阕，词人开始表达自己渴望为国拼杀的志向。"人生须行乐，君知否，容易两鬓萧萧"，人生在世，年华易逝，须及时行乐。"自与东君作别，划地无聊"，"划地"是照样、依旧的意思，这里是说，自从与你分别以后，我的心绪依旧很无聊。

"算功名何许，此身博得，短衣射虎，沽酒西郊"，想想功名利禄算得了什么，不若沽酒射猎，英姿勃发，在夕阳下挥毫泼墨，那是何等畅快！末尾，一句"便向夕阳影里，倚马挥毫"道出了词人的豪气。

纳兰性德在京西郊猎时有词《风流子·秋郊射猎》，正表明他血脉中仍有这种武士豪迈激情的涌动，尽管他终想回避尘寰闹市，于宁静淡泊中觅诗寻梦，尽管他诗词有卿卿之情，不乏细腻精致，但柔中不软，悲中不颓，抑或有绵绵凄婉之致，却不同靡靡之音，更没有扭捏之态。

【词人逸事】

纳兰性德并不仅仅是一位只会感伤、吟风弄月的文弱书生。作为满人的后裔，八旗子弟在清初，还较多保留着善骑射，骁勇尚武的传统习俗，纳兰性德作为御前护卫更是不可能例外！韩菼说他"上马驰猎，拓弓作霹雳声，无不中"；徐乾学赞他"有文武才，每从猎射，鸟兽必命中"，可见其武功与身手。特别当他不在帝王身边时，沽酒射猎，却是英姿勃发，神采飞扬。

纳兰性德在京西郊猎时有词《风流子·秋郊射猎》，正表明他血脉中仍有这种武士豪迈激情的涌动，尽管他终想回避尘寰闹市，于宁静淡泊中觅诗寻梦，尽管他诗词有卿卿之情，不乏细腻精致，但柔中不软，悲中不颓。亦或有绵绵凄婉之致，却不同靡靡之音，更没有扭捏之态。

沁园春

【原文】

试望阴山①，黯然销魂，无言徘徊。见青峰几簇，去天才尺；黄沙一片，匝地无埃②。碎叶城荒③，拂云堆远④，雕外寒烟惨不开。踟蹰久⑤，忽冰崖转石，万壑惊雷。

穷边自足秋怀。又何必平生多恨哉？只凄凉绝塞，蛾眉遗冢⑥；销沉腐草，骏骨空台⑦。北转河流，南横斗柄⑧，略点微霜鬓早衰。君不信，向西风回首，百事堪哀。

【注释】

①阴山：内蒙古自治区中部山脉。东西走向，包括狼山、乌拉山、色尔腾山、大青山等。

②匝地：满地，遍地。

③碎叶城：高宗调露元年置，属条支都督府，在今吉尔吉斯斯坦首都比什凯克以东的托克马克市附近，它与龟兹、疏勒、于田并称为唐代"安西四镇"。

④拂云堆：古地名，在今内蒙古包头西北，唐时朔方军北与突厥以河为界，河北岸有拂云堆神祠，突厥如用兵必先往祠祭酹求福，张仁愿既定漠北，于河北筑中、东、西三受降城以固守，中受降城印在拂云堆，故拂云堆又为中受降城的别称。

⑤踟蹰：徘徊，心中犹疑，要走不走的样子。

⑥蛾眉遗冢：指古代和亲女子之墓。此处用王昭君出塞的典故。《汉书·匈奴传下》："元帝以后宫良家子王嫱，字昭君赐单于。"王昭君墓在今内蒙古自治区呼和浩特南。传说当地多白草而此冢独青，人称"青冢"。

⑦骏骨：据《战国策·燕策一》载郭隗用买马作喻，说古代有用五百金买千里马的马头骨，因而在一年内就得到三匹千里马的，劝燕昭王厚币以招贤，后遂以"骏骨"喻杰出的人才。

⑧斗柄：构成北斗柄部的三颗星。

【赏析】

在一个孤寂的日子，唐朝诗人陈子昂独自登上了位于现北京市大兴的幽州台，感怀抒郁，写下了苍凉的怀古之作《登幽州台歌》："前不见古人，后不见来者。念天地之悠悠，独怆然而涕下。"一千年后，清朝诗人纳兰性德体会到了与他类似的心境，不过地点不是北京大兴，而是西北边塞。

这首词是纳兰性德康熙二十一年（1682 年）出使唆龙所作，抒发凄凉伤感之情：遥望苍凉的阴山，不禁令人黯然销魂，徘徊不前。只见那高高的山峰高耸入云，接近天际，眼前黄沙遍地，却不起一丝尘埃。那唐代的碎叶古城早已荒凉，拂云堆也遥远得看不见。唯见飞翔云外的雕鹰和那寒烟茫茫、愁惨不散的荒漠景象。正徘徊不前之际，忽听得山崖轰鸣，仿佛是巨石滚动，又像是万丈深壑里发出的惊雷隆隆。人生不必有多少遗恨才能伤感，这荒凉边塞看了已经让人愁苦满怀了！想到王昭君凄凉出塞，如今人已死去，但遗冢犹存；而那掩埋在荒漠野草中的，是当年燕昭王求贤所筑的高台。河水依然向北流去，北斗星柄仍是横斜向南。愁苦之人已经未老先衰。你若不相信，只需要在秋风中回首往事，必定愁苦满怀！

看纳兰对边塞风光的描写，会发现非常有趣的现象，他套用了李白《蜀道难》对蜀地的描述。开篇一句"试望阴山，黯然销魂，无言徘徊"，几乎就是对《蜀道难》开篇的意译。"见青峰几簇，去天才尺"，与"连峰去天不盈尺"如出一辙；待到了"忽冰崖转石，万壑惊雷"，岂不是"飞湍瀑流争喧豗，砯崖转石万壑雷"的再造？《蜀道难》是名篇中的名篇，小孩启蒙的必备篇目，也许在幼年纳兰的心中，所谓的凶、所谓的险，就是李白所描绘的样子。纳兰没有进过川蜀，无缘见千年前李白所惊叹的蜀道，不过，他在西北边塞见到了幼年印象里只有诗歌中才会出现的崇山峻岭。

同样是浪漫主义诗人，面对险峻的高山，李白显现出的是洒脱的浪漫，描绘了山有多险，然后说"不如早还家"，俨然一位背包客，看看，赞叹一番就算了。纳兰则心重得多。他追忆了边塞的往昔，想到了昭君出塞，燕王求贤。

王昭君，一位美丽如娇花软玉的女子，可也颇有女中丈夫的气概。当其他初入宫的女子都无奈地涨红了脸凑出银子去贿赂画师时，唯有她骄傲地扬起头颅，对小人不屑一顾。画师毛延寿也是个手黑的人物，你不把她画美就算了，偏偏给她点上一颗"丧夫落泪痣"，害得她入宫三年，无缘君面。到底不是平

凡女子，宁可远走荒边，也不老死宫中。一个女人，本身就已经美得惊心了，偏偏她又如此果敢，有生命的活力，纵使年华老去于荒凉的土地，依然引得无数人思慕与怀念。

燕昭王是小国的国君，想使国家强盛起来，可求才不得，遂向老臣郭隗求教。郭隗告诉他，若求千里马而不得，肯花五百金买一副千里马的骨头，自然就有人将千里马送上门。为求良驹，不惜五百金买一副骨头，这份气魄，浪漫得动人心魄。这是只有古人才想得到、做得到的事情。燕昭王竟然照着做了，果然吸引了大量人才，使燕国步入黄金时代。

那些浪漫的理想年代已经过去，那些满怀激情的风流人物已然消隐，存留于世间的只有蛾眉遗冢，骏骨空台。陈子昂于幽州台上之悲，悲的是孤独，悲的是历史的苍凉。纳兰性德之悲，初看悲的是边塞苍凉的景色，说到底，还是

悲的历史的天空下已经寂灭的岁月的故事。

沁园春

【原文】

丁巳重阳前三日①，梦亡妇淡妆素服，执手哽咽，语多不复能记。但临别有云："衔恨愿为天上月，年年犹得向郎圆。"妇素未工诗，不知何以得此也，觉后感赋长调。

瞬息浮生，薄命如斯，低徊怎忘②。记绣榻闲时，并吹红雨③；雕阑曲处，同倚斜阳。梦好难留，诗残莫读，赢得更深哭一场。遗容在，只灵飙一转④，未许端详。

重寻碧落茫茫⑤。料短发朝来定有霜。便人间天上，尘缘未断；春花秋叶，触绪还伤。欲结绸缪⑥，翻惊摇落，减尽荀衣昨日香。真无奈！倩声声邻笛，谱出回肠。

【注释】

①丁巳重阳前三日：指康熙十六年农历九月初六日，即重阳节前三日。此时纳兰性德亡妻已病逝三个多月。

②低徊：形容萦绕回荡。

③红雨：指落花。唐李贺《将进酒》："桃花乱落如红雨。"

④灵飙：灵风、神风。指梦中爱妻飘飞的身影。

⑤碧落：天空。语出白居易《长恨歌》。"上穷碧落下黄泉，两处茫茫皆不见。"

⑤绸缪：紧密缠缚，缠绵，情意深厚，这里指夫妻恩爱。

【赏析】

纳兰与妻子卢氏相处的时间虽然短暂，但是感情却十分深厚，丁巳年即康熙十六年，也就是卢氏逝世这一年。妻子逝世不久，尸骨未寒，所以词人时时思念，幻想能与其再续前缘。这一年重阳节前三天的夜晚，词人竟真的在梦中与亡妻相会，两人相对哽咽，说了许多思念之语，临别之时，妻子赠诗"衔恨愿为天上月，年年犹得向郎圆"与词人。但是，梦境虽美，终究也是一场空幻，醒来之后只会让痛苦进一步加深，于是在感慨无奈之下，词人提起笔来，写下这首词。

"瞬息浮生，薄命如斯，低徊怎忘"，词一开篇，容若就以咏叹的笔法写出了对亡妻的一往情深，人生苦短，瞬息即逝，本来是伉俪情深，无奈妻子却红颜薄命，短暂的三年快乐相处换来的是一生的哀思。

由于对亡妻的思念萦绕在容若的心间，容若自然也就开始回忆与卢氏新婚后的恩爱生活，"记绣榻闲时，并吹红雨；雕阑曲处，同倚斜阳"，当初相依相偎坐在绣榻上，吹着飘飞的花瓣，在栏杆的拐弯处共同欣赏黄昏的景色，在这句中，以往昔的欢乐做对比，反衬出词人如今的孤单与愁苦。

"红雨"在这首词中有两种可能的解释：一是指桃花，李贺《将进酒》有"桃花乱落如红雨"之句；二是指落花如雨，刘禹锡《百舌诗》中有"花枝满空迷处所，摇动繁英坠红雨"。

接着容若开始倾诉自己失去爱妻之后的痛苦，"梦好难留，诗残莫读，赢得更深哭一场"，人生中最大的痛苦莫过于生死离别，此时的容若已经开始究诘起

命运来，他珍爱生命，可惜生命最后却是瞬息浮生，他珍惜爱情，可是爱情却得而复失，他想与心爱之人梦中相会，互诉衷肠，结果却只是好梦难留，当所有的一切都化为乌有时，他只能无奈地在深夜里痛哭流涕。这时他又想起梦中妻子的模样，只可惜这梦去得太快，还没来得及仔细端详，亡妻便已"灵飙一转"，词到此，更加平添一分悲痛之情。

下阕开篇紧承上阕结尾，写梦醒后词人想要重寻梦境，可惜"碧落茫茫"，无迹可寻。在悲愁和痛苦的煎熬之下，容若猜想第二天自己的头上一定会增添许多白发，这句与苏子的"纵使相逢应不识，尘满面，鬓如霜"十分相似，可是苏子要十年才尘满面，鬓如霜，容若却是一夜白头，抛却真假不论，其中孰深孰浅，已无须多说。

　　命运是无法改变的，但是痴情的容若却偏偏要与命运做一番抗争，他固执地发出："便人间天上，尘缘未断；春花秋叶，触绪还伤"，虽然生死相隔，但尘缘并不会就此割断，否则又怎会在梦中相见，那春花秋叶都是触动感伤的琴弦，让人看后不胜凄怆。

　　一对恩爱的夫妻本想白头偕老，结果妻子却像木叶一样飘然陨落，这恐怕是人生中最大的遗憾，以至于容若从此"减尽荀衣昨日香"。"荀衣"有两个典故，一指东汉荀彧嗜爱香气，身带之。所坐之处，香气三日不散。二是《世说新语·惑溺》中记载：荀奉倩与妇至笃，妇病亡，痛悼不已，岁余亦亡。这里两个典故合用，说明自妻子死后，容若已经形容憔悴，丰神不再。

　　词到结尾，"真无奈！倚声声邻笛，谱出回肠"，在无限的愁绪之中我们又听到词人发出一声无可奈何的叹息，在这里"邻笛"亦是一个典故，魏晋之间，向秀经过友人旧庐，闻邻人奏笛，感怀亡友，作《思旧赋》来悼念。而词人此时谱写的，岂不正是这种令人断肠的伤心曲。

纳兰填词并非一气呵成，而是反复斟酌，反复修改，因此此词也有多个版本，在此就不一一评说。

沁园春

代悼亡

【原文】

梦冷蘅芜①，却望姗姗②，是耶非耶？怅兰膏③渍粉④，尚留犀合；金泥⑤蹙绣⑥，空掩蝉纱⑦。影弱难持，缘深暂隔，只当离愁滞海涯。归来也，趁星前月底，魂在梨花。

鸾胶⑧纵续琵琶。问可及当年萼绿华⑨？但无端摧折，恶经风浪；不如零落，判委尘沙⑩。最忆相看，娇讹道字⑪，手剪银灯自泼茶。今已矣，便帐中重见，那似伊家。

【注释】

①蘅芜：香草名。晋王嘉《拾遗记·前汉上》："（汉武）帝息于延凉室，卧梦李夫人授帝蘅芜之香。帝惊起，而香气犹着衣枕，历月不歇。"闽徐夤《梦》诗："文通毫管醒来异，武帝蘅芜觉后香。"

②姗姗：走路从容，不紧不慢的样子。

③兰膏：一种润发的香油。

④渍粉：残存的香粉。

⑤金泥：用以饰物的金屑。

⑥蹙绣：蹙金，一种刺绣方法，用金线绣花而皱缩其线纹使其紧密而匀贴，亦指这种刺绣工艺品。

⑦蝉纱：像蝉翼一样薄的纱。

⑧鸾胶：相传以凤凰嘴和麒麟角煎成的胶，可黏合弓弩拉断了的弦，俗称丧妻男子再婚。

⑨萼绿华：传说中的仙女名。自言是九疑山中得道女子罗郁。晋穆帝时，

夜降羊权家，赠权诗一篇，火澣手巾一方，金玉条脱各一枚。见南朝梁陶弘景《真诰·运象》。李商隐《重过圣女祠》："萼绿华来无定所，杜兰香去未移时。"

⑩判：甘愿、甘心。尘沙：尘世。

⑪道字：一种将字拆开的文字游戏。

【赏析】

这首词为悼亡爱妻之作：蘅芜袅袅，似梦非梦，看到你步履轻缓，从容不迫地姗姗走来，这景象是真是幻？眼前你润发用的香油，粉盒中残存的香粉，依旧在妆奁中静静地躺着；装饰用的金屑和没有绣完的绣品还放在那里。面对着这些你曾用过的东西，睹物思人，怎能不怅然心伤。真希望我们不是天人永隔，滞留天涯。你忽然回到我身边，趁着这明月星空，在曾经相约的梨花树下与我相见。纵然是续娶了后妻，但又怎么能与你相比呢？如今让我无端经受这样的打击，如尘沙般孤独零落。最令人伤神追忆的是你读错了字的娇柔之声，和那剪去灯蕊，赌气泼茶的柔媚之态。如今一切美好都已结束，即使再次相见，也不是当时的样子了。

喜新厌旧是世人常态，眼前有娇媚新人，自然将往昔旧人抛诸脑后。可是，对于痴情的纳兰来说，他虽然在家族的逼迫下迎娶了一位新人，但是，他的心始终思念着亡妻。

"梦冷蘅芜，却望姗姗，是耶非耶？"蘅芜袅袅，似梦非梦，看到你步履轻缓，从容不迫地姗姗走来，这景象是真是幻？"怅兰膏渍粉，尚留犀合；金泥蹙绣，空掩蝉纱"，眼前你润发用的香油，粉盒中残存的香粉，依旧在妆奁中静静地躺着；装饰用的金屑和没有绣完的绣品还放在那里。面对着这些你曾用过的东西，睹物思人，怎能不怅然心伤。真希望我们不是天人永隔，滞留天涯，即"影弱难持，缘深暂隔，只当离愁滞海涯"。希望你"归来也，趁星前月底，魂在梨花"。你能回到我身边，趁着这明月星空，在曾经相约的梨花树下与我相见。

"鸾胶纵续琵琶。问可及当年萼绿华？""鸾胶"原是指凤凰嘴和麒麟角煎成的胶，用以黏合弓弩拉断了的弦，俗称丧妻男子再婚。"萼绿华"则是传说中的仙女名。纳兰在这里是想对亡妻说，新夫人纵使艳若三春牡丹，也比不过逝去的人儿——她在他的心中是"萼绿华"，天国芳蕊，远胜过人间富贵花。

"但无端摧折，恶经风浪；不如零落，判委尘沙"，如今让我无端经受这样的打击和风浪，早知如此，不如像尘沙一般四处飘零。"最忆相看，娇讹道字，手剪银灯自泼茶"，最令人伤神追忆的是你读错了字的娇柔之声，和那剪去灯芯，赌气泼茶的柔媚之态。如今一切美好都已结束，即使再次相见，也不是当时的样子了，"今已矣，便帐中重见，那似伊家"。

读罢这首词，我们便可感觉出容若对妻子深刻而又真切的爱，令人动容、叹惋。

【词人逸事】

纳兰性德性格落拓无羁，秉赋超逸脱俗，才华出众，与他出身豪门，钟鸣鼎食，入值宫禁，金阶玉堂的前程，构成一种常人难以体察的矛盾感受和心理压抑。再加上爱妻早亡，后续难圆旧梦，以及挚友聚散，内心深处的困惑与悲观是难以释怀的。对仕途的厌倦和不屑，使他对凡能轻取的身外之物无心一顾，但对求之却不能长久的爱情，对心与境合的自然和谐状态，却流连向往。

康熙二十四年（1865）暮春，纳兰性德抱病与好友一聚、一醉、一咏三叹。然后便一病不起，七日后溘然而逝。病时，康熙曾派人探望并送御药，闻其亡故之讯，为之惋惜。纳兰性德的业师徐乾学为其撰写墓志铭、神道碑。纳兰性德葬于京西皂甲屯纳兰祖茔，带着无限的爱与永远十九岁的娇妻卢氏合葬于山明水秀之境，从此相依相伴、永不分离。

金缕曲

赠梁汾①

【原文】

德也狂生耳②。偶然间、缁尘京国，乌衣门第③。有酒惟浇赵州土④，谁会成生此意⑤。不信道、竟逢知己。青眼高歌俱未老⑥，向樽前、拭尽英雄泪。君不见，月如水。

共君此夜须沈醉。且由他、蛾眉谣诼⑦，古今同忌。身世悠悠何足问，冷笑置之而已。寻思起、从头翻悔⑧。一日心期千劫在⑨，后身缘、恐结他生里。然诺重，君须记。

【注释】

①梁汾：即顾贞观。

②德：作者自指。

③京国：京城，国都。乌衣门第：指世家望族。

④赵州土：平原君好养士，死后虽未葬赵州，但他是赵国公子，又是赵相，故称他的墓为"赵州土"。

⑤成生：纳兰性德自指，纳兰原名成德，故云。

⑥青眼：黑色的眼珠在眼眶中间，青眼看人则是表示对人的喜爱或重视、

尊重。相传晋阮籍为人能作青白眼，见愚俗之人为白眼，见高人雅士、与己意气相投者则为青眼。

⑦谣诼：造谣诽谤。

⑧翻悔：对先前允诺的事情后悔而拒绝承认。

⑨千劫：佛教语，指旷远的时间与无数的生灭成败，现多指无数灾难。

【词评】

岁丙辰，容若年二十有二，乃一见即恨识余之晚，阅数日，填此曲为余题照。极感其意，而私讶他生再结语殊不祥，何意竟为乙丑五月之谶也。伤哉。

——顾贞观《弹指词》

词旨嵚崎磊落，不啻坡老、稼轩，都下竞相传写，于是教坊歌曲无间不知

有侧帽者。

——徐釚《词苑丛谈》

今读容若"后生缘恐结他生里"句，山阳闻笛，愈增腹痛矣。

——谢章铤《赌棋山庄词话》

金粟顾梁汾舍人，风神俊朗，大似过江人物。无锡严荪友诗："曈曈晓日凤城开，才是仙郎下直回。绛蜡未消封诏罢，满身清露落宫槐。"其标格如许。

——冯金伯《词苑萃编》

纳兰容若（成德）深于情者也。固不必刻画花间，俎豆兰畹，而一声河满，辄令人怅惘欲涕。情致与弹指最近，故两人遂成莫逆。读两家短调，觉阮亭脱胎温、李，犹费拟议。其中赠寄梁汾《贺新凉》《大酺》诸阕，念念以来生相订交，情至此，非金石所能比坚。仆亡友侯官张任如（仁恬），才高命薄，死之日，仆挽之云："本是肺腑交，已矣，似此人间谁识我。可怜肝肠断，嗟乎，从今地下始逢君。"戊申，仆寓居宁德，寒食怀人，凄怆欲绝，填《百字令》云："春光似箭，看莺娇蝶懒，清明又到。梨树阴阴闻故鬼，如诉如啼如祷。南国家山，杜鹃滴血，绿遍王孙草。满城苦雨，柳条檐际飞扫。却忆张籍当时，酒边戏语，百样添烦恼。寒食西风吹点泪，此际才为情好。一别六年，夜台无雁，幽信何从讨。孤游已屡，个人曾否知道"，盖仆曾与君泛论交际，君笑曰："清明肯流几点泪，方见好也。"心怪其语不祥，越一年，而君竟殁。今读容若"后生缘恐结他生里"句，山阳闻笛，愈增腹痛矣。

————丁绍仪《听秋声馆词话》

这首慢词，赠顾贞观，风格便与贞观的《金缕曲》二首相近。为自己写照，也为其交友写照，中间又交错着对蛾眉谣诼的感叹，歇拍云"重然诺，君须记。"可以参证性德身任救吴汉槎入关一事。读此令人增风谊之重。徐釚《词苑丛谈》云："词旨嵚崎磊落，不啻坡老、稼轩，都下竞相传写。"

————钱仲联《清词三百首》

【赏析】

我本狂妄，只是无意中生在京城豪门，蒙受污浊世气。其实，我最是仰慕广交贤友的平原君，有酒也是朝向赵州，可惜谁能懂得我的心意。哪里想到，我竟然找到了你这样的知己，而且我们尚未年老，还能对酒当歌，真是令人好不快意！你我惺惺相惜，今日就在酒杯前，抹尽我们的英雄泪吧！你看，今晚月色如水，不正见证了我们的友谊吗？

今夜，让我们不醉不休。自古贤才遭嫉妒，所以我们都把这人生的失意看开吧，你我都是一样！让这反复无常的人世沧桑都见鬼去吧，我们要冷笑着把所有的非议与不公放在一边。不期然间知己相遇，在这个重要的时刻，我要郑重承诺，我们的友谊千古不变。而我们错过的时间，也许只能等到来世再弥补

了。请你也一定要好好记住。

　　清代的词坛，一度出现词人用"金缕曲"这一词牌填词的景象。而其中最受人瞩目的，莫过于纳兰性德这一首。容若出身显贵，却知音难觅。所以当他遇到才高八斗、志同道合的顾贞观（号梁汾）后，自是相见恨晚，真情难掩。但是出身寒门的顾贞观，在初见容若时自然是放不开的。为了打消顾贞观的疑虑，明白自己对他的心意，容若便挥笔写下了这首脍炙人口的《赠梁汾》。

　　起句颇有气势，也颇为突兀，十分抓人眼球。作为权倾朝野的宰相明珠的长子，容若竟然喊出"我纳兰性德也是个狂妄的小子"的口号，着实令人费解和不可置信。可是后面一句却道出了容若真正的想法。"缁尘"是尘污之意，谢朓有诗云"谁能久京洛，缁尘染素衣"，恰好被容若所用，他说自己本无意生在京城贵族之家，因为难免要被尘污沾染。在此，他表达出自己并不因为出身高贵而有优越感，反而对家世充满鄙夷。所以，他希望出身寒门的顾贞观不要有所顾忌，不要待他当作别的豪门子弟来看待，而要理解他的心意。

"有酒惟浇赵州土"出自唐代诗人李贺的诗句："买丝绣作平原君，有酒惟浇赵州土。"李贺写这两句诗，是为了表达对那些赏识贤士的人的怀念。每当他举起酒杯，都会浇向赵州的方向，因为他觉得偌大的世界，只有一个平原君值得景仰。而容若和李贺的心意是一样的，都对爱惜人才的人充满敬慕之心。当然，这里面还有一段故事，这得从容若和顾贞观的相识说起。顾贞观有一挚友吴兆骞，因科场舞弊案而受到牵连，被流放到宁古塔（今黑龙江宁安）。这时的顾贞观为好友蒙受不白之冤而感到悲愤交加，尤其在得知吴兆骞在戍边的苦况之后，更是在一筹莫展之下作被誉为"千古绝调"的《金缕曲》词两首。容若偶读这两首词，被顾吴二人的真挚友情感动得涕泪长流，于是许诺要帮顾贞观救出吴兆骞。后来，容若求助于父亲明珠，终于救出了吴兆骞，顾吴二人对他无限感激。而他三人的友情，也从这时候开始了。所以，容若在此借用李贺的这句词，便是表达了对顾吴二人生死之交的友情的礼赞和钦羡。而后句的"谁会成生此意"，则透露出他的孤独的悲哀。毕竟他的这些心意，他为顾吴二人的不公平遭遇的悲愤，都是无人知道的。

这两句的情感一转，遂从孤独、愤懑转而成为惊疑和惊喜。这两句表达了容若不敢相信竟然交到顾贞观这样一位朋友的欣喜之情。"青眼"是高兴的神色，杜甫在其《短歌行》中写道："青眼高歌望吾子，眼中之人我老矣。"容若翻用其意，说幸好他和顾贞观相遇时还未曾老去，还可以举杯高歌。不过，在对饮之前，我们要把泪擦干净，不管是之前的失意之苦，还是如今的相遇之喜，都让它随着泪水一并宣泄掉吧！

这一句作为上阕的收尾，别有深意。这是该词中唯一一处描写景色的句子，夜凉如水，月如钩，惨惨淡淡，又清莹洁白，既衬托先前的悲凉之意，又喻示二人的纯洁友谊，并借月见证他们今日的情意。

"共君此夜须沉醉。"此句一个"须"字，也是饱含深意。该句的意思是我们今夜要不醉不休。乍一看，似乎是为庆贺二人的相识相知，实际却有"麻木、放纵一回"的意思。和杜甫的"白日放歌须纵酒"一句意境相近。为何要大醉方休呢？后面紧接"且由他、蛾眉谣诼，古今同忌"算是作答。容若深知，在此世道，有才之士，特别是出身卑微的人，大都难逃被人排挤、备受不公的命运。所以他建议好友不要去管这些俗事，不如一醉了事得好。容若说这句话，其实也有自欺欺人的成分在里面。后面一句"身世悠悠何足问，冷笑置之而已"，表明他从顾贞观等人的遭遇中，又联想到了自己不如意的际遇和命运。由此可见，容若内心对这无奈的人生还是心存芥蒂的，无法做到一醉了事那么洒脱。所以最后，他只好发出了"寻思起、从头翻悔"的感叹，意即若要寻思，从一开始就错了。既然这是我们的命运，那姑且这样吧。

　　最后这两句又回到了容若写作该词的初衷上来，他要表达的是对顾贞观的诚挚友情。所以他说，还好我们今日能有幸相遇，一旦彼此倾心，这份友谊便万古长青，历尽千劫而不改初衷。唯一遗憾的是，我们如今才相遇，自是错过了一些好时光，所以也只能等到来世再弥补了。对容若来说，这不是煽情，而是真情流露，因为这份友情的到来，对他来说太重要了。他希望顾贞观能明白自己的真心，向自己敞开胸怀，真正地接纳自己，而不要有什么疑虑和顾忌。

　　【词人逸事】

　　这首词作于康熙十五年（1676），纳兰性德此年获殿试二甲七名，赐进士出身，并授三等侍卫，不久又晋为一等。据顾贞观记云："岁丙辰，容若年二十有二，乃一见即恨识余之晚，阅数日，填此曲为余题照。"

纳兰性德以贵胄公子，皇帝近侍的身份与沉居下僚的顾贞观相识，不但大有相见恨晚之叹，且对其不幸的遭遇深表同情。两人遂成为生死之交，直到纳兰性德去世，这份情意也没有断绝。《炙砚琐谈》提到，纳兰性德为顾贞观题照"一日心期千劫在，后身缘、恐结他生里。然诺重，君须记。"顾贞观答词亦有"托结来生休悔"之语。等到纳兰性德去世后，顾贞观回到故里，一天晚上梦到纳兰性德对他说："文章知己，念不去怀。泡影石光，愿寻息壤。"当天夜里，其妻生了个儿子，顾贞观就近一看，发现长得跟纳兰性德一模一样，知道是其再世，心中非常高兴。一月后，再次梦到纳兰性德与自己作别。醒来后连忙询问别人，听说孩子已经夭折。这段传说足见两人友情的深厚和生死不渝。

金缕曲

【原文】

生怕芳樽满①。到更深、迷离醉影，残灯相伴。依旧回廊新月在，不定竹声撩乱。问愁与、春宵长短。人比疏花还寂寞，任红蕤②、落尽应难管。向梦里，闻低唤。

此情拟倩东风浣。奈吹来、余香病酒，旋添一半。惜别江郎浑易瘦③，更著轻寒轻暖。忆絮语，纵横茗碗④。滴滴西窗红蜡泪，那时肠、早为而今断。任枕角，欹孤馆⑤。

【注释】

①芳樽：精致的酒器，亦借指美酒。

②红蕤：花萼。

③江郎：指南朝齐江敩或指南朝梁江淹。

④絮语：连续不断地说话。

⑤枕角：角制的或用角装饰的枕头。欹：斜靠着。孤馆：孤寂的客舍，唐许浑《瓜州留别李诩》诗："孤馆宿时风带雨，远帆归处水连云。"

【赏析】

这首词为怀友之作：入夜起相思，酒不但不能排解愁情，而且只有孤灯相伴，惆怅反而更胜。当时相聚的景象依然，但人却已经分离。愁情绵绵不绝，比这春宵还要更长。红花落尽，花枝萧疏，这花仿佛也是孤独寂寞，但是此时的人又比这疏花还要寂寞。唯有梦里才可与你相见。

请东风消愁不但消不得，反倒是添愁添恨了。本已为离别而瘦损，如今又偏逢这乍暖还寒的时节，于是就更令人生愁添恨了。当年我们一边品茶，一边低声说话，议论纵横。分别时西窗蜡滴红泪，这记忆如今想起，更使人伤心肠断。独自寄寓在孤独寂寞的会馆中，更感四周冷静凄清。

思念友人，最解忧的便是酒水了。"生怕芳樽满"，所谓"芳樽"是指的造型精致的酒容器，在这里则是借指美酒。美酒在手，却怎么也喝不醉，这真是让人难堪而又无奈的事情。或许是愁绪太深，是太多酒都无法浇灭的缘故吧。

"到更深、迷离醉影，残灯相伴。"一直到更深露重，夜深人静时分，依然半醉半醒，无法安然入睡，残灯相伴左右，更显得自己孤立无依靠。

此刻，思念朋友的心情更加剧烈，"依旧回廊新月在，不定竹声撩乱"。回廊上看天，月亮依然，洒落月光，四周竹叶随风摆动，声音扰乱人心，本就烦忧的心，更在这声声竹声中，无法收拾。

　　所以，纳兰忧伤地自说自话："问愁与、春宵长短。"春宵苦短，这愁绪却漫长无期，"燕子楼空弦索冷，任梨花、落尽无人管"。燕子飞去，人去楼空，就算落花飞尽，也是无人打理。那空空的楼阁，如同纳兰空荡的内心，失去了居住的人，便显得格外空旷，纳兰珍视友谊，所以，他的友人远去，对他来说，实在也是一件愁苦的事情。

　　可是，这样的感情却并不是人人都能理解的，而纳兰也并不打算告诉别人，让别人为他分忧，"谁领略，真真唤。"只有自己安慰自己了。

　　"此情拟倩东风浣。"此情可待成追忆，这份对友人的思念之情，在春风的吹拂下，四处散去，但吹去又生，纳兰的内心，始终无法安抚。"奈吹来、余香病酒，旋添一半。惜别江淹消瘦了，怎耐轻寒轻暖。"分别也有一阵时日了，似乎在日夜的思念中，逐渐消瘦了下去，但纳兰并不在乎这样的消瘦，他只想早

日和朋友相聚在一起。

　　"忆絮语、纵横茗椀。"这些都是和朋友在一起的美好回忆，可是现今却是无法实现的梦想了，所以，纳兰想来，不禁泪流："滴滴西窗红蜡泪，那时肠、早为而今断。"那时的美好时光中，他们怎么会想得到今日的分别呢？

　　分离总是让人痛苦的，纳兰虽然生性忧伤，但是这痛苦也让他无法承受，不过既然无法补救，那就只能依靠自己化解自己的愁绪了。"任角枕，倚孤馆"。这独自一人的忧伤时日何时才能够结束呢？

　　夜深时分，孤寂难耐，纳兰的苦，谁能探知呢？

金缕曲

寄梁汾

【原文】

木落吴江矣①。正萧条、西风南雁②，碧云千里。落魄江湖还载酒③，一种悲凉滋味。重回首、莫弹酸泪。不是天公教弃置④，是才华、误却方城尉⑤。飘泊处，谁相慰。

别来我亦伤孤寄⑥。更那堪、冰霜摧折，壮怀都废⑦。天远难穷劳望眼，欲上高楼还已。君莫恨、埋愁无地。秋雨秋花关塞冷，且殷勤、好作加餐计⑧。人岂得，长无谓⑨。

【注释】

①吴江：吴淞江的别称，县名，属江苏省。梁汾要归于江南居苏州等地，故云木落吴江。

②南雁：南飞的大雁。

③"落魄"句：化用唐杜牧《遣怀》："落魄江湖载酒行，楚腰纤细掌中轻。"落魄，穷困失意，为生活所迫而到处流浪。

④天公：天，以天拟人，故称，此处指朝廷。弃置：扔在一边，废弃。

⑤方城尉：指温庭筠，温庭筠曾为方城（今河南方城）尉，世称温方城。

⑥孤寄：独身寄居他乡。

⑦壮怀：豪壮的胸怀，唐韩愈《送石处士赴河阳幕》诗："风云入壮怀，

泉石别幽耳。"

⑧加餐：慰劝之辞，谓多进饮食，保重身体。

⑨无谓：即无所作为。化用唐李商隐《无题》："人生岂得长无谓，怀古思乡共白头。"

【赏析】

清初的词坛有一个很奇怪的现象，便是许多词人竞相用《金缕曲》这个词牌填词，例如当时的词人陈维崧，他一生写下的《金缕曲》大概便有几百首，但是在清代的《金缕曲》中，最引人瞩目的还算是纳兰的这首《金缕曲》了。

这是纳兰初识顾梁汾时酬赠之作。他与顾梁汾情谊深厚，所以写下词章，纪念友谊，顾梁汾对纳兰也是情深义重，他也曾写文曰："其于道义也甚真，特以风雅为性命，朋友为肺腑。"说的就是他和纳兰之间的友谊。

顾梁汾长纳兰近二十岁，他郁郁不得志，住在纳兰府中，纳兰作为相府中的公子，却丝毫没有端起架子，反而与顾梁汾相交甚欢，二人有许多共同语言，虽然地位悬殊，但却是心意相通。

这首词的词境空辽寂寞，这与纳兰自身的心境也有关系，纳兰虽然是门第显赫，但是他却一直认为是命运对自己的捉弄，令自己深陷豪门之中，无法自拔，无法去追求自己喜欢的生活。

所以，开篇头一句便是"木落吴江矣。正萧条、西风南雁，碧云千里。"看似没有写出寂寞的心情，但实际上千言万语都已经融会在了词章中，碧云千里之下，西风大雁，还有萧萧的落木，这些景象，无一不是透露着寂寞。

而后的寂寞便是叠叠加深，"落魄江湖还载酒，一种悲凉滋味"。一种悲凉滋味在心头，纳兰与顾梁汾虽然情谊深厚，但顾梁汾总是要离开的，这首词便是纳兰写与顾梁汾的赠别词，友谊再长久，也抵不过时间和空间的距离。所以"重回首、莫弹酸泪"，这都是天意，何必去计较呢。

只要彼此心中有着牵挂，总还是会有见面的一天的。"不是天公教弃置，是才华、误却方城尉。飘泊处，谁相慰。"这里是纳兰安慰顾梁汾的话，顾梁汾怀才不遇，纳兰必然也是看在眼里的。他告诉顾梁汾，不要怀疑自己，只要坚持，总有雨后天晴的一天。

在下片开始，纳兰便开始感伤自己："别来我亦伤孤寄。更那堪、冰霜摧折，壮怀都废。"在寂寞中，打发时光，这是一件很惆怅的事情，此处的词章，句句写出寂寞，纳兰最擅长写寂寞，此处他虽然没有提及，但每个字眼都让人觉得深入骨髓的清冷。

"天远难穷劳望眼，欲上高楼还已。君莫恨、埋愁无地。秋雨秋花关塞冷，且殷勤、好作加餐计。"天高虽然任鸟飞，但自己却是无法把握自己的命运，词在最后，纳兰也只得悲伤地感慨道："人岂得，长无谓。"是啊，生命总是世事变幻无常，宿命安排，岂是人事能预料的，还是听天由命吧。

据徐钆在《词苑丛谈》中说："此词一出，都下竞相传写，于是教坊歌曲间，无不知有《侧帽词》者。"词境悠远，情谊深厚，想不传唱都难。

金缕曲

亡妇忌日有感①

【原文】

此恨何时已。滴空阶、寒更雨歇，葬花天气②。三载悠悠魂梦杳③，是梦久应醒矣。料也觉、人间无味。不及夜台尘土隔④，冷清清、一片埋愁地。钗钿约⑤，竟抛弃。

重泉若有双鱼寄⑥。好知他、年来苦乐，与谁相倚。我自终宵成转侧⑦，忍听湘弦重理。待结个、他生知己。还怕两人都薄命，再缘悭、剩月零风里⑧。清泪尽，纸灰起⑨。

【注释】

①这首词作于康熙十九年农历五月三十日，为卢氏故去三周年忌日。

②寒更：寒夜的更点，借指寒夜。葬花天气：农历五月下旬，正是落花时节。

③魂梦：梦，梦魂。

④夜台：坟墓，亦借指阴间，南朝梁沈约《伤美人赋》："曾未申其巧笑，忽沦躯于夜台。"

⑤钗钿约：即"金钗""钿合"，指夫妻的盟誓。白居易《长恨歌》："惟将旧物表深情，钿合金钗寄将去。钗留一股合一扇，钗擘黄金舍分钿。但令心似金钿坚，天上人间会相见。"

⑥重泉：犹黄泉、九泉，旧指死者所归。

⑦终宵：中夜，半夜。

⑧缘悭：缺少缘分。《儒林外史》第三十回："只为缘悭分浅，遇不着一个知己。"

⑨纸灰：给死者当钱用的纸烧成的灰。

【词评】

性德《金缕曲·亡妇忌日有感》有"三载悠悠魂梦杳"句，知作于清康熙十九年五月，卢氏丧三年之际。又据"我自终宵成转侧，忍听湘弦重理"句，知是时已有续弦之议。另《虞美人》词云："银床淅沥青梧老，屧粉秋蛩扫。采香行处蹙连钱，拾得翠翘何恨不能言。回廊一寸相思地，落月成孤倚。背灯和月就花阴，已是十年踪迹十年心。"卢氏归容若在康熙十三年，既云"十年心"，词作期则在至康熙二十七年（1683）。所谓"拾得翠翘何恨不能言"，盖有新人在侧，欲说不能耳。此当作于纳官氏后。十九年已有"重理"之议，取官氏或在十九、二十年间。

——赵秀亭《纳兰丛话》（续）

此词纯是一段痴情裹缠、血泪交溢的超越时空的内心独白语。时隔三载，存亡各方，但纳兰痛苦难泯。结篇处尤为伤心动魄，为"结个他生知己"的愿

望也难有可能而惊悚。顾贞观曾评纳兰词"容若词一种凄惋处，令人不能卒读"（榆园本《纳兰词》），当指这一类。

——严迪昌《清词史》

这又是一阕悼亡之作。作者在卢氏夫人逝世三周年的忌日，追念亡妻，不禁悲从中来，转侧难眠。因想打破人世冥间的界限，通问近来消息；又想跨越今生来世的鸿沟，结个他生知己。词意悲切，而不加修饰，只如家常相对，倾诉衷肠。其一往情深、哀不自胜之处，感人至深。

——盛冬铃《纳兰性德词选》

悼亡词，要用血和泪写成，情感真挚，哀思缠绵，语言要自然朴素，不尚涂泽。说真挚，但不要庸俗，著名的元稹《遣悲怀》诗，虽真实，但夹杂一些庸俗的东西。千古的词家绝作，只有苏轼的《江城·记梦》情挚而又形象突出，双方人物活动在梦中与梦外。《饮水词》中悼亡之作较多，有人物活动，

更突出的是主观抒情，极哀怨之致。这一阕可谓代表。语言方面，有些典故和代词，但比较为人们所熟知和常用，与全词无关。

——钱仲联《清词三百首》

【赏析】

又是一首《金缕曲》，仿佛已经成为一种习惯，自从妻子卢氏逝去之后，纳兰就一直在自己编造的情网中痛苦地挣扎着，他时常沉溺于对美好往日的追忆中，因此也写下了几十首的悼亡之作，而这首则称得上他所有悼亡词中最感人的一首。

词一开篇，作者就化用李之仪《卜算子》中"此水几时休，此恨何时已"的成句，看似突兀的一个反问句，却真实地道出纳兰对卢氏之死所表达出的哀伤痛悼之情，虽然卢氏已经去世三年，但是纳兰对她的思念却一直没有停止，他也曾想开始新的生活，却又始终放不下旧情，在亡妇忌日之时，他的这种郁结已久的矛盾心情终于得以释放，一个"恨"字，点明了全词的主旨。

接下来作者交代了时间、地点，"滴空阶、寒更雨歇，葬花天气"，中国古代诗人写景物，通常是借景抒情，温庭筠在《更漏子》中曾写道："梧桐树，三更雨。不道离情正苦。一叶叶，一声声，空阶滴到明。"与温庭筠所表达的离情别绪相比，纳兰所表达的生死之痛自然显得更加凄苦。

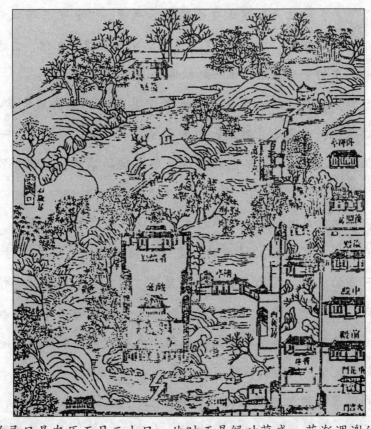

卢氏的忌日是农历五月三十日，此时正是绿叶茂盛、花渐凋谢的暮春季节，因此说是"葬花天气"。屋外雨声连连，而纳兰的心情则沉重凄清，所以他虽然身在春季，却感受此时已是"寒更"。

对于卢氏的离世，纳兰始终不能承认这个事实，因此他总希望这只是一个梦，等到梦醒之后，卢氏就会出现在他的面前。但幻想终究是幻想，又会有哪个梦一做就是三年呢？对于卢氏之死的原因，纳兰猜想是因为她"料也觉、人间无味"。因为坟墓虽然冷清孤寂，但是却能够把所有的愁苦都埋葬于地下，这句话就给今人留下了一个疑问，既然卢氏死后与她结婚仅三年的丈夫会留下如此之多的悼亡之作，那在她生前又会有怎样的愁苦让她觉得"人间无味"呢？

上片结尾"钗钿约，竟抛弃"呼应开篇"此恨何时已"，似有怨恨之意，你和我本有钗钿之约，如今你却为何要违背誓言，让我独自一人痛苦地生活在人间？

全词到了下片，纳兰开始倾诉自己的别后生涯。"重泉若有双鱼寄。好知他、年来苦乐，与谁相倚。"纳兰在这里设想阴间如果能通书信，自己也就能够知道卢氏这些年来的苦乐哀思与谁一起相伴度过。

从生前的恩爱，到关心亡妻死后的生活，甚至在其逝去后经常夜不能寐、辗转反侧地思念她，可见纳兰对卢氏的爱已经深入骨髓。"湘弦"一词在这里明指纳兰害怕睹物思人，因此不忍再弹那哀怨凄婉的琴弦，也暗含了他不忍续弦再娶之意。

据记载，纳兰在卢氏死后，"悼亡之吟不少，知己之恨尤多"。由此可见，纳兰不但把卢氏当成了自己的贤内助，更是把她视为知己，这在封建社会中，是一个难能可贵的观念，因此在妻死不能复生、自己又不忍续弦的情况下，纳兰想要和卢氏"待结个、他生知己"，这虽然是一种不切实际的自我安慰，但是纳兰对此无比地执着，甚至还害怕他们两个人即使来生结缘，却也像今生这样命薄，美好的光景、美好的情缘不能长久。

全词写到这里，纳兰也照应"此恨何时已"，表达出三层怨恨，今生无缘在一起，此为第一恨；幻想阴间能通书信，却事不可能，此为第二恨；希望来生能再做夫妻，却又怕两人命薄，仍然人鬼殊途，此为第三恨。

在词的结尾，纳兰终于从内心世界回到现实，在那空阶之上，亲手点燃了祭奠亡妻的纸钱，并且自己心中所有的情感都化成一句话，"清泪尽，纸灰起"。

全词读完，不禁让人潸然泪下，如果世间真能有这样真挚的情感，那么死亡也就变得不再可怖。

金缕曲

【原文】

未得长无谓。竟须将、银河亲挽，普天一洗①。麟阁才教留粉本②，大笑拂衣归矣。如斯者、古今能几？有限好春无限恨，没来由、短尽英雄气。暂觅个，柔乡避③。

　　东君轻薄知何意。尽年年、愁红惨绿④，添人憔悴。两鬓飘萧容易白⑤，错把韶华虚费。便决计、疏狂休悔。但有玉人常照眼⑥，向名花、美酒拼沉醉。天下事，公等在。

【注释】

①普天：整个天空，遍天下。

②麟阁：即麒麟阁，汉代阁名，在未央宫中。汉宣帝时曾将霍光等十一功臣画像置于阁上以表扬其功绩，封建时代多以画像置于"麒麟阁"表示卓越功勋和最高的荣誉。粉本：画稿，古人作画先施粉上样，然后依样落笔，故称画稿为粉本，指图画。

③柔乡：即温柔乡，谓女色迷人之境。汉伶玄《赵飞燕外传》："是夜进合德，帝大悦，以辅属体，无所不靡，谓为温柔乡。语曰：'吾老是乡矣，不能效

武皇帝求白云乡也。'"

④愁红惨绿：谓经风雨摧残的败花残叶。宋辛弃疾《鹧鸪天·赋牡丹》
词："愁红惨绿今宵看，却是吴宫教阵图。"

⑤飘萧：鬓发稀疏貌。

⑥玉人：指美女。照眼：耀眼，晃眼，指强光刺眼。

【赏析】

一句"竟须将、银河亲挽，普天一洗"让人禁不住拍案：好一阕《金缕
曲》！这是何等的豪放，堪与苏东坡的"会挽雕弓如满月，西北望，射天狼"
一较高下。词风如此沉雄郁勃，谁能想到，这是俊雅的公子纳兰性德的作品？
更难想到的是，这首词讲的是仕途失意的故事，抒发的是郁郁不得志的情怀：

追求的理想总是不能实现，这世事不公，确实需要挽来天河，将天空洗净，
令世道清明。朝廷要重用之时，却大笑辞受，拂衣而去了。像这样的壮举，古

来能有几人？美好的春光总是有限，然而遗恨却是无限的。不由得让英雄气短，于是找个温柔乡不问世事。春天总是无情无义，年年都要弄得落红满地，让人平添愁绪。人生本来苦短，却又把大好的时光都浪费了。于是下定决心，不为自己的疏狂而后悔。有佳人常伴，有美酒常醉。至于天下的事，就由你们去处理吧！

一个英雄，活活地憋屈了。

英雄的悲，不在血染沙场，马革裹尸。能以一腔热血报国家、筹君王是古时英雄的最高荣誉。英雄最悲戚的莫过于三尺青锋不因碟裂敌人的骨骼而断裂，却因岁月的浸染而锈蚀；刚毅的容颜不因大漠呼号的风沙而粗砺，却被安逸的日子折起道道松懈的皱纹。

读古代英雄的故事，最感觉悲哀的不是曹沫、专诸，也不是岳飞、袁崇焕，而是廉颇，一位老将军。

《史记·廉颇蔺相如列传》记载，廉颇被免职后，去了魏国。赵王想再次起用他，派人去看他的身体情况。廉颇的仇人郭开听说了这件事，偷偷贿赂了使者。

"赵使者既见廉颇，廉颇为之一饭斗米，肉十斤，被甲上马，以示尚可用。"使者与廉颇会面，这位老将军见自己能有重披战甲的机会非常高兴，他吃了一斗米、十斤肉——为了表示自己还不老，身体依旧健硕，老人家当着赵国使者的面吃了十二斤半的米饭、十斤肉——让人看了心酸。他想获得的，不过是再次纵横沙场的机会。可那天杀的使者收了郭开的钱，回来报告赵王说："廉颇将军虽老，尚善饭，然与臣坐，顷之三遗矢矣。"意思是说，廉将军虽然已经老了，还很能吃，但是和我坐了一会儿，就去了三次厕所。言下之意，廉颇已然是个老饭桶了。"赵王以为老，遂不用。"

一代名将，没能用剑夺取自己往日的荣光，在一个收受贿赂的小人面前像个憨傻的孩子般表现自己健壮的身体和笑傲敌阵的野心，他遭到了不公平的世道无情地嘲弄。虽然一心想为国家出战，但是他一直再没有得到任用，廉颇最

终在楚国的寿春（今安徽省寿县）郁郁而终。这样的结局，让人想到陆游。陆游自幼即立志杀胡救国，终身未能如愿，临终时写下了如老剑悲鸣的《示儿》：死去元知万事空，但悲不见九州同。王师北定中原日，家祭毋忘告乃翁！

　　纳兰性德文武全才，天生才情出众，抱负满怀。再加上初入仕途时正遇上三藩之乱，他报效国家、青史留名的愿望被激起。然而当他请命上战场杀敌，却没有得到君、父的赞同，大有壮志难酬、前途渺茫之感。只是这种豪气却始终没有兑现在亲历亲为的实践中，纳兰性德只有把这一气吞山河的胸怀消磨在仕途官场上，不能建功立业，只能虚度年华，人也变得惆怅消极。

　　人生就是如此荒诞，有人一生追求"但有玉人常照眼，向名花、美酒拼沉醉"而不得，有人却不得不"但有玉人常照眼，向名花美酒拼沉醉"。前者享受这种生活是"小人得志"，后者沉溺于此生活是"英雄失意"。幸耶？非耶？个中滋味，不是旁人可以知晓的。

【词人逸事】

　　纳兰性德文武全才，天生才情出众，抱负满怀。再加上初入仕途时正遇上三藩之乱，他报效国家、青史留名的愿望被激起。然而当他请命上战场杀敌，却没有得到君、父的赞同，大有壮志难酬，前途渺茫之感。于是在《金缕曲》中他这样写道："竟须将，银河亲挽，普天一洗。"这是何等的豪放！堪与苏东坡的"会挽雕弓如满月，西北望，射天狼"一较高下。只是这种豪气却始终没有兑现在亲历亲为的实践中。纳兰性德只有把这一气吞山河的胸怀消磨在仕途官场上，不能建功立业，只能虚度年华，人也变得惆怅消极。

金缕曲

姜西溟百别，赋此赠之①

【原文】

谁复留君住？叹人生、几番离合，便成迟暮②。最忆西窗同剪烛，却话家山夜雨③。不道只、暂时相聚。滚滚长江萧萧木④，送遥天白雁哀鸣去。黄叶下，秋如许。

曰归因甚添愁绪。料强似、冷烟寒月，栖迟⑤梵宇⑥。一事伤心君落魄，两鬓飘萧未遇。有解忆、长安儿女⑦。裘敝入门空太息⑧，信古来、才命真相负。身世恨，共谁语？

【注释】

①康熙十八年（1679）秋，姜西溟以母丧返里，纳兰性德资助之，并赋诗词以赠，本篇为其中的一首。

②迟暮：黄昏，比喻晚年，暮年。

③"最忆"二句：化用李商隐《夜雨寄北》："君问归期未有期，巴山夜雨涨秋池。何当共剪西窗烛，却话巴山夜雨时。"

④"滚滚"句：用杜甫《登高》："无边落木萧萧下，不尽长江滚滚来。"

⑤栖迟：滞留、淹留。

⑥梵宇：佛寺。

⑦"有解"句：仿杜甫《月夜》"遥怜小儿女，未解忆长安"之意而用之。

⑧ "裘敝"句：指"裘弊金尽"的典故。《战国策·秦策一》：苏秦"说秦王书十上而说不行。黑貂之裘敝，黄金百斤尽，资用乏绝，去秦而归。"皮袍破了，钱用完了，比喻境况困难，形容为功名奔走而未能如愿。

【赏析】

这首词为赠别之作：谁还能将你留住呢？感叹人生无常，几经离合，便到了年老之时。还记得我们秉烛夜谈、闲话夜雨的情景。却不知道那只是短暂的相聚，没想到你这么快又要离去。在这深秋的季节独自上路，看滚滚长江，无边落木，大雁哀鸣的苍凉之景。黄叶遍地，秋意正浓，离愁更浓！为什么回家还要如此难过呢？怎么也比这冷烟寒月的佛寺要强得多啊。只是因为已经两鬓斑驳却仕途不济而伤心落魄。家中尚有思念你、盼望你归来的小儿女，而你却因不第而归，空自叹息。自古以来都是天妒英才，贤人大都怀才不遇！这难以平复的身世之恨，又能对谁倾诉呢？

金缕曲

慰西溟①

【原文】

何事添凄咽②？但由他、天公簸弄，莫教磨涅③。失意每多如意少，终古几人称屈。须知道、福因才折。独卧藜床看北斗④，背高城、玉笛吹成血。听谯鼓⑤，二更彻。

丈夫未肯因人热，且乘闲、五湖料理⑥，扁舟一叶。泪似秋霖挥不尽⑦，洒向野田黄蝶⑧。须不羡、承明班列⑨。马迹车尘忙未了，任西风、吹冷长安月。又萧寺⑩，花如雪。

【注释】

①西溟：即姜宸英，又字湛园，浙江慈溪人。

②凄咽：形容声音悲凉呜咽。

④簸弄：在手里摆弄。挑动，磨涅：磨砺浸染。

④藜床：用藜茎编织的床。北斗：指北斗七星，北斗星的位置近于天的中心，比喻地位非常尊贵，因常以喻指朝廷。

⑤谯鼓：更鼓，古代于城门望楼之上置鼓，为鼓楼，用以报时或警戒盗贼。

⑥乘闲：趁着空闲。唐韩愈《复志赋》："时乘闲以获进兮，颜垂欢而愉

愉。"五湖：太湖及附近四湖，汉赵晔《吴越春秋·夫差内传》："入五湖之中"。徐天佑注引韦昭曰："胥湖、蠡湖、洮湖、滆湖，就太湖而五。"春秋时，范蠡佐越王勾践灭吴后，浮舟太湖，易名鸱夷子皮、陶朱公，谓隐退江湖之志。唐李白《留别王司马嵩》诗："陶朱虽相越，本有五湖心。"料理：安排、办理。

⑦秋霖：秋日的淫雨。《管子·度地》："冬作土功，发地藏，则夏多暴雨，秋霖不止。"

⑧野田：田野。黄蝶：黄色的蝴蝶，唐王建《过绮岫宫》诗："武帝去来罗袖尽，野花黄蝶领春风。"谓郊野田间黄蝶蹉跎蹁跹，引申为家园、知己。

⑨承明：即承明庐，汉承明殿旁屋，侍臣值宿所居，称承明庐；又三国魏文帝以建始殿朝群臣门曰承明，其朝臣止息之所，亦称承明庐。班列：指朝廷

或朝官，官阶，品级。

⑩萧寺：西溟居京时曾寓萧寺。姜西溟在为纳兰性德撰写的《祭文》中云：“于午未间，我蹶而穷，百忧萃止，是时归兄，馆我萧寺。”

【词评】

“慨然长叹，劝慰中透不平”，“殊有风鸣万窍、怒涛狂卷的气韵。绝不是自缚于南唐一家者所能出手的，至于神虚情匿的工匠们更是难加问津。”

严迪昌《清词史》

【赏析】

西溟即姜宸英，这个名字，喜爱纳兰词的人并不陌生，时而可见纳兰与他的酬唱之作。姜西溟，是江南有名望的才子狂士。他才高八斗，却仕途挫折。

一心问鼎功名，屡考屡败，屡败屡考，到七十岁才得中探花。

这首词就是纳兰于康熙十八年安慰姜西溟落第而作的：为了什么哽咽哭泣呢？既然命运不济，试而不第，那就放开胸怀，任老天爷摆弄，总不能因此而折磨自己。人世间的事本来就是失意的比如意的多，自古以来都是这样。要知道是因为自己才气太高，福气才会减损啊。不若远离繁华闹市，归隐山林，独自高眠，卧看北斗七星，吹笛自乐，听更鼓报夜。

大丈夫不要因求仕不得而躁急。虽求官不成，但正好学范蠡，泛游五湖，消闲隐居，怡然自得。纵有伤情之泪，亦当洒向知己者。不要羡慕那些位列朝堂的人，那些京城里的衮衮诸公终日为仕途而忙于奔走，不如以达观处之，任那些得意人儿去奔忙吧！自己闲看萧寺中鲜花盛开，如雪般散落！

纳兰的性情恬淡舒雅，朋友科考失败，他并没有劝慰他"继续努力、从头再来"的语句，而是安慰并赞美他"须知道、福因才折"，并为他设想了一种贴近理想的非常浪漫的生活方式：如范蠡一般泛舟五湖，享受怡然自得的时光。

小令看似简单，实则十分考验功底，它要求词人于三五字就能模景述情，并一言即中，这需要敏锐的洞察力与高超的词句把握能力。说纳兰是其中翘楚，当之无愧。就像这首小令，简简单单、平平淡淡的几个字，就能让你内心某个地方忽地痛一下，进而泪如雨下。

姜宸英中探花已是康熙三十六年（公元1697年）。康熙十二年（公元1673年），容若与姜西溟相识；至康熙二十四年（公元1685年）纳兰去世，两人有十二年之久的稠密友情。我们不难想象，这十二年间，西溟有多少次颓唐落第，细致贴心的朋友纳兰又有多少次及时送上了温暖的慰藉。

金缕曲

简梁汾①

【原文】

洒尽无端泪。莫因他、琼楼寂寞②，误来人世。信道痴儿多厚福，谁遣偏生明慧③。莫更著、浮名相累。仕宦何妨如断梗④，只那将、声影供群吠⑤。天欲问，且休矣。

情深我自判憔悴。转丁宁、香怜易爇⑥，玉怜轻碎。羡杀软红尘里客⑦，一味醉生梦死。歌与哭、任猜何意。绝塞生还吴季子⑧，算眼前、此外皆闲事。知我者，梁汾耳。

【注释】

①简：简札、书信。

②琼楼：形容华美的建筑物，诗文中有时指仙宫中的楼台。

③明慧：聪明，聪慧。汉刘向《说苑·谈丛》："辩智明慧，不如遇世。"

④仕宦：指做官。断梗：折断的桃梗，比喻漂泊不定。

⑤声影供群吠：语本汉王符《潜夫论·贤难》："谚曰：一犬吠形，百犬吠声。"后以"吠形吠声"比喻不察真伪，随声附和。形，或作"影"，故以"声影"谓没有根据的谣传。

⑥丁宁：叮咛，反复地嘱咐。爇：烧、点燃。

⑦软红尘：飞扬的尘土，形容繁华热闹，亦指繁华热闹的地方。宋卢祖皋《鱼游春水》词："软红尘里鸣鞭镫，拾翠丛中句伴侣。"

⑧吴季子：指顾贞观好友吴兆骞，字汉槎，吴江人，为江南才子，被称为"江左三凤凰"之一。

【赏析】

人世间有很多事情，是只有知己才能懂的，讲给不相干的人听，只会徒增烦扰。这首词就是纳兰写给自己的知心好友顾贞观的，词里抒发了他对朝廷的担忧和对现实的不满情绪。

仕宦不利，命多乖舛，未得朝廷重用，错来人世一遭。终于相信了痴儿多厚福的说法，可老天为何还要生出那么聪明的人来呢。不要再为世上的浮名所累。仕途为官如同断梗，漂泊无定，本算不得什么，只有那些诬陷和中伤如同群犬吠声，又无法辩证之事，才是令人悲哀的。还是不要问那么多了！

我这里对你深情思念，以至形容憔悴，但也心甘情愿。且听我说，香草易于点燃，美玉易于破碎，忠良之士易受侵害。多么羡慕那些醉生梦死的凡夫俗子，他们哪有那么多的烦恼。眼前最重要的事是吴汉槎自边塞宁古塔归来，其

他的都是等闲小事，我自倾尽全力！能明白我的人，也只有你顾梁汾了。

人若没有知己，是多么孤独的事情。管仲若没有理解他的鲍叔牙，不过是个人们眼中贪小利的小人；俞伯牙如果没有懂他的钟子期，一曲《高山流水》奏与谁听？恐怕也只能归之于高山流水。纳兰性德有了顾贞观（梁汾），才觉得人生无憾，一句"知我者，梁汾耳"，说不尽的踏实与欣慰。人生得一知己足矣！

这首词是写给好友顾贞观，抒发自己的担忧和对现实的不满：仕宦不利，命多乖蹇，未得朝廷重用，错来人世一遭。终于相信了痴儿多厚福，可老天为何还要生出那么聪明的人来呢。莫要再为世上的浮名所累。仕途为官如同断梗，漂泊无定，本算不得什么，只有那些被人诬陷，如同群犬吠声，又无法辩诬之事，才是令人悲哀的。还是不要问那么多了！我这里对你深情思念，以至形容

憔悴，但也心甘情愿。且听我说，香草易于点燃，美玉易于破碎，忠良之士易受侵害。多么羡慕那些醉生梦死的凡夫俗子，没有那么多的烦恼。眼前最重要的事是吴汉槎自边塞宁古塔归来，其他的都是等闲小事，我自倾尽全力！能明白我的人，只有你顾梁汾了。

【词人逸事】

纳兰性德为人至情至性，对朋友更是肝胆相照，即使是从来没有见过面的吴兆骞也是全力帮助，不求回报。

吴兆骞，字汉槎，吴江人，为江南才子，被称为"江左三凤"之一。汉槎为顾贞观好友，为人恃才傲物，落拓不羁。顺治十四年，以丁酉科场案被告发"舞弊"，翌年三月于京师复试，因清高不愿受辱而拒不答卷，而被清廷降罪，

发配至黑龙江宁古塔充军，二十余年不得赦归。好友顾贞观全力营救，无奈奔波十余年都没有成功。后在京认识纳兰后，一日作《金缕曲》二首，寄吴汉槎，被纳兰看到，大为感动，认为西汉苏武和李陵的赠答诗、西晋向秀的《思旧赋》和顾贞观这两首以书信形式填的词，堪称文坛三件极品，并决心营救。

纳兰性德经过五年的努力，最后托身为宰相的父亲明珠帮助，使吴兆骞结束了流放生涯。之后又感到吴兆骞久经风霜，担心他衣食有忧，于是在他回京后便被聘为纳兰家馆师，教授其弟学业。1684年农历十月，吴兆骞病故，纳兰性德十一月从江南回京，亲自为他操办丧事，出资送灵柩回吴江。纳兰对朋友可谓是仁至义尽，有始有终，而"生馆死殡"的侠义行为也被后世传诵为友谊的楷模。

金缕曲

秋水轩旧韵

【原文】

疏影①临书卷。带霜华、高高下下，粉脂都遣。别是幽情②嫌妩媚③，红烛啼痕④休泫⑤。趁皓月、光浮冰茧⑥。恰与花神⑦供写照⑧，任泼来、淡墨无深浅。持素障，夜中展。

残釭⑨掩过看逾显。相对处、芙蓉玉绽，鹤翎⑩银扁。但得白衣⑪时慰藉，一任浮云苍犬⑫。尘土隔、软红偷免。帘幕西风人不寐，恁⑬清光⑭、肯惜鹔鹴⑮典⑯，休便把。落英剪。

【注释】

①疏影：疏朗的影子。

②幽情：深远或高雅的情思。

③妩媚：姿态美好可爱。

④啼痕：泪痕。

⑤泫：下滴貌。

⑥冰茧：冰蚕所结的茧，为普通蚕茧的美称。这里指蚕茧纸，用蚕茧壳制

成的纸，取其洁白缜密。

⑦花神：指花的精神、神韵。

⑧写照：描写刻画，犹映照。

⑨残釭：油尽将熄的灯。

⑩鹤翎：鹤的羽毛，喻指白色的花瓣。

⑪白衣：白色衣服，指白色花朵。

⑫浮云苍犬：白云苍犬，白衣苍狗。喻事物变幻无常。宋杨万里《送乡人余文明劝之以归》诗："苍狗白衣俱昨梦，长庚孤月自青天。"

⑬恁：如此、这样。

⑭清光：清亮的光辉，多指月光。

⑮鹔鹴裘：鹔鹴裘。相传为汉司马相如所穿的裘衣，由鹔鹴鸟的皮制成；一

说，用鸺鹠飞鼠之皮制成。

⑯典：典当。

【赏析】

"疏影横斜水清浅，暗香浮动月黄昏"，林逋这两句诗将梅花的形象深深定格于国人心中。所以，从纳兰这首词开篇的"疏影"二字便可知道，这是一首咏梅作。

寒冬腊月，白雪皑皑之际正是赏梅好时节。"带霜华、高高下下，粉脂都遣"，逊雪三分白的梅换了银妆，霜华下，暗香来。"别是幽情嫌妩媚，红烛啼痕休泫"，梅花高雅的情思衬托着它姣好可爱的姿态，宛如蜡烛滴落在烛台上留下的斑斑"泪痕"。

"残缸掩过看逾显。相对处、芙蓉玉绽，鹤翎银扁"，"鹤翎"本指鹤的羽毛。掩过残缸，没有红烛摇曳投下的点点昏黄，斑斑烛影，纳兰似融于梅心，聆听梅花于寂静冷月下的款款诉说。那些旧事仿佛化作枝头花瓣，不语婷婷，玉芙蓉一般沉静，鹤翎般无瑕。

"但得白衣时慰藉，一任浮云苍犬。尘土隔、软红偷免"，"浮云苍犬"又作白云苍犬，纳兰感叹这一袭白衣的素梅，似流连于岁月的驻点，回溯人间的沧海桑田，以岿然不动的静夜思感悟已幻化成风的过往。"软红"是温柔之乡，是烦恼之事，是种种尘土杂念。俗世中怎生成这般梅之姿态？那定是跨越了红尘世界的欲念，淘炼得来的纯真。

末尾一句"休便把，落英翦"，落英下掩映的似纳兰纯真的自我。纳兰明白，物是人非的蹉跎岁月不过转身一瞬，唯有赤子般纯洁的心方得有限的永恒。

金缕曲

再赠梁汾，用秋水轩旧韵①

【原文】

酒涴青衫卷②，尽从前、风流京兆③，闲情未遣。江左知名今廿载④，枯树泪痕休泫⑤。摇落尽，玉蛾金茧⑥。多少殷勤红叶句，御沟深、不似天河浅⑦。空省识，画图展。

高才自古难通显。枉教他、堵墙落笔，凌云书扁⑧。入洛游梁重到处⑨，骇看村庄吠犬。独憔悴、斯人不免。衮衮门前题凤客，竟居然、润色朝家典⑩。凭触忌，舌难剪。

【注释】

①秋水轩：明末清初孙承泽之别墅，位于都城西南隅。

②涴：污染。青衫：青色的衣衫，黑色的衣服，古代指书生。

③京兆：指京师所在地区，这里指北京。

④江左：古时在地理上以东为左，江左也叫"江东"，指长江下游南岸地区，也指东晋、宋、齐、梁、陈各朝统治的全部地区。梁汾为江苏无锡人，故云。

⑤枯树：凋枯之树，这里指南朝梁庾信之《枯树赋》。泫：流泪。

⑥玉蛾：白色飞蛾，喻雪花，元薛昂夫《端正好·高隐》套曲："须臾云汉飘白蕊，咫尺空中舞玉蛾。"金茧：金黄色的蚕茧，比喻灯火，清陈维崧

《瑞鹤仙·上元和康伯可韵》词："看火蛾金茧，春城飞遍。"

⑦"红叶"句：红叶题诗的典故。唐代红叶题诗、结成良缘的故事较多，情节略同而人事各异。僖宗时，宫女韩氏以红叶题诗，自御沟流出，为于佑所

得。佑亦题一叶，投沟上流，亦为韩氏所得。不久，宫中放宫女三千人，佑适娶韩氏。成礼日，各取红叶相示，方知红叶是良媒。见宋刘斧《青琐高议·流红记》。御沟：流经宫苑的河道。天河：银河。

⑧堵墙：唐杜甫《莫相疑行》："忆献三赋蓬莱宫，自怪一日声烜赫。集贤学士如堵墙，观我落笔中书堂。"此谓围观者密集众多，排列如墙，后多用以为典实。凌云：杜甫《戏为六绝句》之一："庾信文章老更成，凌云健笔意纵

横。"本为赞扬庾信笔势超俗，才思纵横出奇，后遂以"凌云笔"泛指为文作诗的高超才华。

⑨入洛：用陆机、陆云兄弟入洛的典故。陆氏二人于晋太康末自吴入洛，后得以发迹，但最终被谗遇害，见《晋书·陆机传》。游梁：典出《史记·司马相如列传》："（司马相如）以赀为郎，事孝景帝为武骑常侍，非其好也。会景帝不好辞赋，是时梁孝王来朝，从游说之士齐人邹阳、淮阴枚乘、吴庄忌夫子之徒，相如见而说之，因病免，客游梁。"后以"游梁"谓仕途不得志。

⑩题凤：南朝宋刘义庆《世说新语·简傲》："嵇康与吕安善，每一相思，千里命驾。安后来值康不在。喜（康兄）出户延之，不入。题门上作'凤'字而去。喜不觉，犹以为欣，故作'凤'字，凡鸟也。"后因以"题凤"为访友的典故。朝家典：朝廷的典策。

【词评】

唱和篇什中所激射的莫名悲凉和惆怅、难以言传的郁积极其显然。

严迪昌《清词史》

【赏析】

纳兰性德与顾贞观（梁汾）互相引为知己，赠与顾贞观的作品甚多。此篇《金缕曲》开篇小引中一个"再赠"，说明了二人间稠密融洽的关系。

纳兰这首词是用秋水轩旧韵表现自己的心志之作：一杯浊酒，泪湿青衫，从前在京兆的秋水轩唱和的风雅之事，闲情尚未排遣。你的名声在江南已经有二十多年了，却仍像庾信那样伤感流泪。你的才华如同白雪盈满天空，烟火灿烂散落。只是在朝为官比登天还难，朝廷对于人才并不是真的重用，所以才华难以施展，枉费了你堵墙凌云的旷世才情。仕途坎坷，志向难酬，于是难免斯人憔悴。才华卓越，横空出世的风流人物居然只能为朝廷粉饰太平，怎不叫人愤懑。纵然对朝廷有犯忌之论，以至招灾惹祸，但仍不改刚正不阿的本性。

顾贞观年长容若二十岁，此人满腹才华抱负，却不圆滑、不谙官场之道，做官日子不长就被排挤，愤愤挂冠而去。纳兰出身官宦世家，耳濡目染，对官场上的尔虞我诈、互相倾轧早已看得通透。他自己也是热血男儿，知道男子汉满怀抱负的雄心，然而，这黑暗的官场又怎是梁汾这样的天真书生所能涉足的？他推心置腹地告诉自己的朋友"兖兖门前题凤客，竟居然、润色朝家典"，你这样有真本事的人，去做官也不会给你施展抱负的机会，不过是让你给朝廷装点门面罢了。

清朝时统治者对文化抓得很严，读书人随便发牢骚是要掉脑袋的。纳兰家门高贵，这样公开写诗宽慰朋友也是冒着风险的，他不是不明白，不过他"凭触忌，舌难翦"，即使知道会招致祸害，也要把心里所想的说出来。纳兰这牢骚，为梁汾而发，也是为自己而发。

【词人逸事】

关于秋水轩韵出处，必须追溯到明末清初的一次文坛活动。秋水轩本是明末孙承泽的别墅，位于京城西南隅，有江湖旷朗之胜。清初周亮工之子周在浚居京，孙氏借别墅给他入住。康熙十年秋，周在浚自为座主，主持一个大型唱和活动。参加者有二十多家，由曹尔堪开题首唱，填了一首铣韵《贺新郎》。龚孝升响应，今阅《定山堂集》，他先后填了23首，可谓洋洋大观了。且皆以"卷"字韵起，以"剪"字韵止。于是海内名士胜流，风起云涌纷纷竞填此调，你寄我，我寄你，邮简为之堆积如山。可见这次词坛盛事，波澜万顷。其后辑为《秋水轩唱和词》。

纳兰此篇即用其韵而成。

摸鱼儿

午日雨眺①

【原文】

涨痕添、半篙柔绿②，蒲稍荇叶无数③。空蒙台榭烟丝暗④，白鸟衔鱼欲舞⑤。桥外路。正一派、画船箫鼓中流住⑥。呕哑柔橹⑦，又早拂新荷，沿堤忽转，冲破翠钱雨⑧。

兼葭渚，不减潇湘深处。霏霏漠漠如雾。滴成一片鲛人泪⑨，也似汨罗投赋⑩。愁难谱。只彩线、香菰脉脉成千古。伤心莫语，记那日旗亭，水嬉散尽，中酒阻风去。

【注释】

①午日：五月初五日，即端阳节。

②涨痕：涨水后留下的痕迹。柔绿：嫩绿，也指嫩绿的叶子或水色。

③蒲：蒲柳，即水杨。荇：多年生草本植物，叶略呈圆形，浮在水面，根生水底，夏天开黄花，全草可入药。

④空蒙：细雨迷茫的样子。台榭：台和榭，亦泛指楼台等建筑物。

⑤白鸟 白羽的鸟，鹤、鹭之类。

⑥箫鼓：箫与鼓，泛指乐奏。

⑦呕哑：象声词，形容声音嘈杂。柔橹：谓操橹轻摇，亦指船桨轻划之声。

⑧翠钱：新荷的雅称。

⑨鲛人：神话传说中的人鱼。典出《洞冥记》："（吠勒国人）乘象入海底取宝，宿于鲛人之舍，得泪珠，则鲛所泣之珠也，亦曰泣珠。"后谓神话传说中的鲛人流出泪珠能化作珍珠。

⑩汩罗投赋：战国时楚诗人届原因忧愤国事投汩罗江而死，后人写诗作赋投入江中，以示凭吊。

【赏析】

词的副标题为"午日雨眺"，这首词写于五月初五端午节，纳兰雨中凭眺生情，感怀而作。端午时节，春水涨池，水草丰茂碧绿。烟雨空蒙，楼台掩映，白鸟衔鱼起舞。桥外水路上，一派画船歌舞、桨声"呕哑"的春景图。荷叶新纱，船桨在岸边忽然转过，划破了这一池的碧绿。湖面的小岛，风情不比湘江美景逊色。细雨霏霏，如烟似雾，化为鲛人的眼泪，滴成珍珠，又仿佛是将诗赋投入汩罗江中所溅起的。

而此际闲愁难以述说，只有凭借用彩线缠裹粽子投入江中，以示这千古的脉脉哀思了。记得当初我们在这端午之日的酒楼上，泼水嬉戏、酒醉兴尽而去的情景，回想起此，不由伤心满怀，只有低头不语了。

"涨痕添、半篙柔绿，蒲梢荇叶无数。"涨水后留下痕迹，水草丰茂，春景过渡到夏景的景象在词的开篇展露无疑，宋苏东坡《书李世南所画秋景》诗："野水参差落涨痕，疏林欹倒出霜根。"纳兰虽然是取意境其中，但也运用得恰到好处。

"空蒙台榭烟丝暗，白鸟衔鱼欲舞。"柳条随风舞动，如烟似梦，而白鹭捕鱼的姿势很是优美，犹如舞蹈一般。纳兰欣赏着这美好的景物，仿佛置身于画中一般，"桥外路。正一派、画船箫鼓中流住。呕哑柔橹，又早拂新荷，沿堤忽转，冲破翠钱雨"。上片是写景，写出景色之美，而让读词的人也深陷其中，感受着这看似普遍，但却别有风味的景物，而到下片开始，则是借景抒情了。

"蒹葭渚，不减潇湘深处。"愁绪蔓延开来，深深荡漾开去，而霏霏细雨，细密如针织，仿佛雾气一样笼罩在四空，"霏霏漠漠如雾。滴成一片鲛人泪，也似汨罗投赋。"如同泪雨一样，好似是在为投江自尽的屈原悼念默哀。

愁绪难以谱写，只有写入词章，以来聊表心意，"愁难谱。只彩线、香菰脉脉成千古。伤心莫语。"无言以对伤心事，看到这美好景色，却难以提起兴致，虽然是借着祭奠屈原来写出心中惆怅，但其实纳兰祭奠的是自己那无法言说的哀愁。

"记那日旗亭，水嬉散尽，中酒阻风去。"记住这美好的景象吧，不要总是记住过去悲伤的事情，那样只能苦了自己。

摸鱼儿

送座主德清蔡先生①

【原文】

问人生、头白京国②，算来何事消得。不如罨画清溪上③，蓑笠扁舟一只。人不识。且笑煮鲈鱼④，趁着莼丝碧。无端酸鼻⑤。向歧路销魂，征轮驿骑⑥，断雁西风急。

英雄辈，事业东西南北。临风因甚成泣？酬知有愿频挥手，零雨凄其此日⑦。休太息。须信道、诸公衮衮皆虚掷⑧。年来踪迹。有多少雄心，几番恶梦，泪点霜华织⑨。

【注释】

①蔡先生：蔡启僔，字昆旸，号石公，德清人，康熙庚戌一甲一名进士，授修撰，历官左春坊左庶子，有《存园草》。

②京国：京城，国都。

③罨画：色彩鲜明的绘画。明杨慎《丹铅总录·订讹·罨画》："画家有罨画杂彩色画也。" 多用以形容自然景物或建筑物等的艳丽多姿。

④鲈鱼：用南朝张季鹰的典故。刘义庆《世说新语·识鉴》谓："张季鹰辟齐王东曹椽，在洛，见秋风起，因思吴中莼菜羹、鲈鱼脍，曰：'人生贵得适意尔，何能羁宦数千里以要名爵？' 遂命驾便归。俄而齐王败，时人皆谓为见机。" 后以此为思乡赋归之典。

⑤酸鼻：因悲伤而鼻子发酸，眼泪欲流。

⑥征轮：远行人乘的车。驿骑：骑驿马传递公文的人，或指驿马。

⑦零雨：慢而细的小雨。《诗·豳风·东山》："我来自东，零雨其蒙。"

⑧诸公衮衮：旧时称身居高位而无所作为的官僚。虚掷：白白地丢弃、扔掉。

⑨霜华：喻指白色须发。

【赏析】

蒙蒙细雨，别意凄凄。驿马即将启程，纳兰"无端酸鼻。向歧路销魂，征轮驿骑，断雁西风急"，在苍冷阴郁的天空下，词人不禁流下了眼泪，对着马车中的人挥手作别。这便是词中"酬知有愿频挥手，零雨凄其此日"的情景。

纳兰送走的这位车中人不是红颜，不是美人，而是一位白发苍苍的老者——纳兰性德的老师兼知己蔡启僔。蔡启僔曾是科举考试的主考官，他在成百上千个考生的试卷中将纳兰的作品甄选而出，并将他圈为举人。

然而，就在纳兰中顺天府乡试举人的第二年，蔡启僔就被小人污蔑，卷入一场廷内争斗。纳兰性德知晓老师的为人，知道老师多年来对事业的付出和高远的志向。"问人生、头白京国，算来何事消得。"纳兰细腻，善于体贴人意，开篇就是一句宽慰人的话语，在这壮阔暗郁的京国，纵使熬白了头发又有什么意义？

蔡启僔的故乡在风景如画的江南。纳兰便用南朝张季鹰的典故劝慰老师：

"不如卷画清溪上，蓑笠扁舟一只。人不识。且笑煮鲈鱼，趁着莼丝碧。"据说张季鹰见秋风渐起北雁南归，思恋起家乡莼菜羹碧绿爽滑，鲈鱼鲜嫩美味，便官印一挂，潇洒还家。纳兰说，老师的故乡有清溪、扁舟，鲈鱼、莼丝，既然如此，您不如回家做一名隐士，寄情于山水之间，享受闲适的生活。

"英雄辈，事业东西南北。临风因甚成泣？酬知有愿频挥手，零雨凄其此日。休太息。须信道、诸公衮衮皆虚掷。"世上事，几多期望，几多怅惘。得时便得，舍时便舍，人生洒脱，况味非常。虽然那些在金銮殿上屹立不倒的衮衮诸公，确实得到了身外浮名，但是他们的生命都在权势的烤炙中丧失了活力，他们的心灵是在官场的大酱缸里浸淫腐坏、生满龌龊的蛆虫。老师啊，所谓人生，"有多少雄心"，就有"几番恶梦"，最后不过落得"泪点霜华织"。

蔡启傅此去非是西出阳关，而是风景秀美的江南。那里斜风细雨，桃花流水这未必不是另一段滋味非常的生活的开端。今日的挥别，挥去的只是一段陈腐无趣的岁月尘烟。

【词人逸事】

蔡启傅，字昆旸，号石公，德清人。幼年去京，随任吏部侍郎、东阁大学士的父亲读书。诗宗王维、孟浩然；书法颇得颜真卿真谛，凡所读书，皆小楷抄录。著作有《燕游草》《存园集》。清康熙九年进士，并钦点为状元，充任日讲官。关于蔡启傅中状元前后还有一段趣事：

康熙八年，蔡启傅作为浙江湖州府举子进京会试，途经淮安府山阳县，山阳县令是他的乡试同年，他到县衙投了名刺，准备拜访，门房见他破帽旧衣，其貌不扬，但名刺上写着"举人某某"，不便梗阻，还是进去通报。山阳县令知其出身贫寒，以为是来打秋风的，在名刺上批了四个字："查明回报。"门房心领神会：县太尊不愿见，但不便直接回绝。于是他来了一番仔细盘查，恨不得把蔡某人的祖宗八代都问一遍。蔡启傅勃然大怒，拂袖而去。第二年庚戌科会试，蔡启傅大魁天下，中了状元，山阳县令这才知道得罪了贵人，赶紧修书

一封，附上一份厚礼，想修弥前非。蔡启僔并不领情，在礼贴上批了二十八个字："一肩行李上长安，风雪谁怜范叔寒？寄语山阳贤令尹，查明须向榜头看。"其轻狂和才情由此可见一斑。

康熙十年辛亥纳兰性德举顺天乡试。时徐乾学与蔡启僔为主考官。十一年，为顺天（今北京）乡试主考官，号称知人，但徐蔡二人却以"副榜未取汉军卷"而被削职。康熙十二年癸丑，这位受了不白之冤的名士被迫回归故里，作为弟子的纳兰性德填此词以示同情和宽慰。

忆桃源慢

【原文】

斜倚熏笼①，隔帘寒彻，彻夜寒如水。离魂何处②，一片月明千里。两地凄凉，多少恨，分付药炉烟细。近来情绪③，非关病酒，如何拥鼻长如醉④。转寻思不如睡也，看道夜深怎睡。

几年消息浮沉，把朱颜顿成憔悴⑤。纸窗淅沥⑥，寒到个人衾被。篆字香消灯灺冷⑦，不算凄凉滋味。加餐千万，寄声珍重，而今始会当时意。早催人一更更漏⑧，残雪月华满地。

【注释】

①熏笼：一种覆盖于火炉上供熏香、烘物和取暖用的器物。

②离魂：指远游他乡的旅人或游子的思绪。

③情绪：心情，心境。

④拥鼻：掩鼻吟的省称。《晋书·谢安传》："安本能为洛下书生咏，有鼻疾，故其声浊，名流爱其咏而弗能及，或手掩鼻以效之。"后以此指雅音曼声吟咏。

⑤憔悴：黄瘦，瘦损。

⑥纸窗：纸糊的窗户。

⑦灯灺：谓灯烛将熄，灯烛余烬。

⑧更漏：古时夜间凭漏壶表示的时刻报更，所以漏壶又叫更漏。

【赏析】

《忆桃源慢》，美丽的词牌，同样美的还有纳兰的词，婉转低回，仿若一曲悠扬的笛音，清脆动人。思念是世上最真最美的情感，却也是最悲最痛的情愫，当人在思念时，总是能感到心中疼痛，而纳兰的厉害之处就在于，他能够让别人为他的思念，而同样感到心痛，这样的词，读起来，泪与疼一起溢出。

这首词为塞上思亲、念友之作：斜倚在熏笼边上，寒气透过帘子袭进来，彻夜如冰水般寒冷。远游他乡的人身在何处，只在明月千里之外。天各一方，两地相思，都交付给了这药炉细烟。近来极坏的情绪不是由于饮酒太多，又怎能暗自吟咏，仿佛酒后沉醉呢！辗转寻思还不如早早睡去，否则到了深夜更无法入睡。

几年来你的消息断断续续，沉浮不定，把相思的人儿都折磨得形影消瘦了。窗外风雨声淅沥，屋内人单衾薄寒冷。篆字形的香都燃尽了，灯烛的余烬也变得凄冷了。千万要记得照顾好自己，寄去一声珍重，如今才能体会到你当时的心意。更漏一遍遍催人入睡，窗外此时已是月光遍地了。

"斜倚熏笼"，自己斜倚在暖炉上，暖炉传递来的热量传遍全身，此刻想到远方的你，是否能够与自己一样，也有暖流在身旁。如果你没有在屋内，那么外面寒风阵阵，你又是如何驱寒呢？

纳兰想着远在他方的人，内心不禁一阵纠结，"隔帘寒彻，彻夜寒如水"。此时隔着门帘望去，外面天寒地冻，这样的天气，想着离人孤身在外，夜里该在哪里过夜呢？夜晚的寒冷将会是白日的百倍，不知道离人如何安置自己。

叹息阵阵，纳兰虽然担忧，但他自己却是无能为力的，只能给予关心和问候，希望远方的人平安健康。想到这里，纳兰似乎安慰了些，虽然远隔千里，但毕竟是在一轮明月下，看到月光，此刻离人也能看到这月光，这样，他们似乎又没有离那么远了。

"离魂何处，一片月明千里。两地凄凉，多少恨，分付药炉烟细。"话虽如此，但两地分隔，还是多少会难过，长久的思念，终于成疾，在煎药的炉子上，冒起烟雾阵阵，看去，让人思绪缥缈，仿佛回到过去。

"近来情绪，非关病酒，如何拥鼻长如醉。转寻思不如睡也，看道夜深怎睡。"但在上片最后，纳兰却并不承认，自己的病是因为思念过度引起的，他说这病并非是思念而起，而这愁绪也并非是因为生病而起。但他骗得了别人，却骗不过自己，夜晚时候，大家都安然入睡，他却是辗转反侧，无法入眠。

上片悲苦，下片淡然，既然无法相聚，那就期望各自都过得好吧。"几年消息浮沉，把朱颜顿成憔悴。"长期的打探彼此的消息，结果只能是让各自憔悴，这又何必呢？"纸窗淅沥，寒到个人衾被。"窗外淅淅沥沥的雨声，带来阵阵寒意，这寒意仿佛穿透棉被，侵入骨髓，这是寂寞的寒。

　　"篆字香消灯炮冷，不算凄凉滋味。加餐千万，寄声珍重，而今始会当日意。"檀香熄灭，烟尘落满一地，这比起自己内心的凄惶来说，不算什么凄凉的，此刻想到身在外地的人，只希望他能够珍重。

　　这首怀人的词在最后，也只是以祝福与哀伤融合结尾，"早催人一更更漏，残雪月华满地。"祝福外地的朋友，但想到自己，也只能独自一人待在家里，看到月光满地，愁绪再次涌上心头。

湘灵鼓瑟

（按此调《谱》《律》不载，疑亦自度曲。一本作《剪梧桐》。）

【原文】

新睡觉，听漏尽乌啼欲晓。屏侧坠钗扶不起，泪浥余香悄悄。任百种思量都来，拥枕薄衾颠倒。土木形骸①，自甘憔悴，只平白占伊怀抱。看萧萧一剪梧桐②，此日秋光应到③。

若不是忧能伤人，怎青镜朱颜便老④。慧业重来偏命薄，悔不梦中过了。忆少日清狂⑤，花间马上，软风斜照。端的而今，误因疏起⑥，却懊恼误人年少。料应他此际闲眠，一样百愁难扫。

【注释】

①土木形骸：形体像土木一样自然，比喻人不加修饰的本来面目。南朝宋刘义庆《世说新语·容止》："刘伶身长六尺，貌甚丑悴，而悠悠忽忽，土木形骸。"

②萧萧：风声。一剪梧桐：谓梧桐叶被秋风吹落。

③秋光：秋日的风光景色。

④青镜：即青铜镜。唐李峤《梅》诗："妆面回青镜，歌尘起画梁。"

⑤清狂：放逸不羁。晋左思《魏都赋》："仆党清狂，怵迫闽濮。"

⑥疏起：疏懒而贪睡。

【赏析】

纳兰的可爱之处在于他对情感没有半分的掩藏和羞涩，即便是他的词中略有修饰，那也是艺术的效果。在纳兰的内心深处，时刻涌动着真挚的情感，无论是对朋友，对爱人，还是对其他事物，他都尽可能地将这份情感告诉他们知晓，或许在纳兰看来，含蓄并非是矜持，而是阻隔爱蔓延的一道门。

这首词同样如此，这首词以赋法铺叙，表达幽婉深意，是纳兰词中较为普遍，也较为常见的一种表述方式。但这并不妨碍这首词的精妙之处。写刚刚睡起，所看所想所念的景物。"新睡觉，听漏尽乌啼欲晓。"刚刚睡醒，听到漏声断绝，乌鸦啼鸣，天快要亮了。可惜自己却是久病缠身，无法起身。

虽然头脑清醒，但身体却好似不属于自己一般，这样的状态，总是难免心灰意冷的。"屏侧坠钗扶不起，泪浥余香悄悄。"想着这些，就觉得眼泪上涌，病身难起，不胜愁苦，默默无语，泪痕未消。

　　梦里一定是有着凄苦的梦境，不然为何眼角还有未干的泪痕，醒来之后，慢慢清醒，万种愁绪便奔涌而来，"任百种思量都来，拥枕薄衾颠倒"。于是任各种愁绪都来侵袭，只在这衾枕间颠倒辗转，挥之不去。

　　纳兰从不扭捏作态，他的苦便是苦，他从不隐瞒，也从不遮掩，他的苦与乐都是他自己最真实的感受，而他写入词章中，也为读者提供了最真实的感受。"土木形骸，自甘憔悴，只平白占伊怀抱。"纳兰却不是惺惺作态，他只是为了得到爱人的温暖宠爱，所以才憔悴如此。

　　"看萧萧一剪梧桐，此日秋光应到。"看那秋风将梧桐吹落，便知道秋天已经到了。年华已逝，容颜易老，纳兰不想在大好的年华便虚度过去，他想要抓紧时光，好好享受，上片的愁思，到下片便是开始自醒了。

"若不是忧能伤人，怎青镜朱颜便老。慧业重来偏命薄，悔不梦中过了。"
如果不是忧愁能够伤人，那么镜子里面的容颜怎么会日渐衰老？命运真是弄人，
想当初年少轻狂，花间马上，意气风发。如今憔悴，疏懒落寞，却怪被愁闷困
扰耽误了大好年华，料想他此刻也一样闲来寂寞，愁绪难平吧！

　　当日的意气风发，与今日的愁绪满怀，满面病容真是两个极端，"忆少日清
狂，花间马上，软风斜照。端的而今，误因疏起，却懊恼误人年少。料应他此
际闲眠，一样百愁难扫。"但是只能接受，谁也无法改变既定的现实，纳兰躺卧
在病床之上，看到自己憔悴的容颜，想到往昔美好的岁月，除了哀叹，还能做
什么呢？

大酺

寄梁汾

【原文】

怎一炉烟，一窗月，断送朱颜如许。韶光犹在眼，怪无端吹上，几分尘土。手捻残枝，沉吟往事，浑似前生无据①。鳞鸿凭谁寄②，想天涯只影，凄风苦雨。便研损吴绫③，啼沾蜀纸④，有谁同赋。

当时不是错，好花月、合受天公妒。准拟倩、春归燕子，说与从头，争教他、会人言语。万一离魂遇，偏梦被、冷香萦住。刚听得、城头鼓⑤。相思何益？待把来生祝取。慧业相同一处。

【注释】

①无据：没有依据或证据。

②鳞鸿：鱼雁，指书信。

③研损：指反复书写，致使吴绫也被碾压得光亮。研，碾压。

④蜀纸：犹蜀笺。叶葱奇注引《国史补》："纸则有蜀之麻面、屑末、滑石、金花、长麻、鱼子十色笺。"

⑤城头鼓：战时城上传令的鼓声或报更的鼓声。

【赏析】

印象中，纳兰多做些清丽的花间小词，偶尔狂放一回，便让人惊艳，例如那首成名作《金缕曲·赠梁汾》，其狂放悲壮，"不啻坡老、稼轩"（彭孙遹遹《词藻》）。

梁汾是顾贞观的号。今人知晓梁汾，多因他是纳兰的挚交。其实回到清初，他的名气未必比纳兰小。顾贞观是清初著名的诗人，才高八斗，也是一代俊秀人物，可惜他一生郁郁不得志，早年任秘书省典籍，受人排挤离职。李渔曾作诗对他的经历做过大概描述："锯琵未肯弃长安，美尔芳容忽解官；名重自应离重任，才高那得至高官。"（《赠顾梁汾典籍》）可见他的才华，更可见他的憋屈。

顾贞观辞官后，再次上京，是经人介绍做了纳兰的老师。那时的纳兰，正是弱冠年纪，顾贞观已是不惑之年。年龄并没有阻碍一对志趣相投者成为挚友，据顾贞观回忆："岁丙午，容若二十有二，乃一见即恨识余之晚。"

作为家庭教师，顾贞观与纳兰日日相伴书案，培养了深厚的感情。顾贞观母丧南归后，纳兰写下了这首词表达对这位老师及知己的思念：

　　每日孤独地面对炉中香烟、窗前明月度过无聊的时光，送走了美好的年华。美好的春光还在眼前，却无端被蒙上了几分尘埃。手捻着凋落的花枝，思怀往日交游之事，禁受这仿佛是前生注定的别离之苦。音书杳渺，想你在天涯之外形单影只，独自承受这凄风冷雨，就算是把绫纸写遍，泪洒相思，但又能与谁人共赋呢！在花好月圆的时候，你我共度，连老天爷也生出了妒忌。会人言语的燕子归来，这便更惹人庄起对往日的怀念。梦中与你相遇，这美梦却偏偏又如此冷清寂寞。耳畔传来城头更鼓的声音，梦醒之后再难成眠。相思之情日益增加，于是祈祷来生还能够与你相逢相知，共在一处。

　　人一生来世上，便投身于熙熙攘攘的人群。有趣的是，与这么多人相处，却很少有人觉得感情充实，大半人无端生出孤独的惆怅。所以，人们如饥似渴地渴求"爱"。这爱，有情爱，有纯爱，有亲情之爱，有友情之爱……纷纷总总，不一而足。浅薄者多以为"爱"只有男女之爱，在孤独之心的驱动下去寻找两情相悦的男女。单纯些的，生出些怨女痴男的故事；放荡些的，四处寻芳猎艳，只可惜肉体的快乐，填不满心灵的空洞。

　　爱，更多的是种安慰，与肉体无关。漫漫人生路，纵使路边风景晴天碧染，花树横生，也需要一个人和你共同走走停停地赏玩，分享心中的赞叹与快乐。更何况，有几人的生命之路是在平原上一路伸展到远方。

转应曲

【原文】

　　明月，明月。曾照个人离别。玉壶红泪相偎①，还似当年夜来。来夜，来夜，肯把清辉重借②？

【注释】

①玉壶红泪：东晋王嘉《拾遗记》卷七："（魏）文帝所爱美人，姓薛名灵芸，常山人也。……时文帝选良家子女以入六宫，（谷）习以千金宝赂聘之，既得，乃以献文帝。灵芸闻别父母，嘘啼累日，泪下沾衣。至升车就路之时，以玉唾壶承泪，壶则红色。既发常山，及至京师，壶中泪凝如血。"后因以"玉壶红泪"称美人泪。

②清辉：清澈明亮的光辉多指日月之光，这里指月光。

【赏析】

明月啊明月，你曾经照着那人的离别。如今美人流着眼泪与我相依相偎，就像当初的夜晚一样。夜啊夜，能不能将当初皎洁的月光再重新借给我，让我回到从前呢？

点绛唇

【原文】

寄南海梁药亭①

一帽征尘，留君不住从君去。片帆②何处？南浦③沉香雨。

回首风流，紫竹村边住。孤鸿④语，三生定许，可是梁鸿侣。

【注释】

①梁药亭：梁佩兰，字芝五，号药亭，别号柴翁，晚更号郁洲。广东南海人。顺治十四年乡试第一，后屡试不第，即潜心治学，从事诗歌写作，名噪一时。康熙四十二年被召回翰林院供职，因不识满文而罢。次年返乡，与屈大均、陈恭尹并称为"岭南三家"，有《六莹堂诗集》。

②片帆：孤舟，一只船。

③南浦：南面的水边，后常用称送别之地。

【赏析】

这是一首送友人的离别词。

纳兰送诗的这位梁药亭，正是"岭南三家"之首梁佩兰。梁佩兰热衷功名，求学之路历尽坎坷，被授予翰林院庶吉士时，他已年届六十。然而，梁佩

兰在仕途道路上并不顺利，功名屡试不中，终于在花甲年考中进士，次年即告假归里。此后十五年，结兰湖诗社，遍历名山，与海内名士尽情唱和。这首送别诗写于梁佩兰青年时代考试不中返乡之际。

药亭的家乡远在岭南，即广东南海。他由京城南下广东，一路上跋山涉水，十分辛苦，因此纳兰感叹"一帽征尘"。到底是风华正茂，书生意气，挥斥方道。离别虽是依依不舍，却没有太多忧思。只有"留君不住从君去"，一派好男儿志在千里的从容。

古有李白叹"孤帆远影碧空尽"，而纳兰也难隐对朋友的关怀，"片帆何处"，自是药亭那有沉香之名的故乡。"南浦沉香雨"则源自一个典故。相传晋时岭南官员吴隐之清正廉洁，造福一方，因此深得百姓爱戴。离去时，老百姓为了感激他纷纷致送礼品，而吴隐之一一婉拒，于元兴三年两袖清风离开广东。在珠江河上行走时，突然间风浪四起，忽然间，吴夫人想起来手上的沉香扇是百般推辞不下方才收下的一位父老所赠之物。听闻此言，吴隐之马上焚香向天祷告，把沉香扇投入江心，江面立刻风平浪静，江心浮现一座小岛，即现在的沉香浦。

药亭在老家时，曾经有一段悠居乡里的日子，是许多清雅之士求之而不得的，所谓"回首风流，紫竹村边住"，说的就是药亭进京前的这般风雅生活。西风不语，流年偷换，那年的药亭已不再如初到皇城时那般意气风发，尽管文字依旧激昂，却也掩不住屡试不中的怀疑和失落。"孤鸿语"三字，流露出寂寞孤独的意味。如此说来，怕是纳兰也没有想到，孤鸿语冥冥中竟是药亭躲不开的宿命。

或许是纳兰早已深刻地了解这位他乡故人，否则何出"三生梁鸿侣"的溢美？传说东汉梁鸿家贫好学，不愿做官，与妻子孟光隐居霸陵山中，以耕织为业，两人相敬如宾，举案齐眉，夫妻生活十分幸福，被世人传为佳话。后以"梁鸿"喻指丈夫，亦喻贤夫。纳兰将梁鸿比梁佩兰，便是对他的高度赞美。

尽管梁佩兰一生不得志，或许还满腹牢骚，然而，还有什么比自由更可贵呢？那份闲适与从容，或许是存在于每个人心中的一片净土吧。

满宫花

【原文】

盼天涯，芳讯①绝。莫是故情②全歇？朦胧寒月影微黄，情更薄于寒月。

麝烟销，兰烬③灭。多少怨眉愁睫。芙蓉④莲子待分明，莫向暗中磨折。

【注释】

①芳讯：嘉言，对亲友音信的美称。

②故情：旧情。唐王昌龄《李四仓曹宅夜饮》诗："霜天留饮故情欢，银烛金炉夜不寒。"

③兰烬：蜡烛的余烬，因状似兰心，故称。

④芙蓉：荷花。此句化用《乐府诗集·清商词一·子夜夏歌之八》有"乘月采芙蓉，夜夜得莲子"之句。

【赏析】

人间多是惆怅客，更有纳兰痴情人。满腹苦水，叫他如何排解忧愁，唱尽悲歌？

直道"盼天涯，芳讯绝"，令人联想那"独上高楼，望尽天涯路"之人，"芳讯"是对亲友音信的美称。不知那独倚高楼望断天涯路之人，是否也同纳兰一样，苦苦期望，只为寻得亲友们的一句嘉言。

可是想见之人不见容面，想闻之讯未得其踪，"莫是故情全歇"，难道是曾经的旧情全然已尽？这句词可解为纳兰的呓语之言。她是否已经不在那里了？虽然答案早已在他心中盘旋了千遍万遍，但纳兰还是不忍对自己说，她已经消逝在天涯。

"朦胧寒月影微黄，情更薄于寒月"，看那朦胧的月色，昏暗微黄，满是寒冷萧条，于是心头更觉寒意阵阵。所谓"一切景语皆情语"，同样的月亮，为什么纳兰眼中的就尤其寒冷凄清？不过是他内心愁苦郁闷罢了。

此刻，词人才意识到，麝香烧尽的香烟都已散去，燃尽呈兰花之态的烛心也熄灭，即"麝烟销，兰烬灭"。烟缕散去，残烛烧尽，最后徒留烛心，好似在向纳兰提醒着它曾经的存在。一切事物消逝之迅速，不是我们所能控制的，这也更加深了作者的愁绪，"多少怨眉愁睫"，怨眉愁睫，该用什么解？

最后，"芙蓉莲子待分明"，从《乐府诗集》中"乘月采芙蓉，夜夜得莲子"而来。芙蓉大概取的是其谐音"夫容"，此处是描写情人幽会之景。愁情满腹的纳兰取的是反意，写故人幽会的欢愉，更是自嘲自己的落寞孤楚，反衬得一地凄凉。"莫向暗中磨折"，莫问，莫问！莫问暗中磨折，似是自慰，却更多无可奈何。

或许，世间最痛苦的情感，便是思念还在，思念的那个人却已消逝。就如同纳兰，捧着这份厚重的情，无处寄托，无可释怀，只能寄予词间。

望江南

咏弦月

【原文】

初八月①，半镜上青霄②。斜倚画阑③娇不语，暗移梅影过红桥④，裙带北风飘。

【注释】

①初八月：即上弦月。农历每月的初七或初八，月亮呈月牙形，其弧在右侧。

②青霄：青天，高空。

③画阑：有画饰的栏杆。

④红桥：红色之桥。

【赏析】

古诗词中往往有些短章，言少情多，含蓄不尽。词人驾驭文字，举重若轻，而形往神留，艺术造诣极深。纳兰的这首《望江南》即其一例。

这首小词清丽空灵，开篇前两句便勾勒出一派清冷素雅的景致。"初八月，半镜上青霄"，初八之上弦月斜挂天边，后接女子倚阑不语的娇人情景，"斜倚画阑娇不语"，雕栏画栋在清辉之下寂寂无声，不知谁家女子此刻正在独倚画阑，不言不语。

转而，词人又刻画了月移梅影的景象，"暗移梅影过红桥，裙带北风飘。""红桥"，位于瘦西湖南端，始建于明末崇祯年间，原为红色栏杆的木桥，后在乾隆元年改建为拱形石桥，取名虹桥。那在红桥上出现的缥缈人迹是谁？在读者尚未回过神来的时候，便已经"北风飘"，渐行渐远，消失在梅枝摇曳的暗香之间。

纵观全词，这神秘女子于寒风之中，观月，离去，已置读者于似闻不闻、似解不解之间，末尾，她更是从罗带中断续飘出，使人情思萦绕，如月下花影，拂之不去。

明月棹孤舟

海淀①

【原文】

一片亭亭空凝伫②。趁西风、霓裳遍舞③。白鸟惊飞④，菰蒲叶乱⑤，断续浣纱人语。

丹碧驳残秋夜雨⑥。风吹去、采菱越女⑦。辘轳声断⑧，昏鸦欲起，多少博山情绪⑨？

【注释】

①海淀：指今北京西郊之海淀镇。即纳兰家别墅自怡园，后自怡园并入圆明园之一的长春园。

②凝伫：凝望伫立，停滞不动。

③霓裳：即《霓裳羽衣曲》。

④白鸟：白羽的鸟。鹤、鹭之类。

⑤菰蒲：指菰和蒲。水边多年生草本植物，地下茎白，地上茎直立，开紫

红色小花。

⑥丹碧：泛指涂饰在建筑物或器物上的色彩。犹丹青，指绘画。

⑦越女：古代越国多出美女，西施尤其著名，后因以泛指越地美女。

⑧辘轳：安在井上绞起汲水斗的器具。

⑨博山：博山炉，古香炉名。因炉盖上的造型似传闻中的海中名山博山而得名。一说象华山，因秦昭王与天神博于此，故名。

【赏析】

这首词描述了纳兰观荷时所发的千愁万绪。

"一片亭亭空凝伫"是说含苞待放的荷花在池水上独自开放，无人欣赏。"空"字的出现流露出词人对红颜易逝、往日难追的感慨。"趁西风霓裳遍舞"一句还是在说荷花的美丽。一阵风吹过，荷花如同美女般翩翩起舞。

"白鸟惊飞，菇蒲叶乱，断续浣纱人语。"白色羽毛的鸟儿从菇蒲中飞起，留下满地的零乱，这时传来断断续续的声音，才知道，原来是浣纱人。"浣纱"原是一种衣服的布料，后用来指代西施。隔着历史长河，西施也曾似纳兰一般站在这满池荷花面前愁绪万千吧。

可是如今早已"丹碧驳残秋夜雨"。"丹碧驳残"在说绘画上的丹青色彩因为年代久远早已褪色，词里比喻往日的幸福生活不可再得。这里似乎隐含着诗人对爱妻的怀念。

"风吹去采菱越女。"古代越国多出美女，最著名的莫属西施，于是后人因此以越女泛指越地美女。风吹去了春天吹来了冬日，吹绿了树叶又吹落了绿色。

风总是无情的，越地的采菱女子怎经得起时光这般如风拂过？她们姣好的容颜在风的一次次到来、离去中消逝，在岁月的长河中渐渐沉淀。

此时，纳兰心中对亡妻难以名状的思念、对理想与现实矛盾的忧郁以及在茫茫宇宙中的飘零之感，这些情感纠缠在一起紧紧包围着他，却无人诉说，于是话到嘴边，他也只能问一句"辘轳声断，昏鸦欲起，多少博山情绪"。"辘轳"是安在井上用来绞起汲水斗的器具，"博山"原本是指男女欢爱，这里意为对单纯天真爱情的追求。辘轳的声音断断续续响起在耳边，黄昏时的乌鸦叫声凄厉，然而在这看似平常的寒夜里，不知有多少人望穿了秋水，痴等心念之人。

容若的词就是这样，清丽又耐人回味，唇间流转，迤逦清香。

【词人逸事】

纳兰家的别墅在今北京西北郊的海淀，如今圆明园的长春园遗址上曾是纳兰性德生活的地方。如今早已荒芜。而附近翠湖旁的皂甲屯则埋葬着这位多情的词人。

皂甲屯清代叫"皂荚屯"，是纳兰家在满族进关后的封地，并作为家族坟地先后埋葬了纳兰家五代二十一人，当时墓地蔚为壮观，人称"京西小十三陵"。纳兰性德去世时年仅31岁，也葬入这里，有20世纪70年代初出土的纳兰墓志为证。然而历史变迁，沧海桑田，如今这片土地已找不到当年墓地的丝毫遗迹了，满怀纳兰公子"风流休数鸳鸯社，只是伤心皂荚屯"的追忆却找不到可以凭吊的地方。

望海潮

宝珠洞

【原文】

汉陵风雨，寒烟衰草，江山满目兴亡。白日空山，夜深清呗①，算来别是凄凉。往事最堪伤，想铜驼巷陌②，金谷③风光。几处离宫④，至今童子牧牛羊。

荒沙一片茫茫，有桑乾一线，雪冷雕翔。一道炊烟，三分梦雨，忍看林表斜阳。归雁两三行，见乱云低水，铁骑⑤荒冈。僧饭黄昏，松门凉月拂衣裳。

【注释】

①清呗：谓佛教徒念经诵偈的声音。

②铜驼巷陌：地名，即铜驼街，在今河南洛阳故洛阳城中，以道旁曾有汉铸铜驼两尊相对而得名。为古代著名的繁华区域。

③金谷：古地名，在今河南洛阳西北，泛指富贵人家盛极一时但好景不长的豪华园林。

④离宫：古代帝王在都城之外的宫殿，也泛指皇帝出巡时的住所。

⑤铁骑：披铁甲的战马，指精锐的骑兵。

【赏析】

纳兰性德曾随康熙幸游北京西山八大处宝珠洞，他凭高远望，写下塞篇《望海潮·宝珠洞》。

上片泛写眼前景及由此生发的感慨，"汉陵风雨，寒烟衰草，江山满目兴亡"。古人的陵墓荒凉冷落，历史风云变幻，于此，全都消逝无痕。只有那郊外的寒冷烟雾和衰萎的野草还凝聚着一片苍绿，一语点出兴亡之叹。"白日空山，夜深清呗，算来别是凄凉。"白日里山空幽静，夜深时佛经入耳，听来着实令人觉得凄凉无比。

随后"往事"三句，引出"铜驼巷陌"和"金谷"两处地名。铜驼巷陌即是铜驼街，原址在今河南省洛阳市故洛阳城中，以道旁曾有汉铸铜驼两枚相对而得名，为古代著名的繁华之地。金谷，古地名，原址在今洛阳市之西北，后亦代指繁华之地、游宴之所。这三句的意思是，最令人伤心惆怅的莫过于往日的繁华兴盛早已消失殆尽，一去不返了。

下片，词人转而写凭眺所见之景，"荒沙一片茫茫，有桑乾一线，雪冷雕翔"，"桑乾"此处指河名。荒沙苍凉浑茫，河流萧疏寥落，茫茫的雪山上大雕展翅而翔。这番景致虽带有一种凄清伤感的情调，但又不乏豪宕嶔崎的特色。

"一道炊烟，三分梦雨，忍看林表斜阳"，炊烟袅袅，树梢残阳，已是说不尽的凄怆悲凉，天边还有归雁三两成行，更是将氛围烘托得寂寥萧索。到"见乱云低水，铁骑荒冈"一句，词境被推向高潮，而词人又在读者尚沉浸在苍茫阔大的悲壮情绪中时，急转直下抛出一个空远的收尾。

"僧饭黄昏，松门凉月拂衣裳"，"松门"是前植松树的屋门，此指寺庙之门。黄昏时端一碗僧饭，穿过寺庙之门拂袖而去，这或许才是纳兰眼中惬意悠然的生活吧。

这首词的情境收放之间极具张力，不愧为纳兰词"苍凉豪宕"风格的代表作品。

【词人逸事】

纳兰性德曾随康熙幸游北京西山八大处宝珠洞。他扈从康熙凭高远望，写下这篇《望海潮·宝珠洞》。

　　宝珠洞位于八大处的最高一处，站在平坡山巅宝珠洞眺远亭上，宜南向、东向眺望。南望，永定河一线缥缈如带似纱。由它千万年泛滥冲刷形成的西山洪积扇，至今在其两岸仍可见大片荒沙、累累土岗。

　　山下不远是八宝山、老山、田村山、石景山，两千年前的汉墓早已少为人知，山脚下元代翠微公主的陵墓湮没无寻，明代贵戚葬地已被清朝王公坟茔逐渐取代。

　　东南望，辽金残毁的城垣尤在，元大都址上的明清北京城紫气东来。辽宋于会城门北、紫竹院一带进行了高梁河会战，辽军铁骑的驰援，使宋军大崩溃。金兵攻陷辽幽州城，在其上建中都城。元人将金中都付之一炬后，东移城廓建大都城。历史变迁，王朝更迭，都邑兴废，引发了纳兰性德的无限感慨。

少年游

【原文】

算来好景只如斯。惟许有情知。寻常风月①，等闲谈笑，称意即相宜②。十年青鸟音尘断③，往事不胜思。一钩残照④，半帘飞絮，总是恼人时。

【注释】

①寻常：普通，一般。风月：本指清风明月，后代指男女情爱。

②称意：合乎心意。相宜：合适，符合。

③青鸟：神话传说中为西王母取食传信的神鸟。《山海经·西山经》："又西二百二十里，曰三危之山，三青鸟居之。"郭璞注："三青鸟主为西王母取食者，别自栖息于此山也。"又，汉班固《汉武故事》云："七月七日，上于承华殿斋，正中，忽有一青鸟从西方来，集殿前。上问东方朔，朔曰：'此西王母欲来也。'有顷，王母至，有两青鸟如乌，侠侍王母傍。"后遂以"青鸟"为信使的代称。

④残照：指月亮的余晖。

【赏析】

想来纳兰应是掰着手指写这首词的吧。

细细数来，好景不过只那些时日，翻来覆去地搜寻也不再多。常说人生如戏，其实又何尝不是一种全新的尝试？只是这些尝试不可以倒带、定格或重复，更没有机会再次完善，只有眼睁睁地看错误客观地存在，走过的路难再回首。几千年前，子在川上曰："逝者如斯夫！不舍昼夜。"

是啊，逝者如斯！我们可以征服自然，天堑变通途；可以改造世界，高峡出平湖。而面对奔流不复回的岁月，不见古人，不见来者，悠悠天地间只一句逝者如斯，昼夜间便越过几千年。

好景不长，这是千百年流传的古训。墨菲定理告诉我们，越害怕的事情越会发生。越渴望，越难求；越珍惜，便越易失去。相知相伴，最是难求。若为友人，"海内存知己，天涯若比邻"；若为爱人，万两黄金容易得，知己一个也难求。如当年的钟子期与俞伯牙，管仲与鲍叔，苏东坡与黄庭坚，可唱和，可调笑，甚至可以意见相左。知己，是求同存异，即使并不赞同也可以理解。

这里的知己，不是纳兰的那些好友，而是她——"寻常风月，等闲谈笑"。她能与他共剪西窗烛，与他同赏夜雨芭蕉，与他依偎着听残荷雨声。她或许没有咏絮才，抑或谈不上停机德。但她懂他，懂他的浅唱低吟，懂他的眉尖心上。只一个"懂"字——芳心重，即使离去，也沉沉地压在纳兰心头。从与纳兰相知相许开始，她便像一棵树深深地植于纳兰心头，狠狠地扎下根去，发芽，长大，平平淡淡的岁月里成长着他们的记忆，而后便永久地定格成一幅画。也有落叶，也有花开，那是三分谈笑，二分思念，一分微嗔，剩下的是半生相忘于江湖。

那些日子虽无大喜，回忆起来却总是沁着丁香一般若有若无的甘甜。何谓幸福？这是人世间无法量化衡量的参数。身处名利场，纳兰集权势、财富、地位、才情和皇帝的宠信于一身，却久久难以感到幸福。知己不在，五瓣丁香已伴斯人远去，惟余悠悠清香轻浮人间。这位令他念念难忘的知己，定是如丁香一般的女子吧：

她默默地走近／走近／又投出／太息一般的眼光。

她飘过／像梦一般地／像梦一般地凄婉迷茫。

像梦中飘过／一枝丁香地／我身旁飘过这个女郎；

她默默地远了／远了／到了颓圮的篱墙／走尽这雨巷。

这般女子，比之西湖，比之西子，"淡妆浓抹总相宜"。相宜，陆游曾吟《梨花》，"开向春残不恨迟，绿杨率地最相宜"。无论是在人生的春秋还是晴雨，遇到她，孤单消弭，一切未知便立刻有了答案——那不是参考，而是确定，是唯一。她随风而过，不似斯佳丽那般疯狂固执的爱，却如一杯陈年女儿红，令人沉溺于往事中久久不愿醒转。可惜，可叹，十年音尘断，连送信的青鸟也无影无踪！

青鸟又名三青鸟，传说女神西王母的使者，"赤首黑目"分别唤作一名曰大鸷，一名曰少鸷，一名曰青鸟。古时的"鸷"即"鹏"，听名字便知是三只亮丽轻快的小鸟。其实这三青鸟本是凤凰的前身，为多力健飞的猛禽，后来才转变为一代玲珑小鸟。三青鸟是有三足的神鸟，只有在蓬莱仙山可见。传说西王母驾临前，总有青鸟先来报信。"青鸟不传云外信，丁香空结雨中愁"，可见青鸟也常作为传递幸福佳音的使者出现在诗页中。

　　送信的青鸟不见，那些陈年往事日日温习，愈思量愈清晰，愈清晰愈徒增烦恼。本是"花有清香月有阴"之时，本应与爱人尽享"春宵一刻值千金"，那千古同月落下的清辉在人间划出一道铜墙铁壁，一边"琴瑟在御，莫不静好"，另一边只剩"一钩残照，半帘飞絮"。所谓"世上本无事，庸人自扰之"，不过未到伤情处。那一份执着的念想，那些共同走过的细细碎碎的日子，她的一颦一笑，他的一言一语，打碎了，搅匀了，和一团泥。捏一个你呀塑一个我，生当同衾，死亦同椁，成就一生的承诺。

荼瓶儿

【原文】

　　杨花糁径樱桃落①。绿阴下，晴波燕掠②。好景成担阁。秋千背倚，风态宛如昨③。

　　可惜春来总萧索。人瘦损，纸鸢风恶④。多少芳笺约⑤，青鸾去也⑥，谁与劝孤酌？

【注释】

　　①糁径：洒落在小路上。糁，煮熟的米粒，这里是散落的意思。

　　②晴波：阳光下的水波。唐杨炯《浮沤赋》："状若初莲出浦，映晴波而

未开。"

③风态：犹风姿。宛如：好像，仿佛。

④瘦损：消瘦。纸鸢：风筝。

⑤芳笺：带有芳香的信笺。

⑥青鸾：即青鸟或指女子。唐王昌龄《萧驸马宅花烛》诗："青鸾飞入合欢宫，紫凤衔花出禁中。"

【赏析】

好一派怡红快绿的浓浓春色！

三四点青苔浮于波上，一两声莺啼鸣于树下。已暮春时节，樱桃散漫，柳絮飘扬，风日晴和不够，须要人意好才算得好景。一句"成担阁"，人意便隐身于旧梦中。此去经年，斯人不在，便是良辰好景虚设。

同是花开莺啼，草长鹭飞的时节，因着这"担阁"二字，都黯然失了颜色。困酣娇眼的杨花，飘飘摇摇，萦损柔肠；看樱桃空坠，也无人惜。燕双飞，犹得呢喃低语，"为怜流去落红香，衔将归画梁"，竟是黛玉葬花的心境一般。庭院深深处，小园香径下，唯有幽人独往来。

　　"秋千背倚，风态宛如昨"，纳兰斜倚秋千，抚着冰凉的秋千索，追忆那些朝朝暮暮。去年今日此门中，人约黄昏后；今年花依旧，不见去年人。往事淌过心头，斯人何在？"可惜春来总萧索"，他望向春雁回彩云归，望向细雨过桃花落，望向角声寒夜阑珊，只望得一怀愁绪空握。天涯一隅，不知她在那一方可也凭栏忆？泪眼望花，花亦无语。

　　"人瘦损纸鸢风恶"，纸鸢，便是我们现在说的风筝，南方叫鹞，北方称鸢，因此也有"南鹞北鸢"之说。东风恶，纸鸢飘摇，如纳兰那颗摇摇欲坠的心，堪比黄花瘦。想他们也曾芳笺成约，执手一生吧？如今山盟犹在而锦书难托，斯人已去而此情空待，伤情处，"红笺为无色"。

青鸾何在？怕这世上无人曾见。传说青鸾有着世间无人听过的天籁之声，因为它只为爱情而歌；它亦为爱情而生，一生只为找寻另一只青鸾偕老相伴。它踏遍万水千山，仍是形单影只，因为这世上只一只青鸾。当它偶然望向镜中的自己，竟以为此生如愿，一曲绝美的歌声响彻云霄。从此，青鸾便成为世间坚贞不渝的爱。

东方的青鸾，西方的纳西索斯，他们终其一生追寻着"知我心者"。纳兰又何尝不是？待友人，他不以贫贱富贵为念；待爱人，终生执着于心间。鸿雁不归，青鸾去也，那一份黯然销魂的痴念，叫他与谁人说？只听见纳兰低喟一句："谁与劝孤酌。"谁劝孤酌？无解。杨花处处，飞燕双双，融融春意中泛起心头的，是吹不去化不开的悲凉。

渔父

【原文】

收却纶竿落照红①，秋风宁为蔊芙蓉②。人淡淡，水濛濛，吹入芦花短笛中。

【注释】

①纶竿：钓竿。

②宁为：乃为，竟为。

【词评】

风致殊胜。一时胜流，咸谓此词可与张志和《渔歌子》并称不朽。

——唐圭璋《词学论丛·成容若（渔歌子）》

【赏析】

几乎所有的词评人都赞纳兰的小令是天籁，格高韵远，极缠绵婉约之致。

而眼前这一首是纳兰为友人徐虹亭写的一首题画词。徐釚在《词苑丛谈》卷五品藻篇中曾说："余旧嘱谢彬画《枫江渔父图》，长白成容若为余《渔父》词云云，同人以为可与张志和并传。"可见是纳兰作这首词时，是对着一幅名为《枫江渔父图》的画卷，将画意凝为诗情，融进了这首曾在张志和笔下大放异彩的词牌。

抛开那首"西塞山前白鹭飞"不说，先来看纳兰的词。

"收却纶竿落照红"，常读《饮水词》的人看见这句便可会心一笑了，纳兰一贯钟情的白描手法在此一显无余。夕阳西斜、晚霞烂漫，渔人悠然收竿，首句铺展在读者面前的，就是这样一幅场景。纶竿即为钓竿。落照，西斜的夕阳。"收却"二字用在全词的开头，别有一番意味。从字面上看，"收却"与"落照红"是同时发生的动作，而纵览全词，则可体味出这两者其实有着暗示的因果关系：因"落照红"而"收却纶竿"，无须多言，便道出了黄昏中渔人逍遥自得，不假它求，这种自由自在的情绪，为整篇作品奠定了基调，又与下句的描述前后呼应。"秋风宁为翦芙蓉"承接上句，由落照的色彩写到秋风的声响，由人之主体写到荷花之喻体，仍然是从细节着手，以拟人的手法，描述飒飒秋风之凉意吹飘，不求它物，只为了能轻轻地摆动水中那一簇簇绝美的荷花。此

《纳兰词》赏析

处着一"宁"字，赋予了秋风人的性情与品格，出奇地于平和中凸现词人强烈的感情。从声韵上讲，"宁"作连词用时，读去声，放在动词的前面或句首，

表示在现实情况下对选择某事物坚定的意志和愿望。可以解作"情愿""宁可"。如《史记·屈原列传》中有："宁赴常流，而葬乎江鱼腹中耳。"

剪，《说文解字》云："齐断也。"此处为形容词，即剪剪，引申为齐整、摇动貌。如欧阳修《暮山溪》句："纤手染香罗，剪红莲，满城开遍。"

芙蓉是荷花的别称。《国语·招魂》中就有"芙蓉始发，杂制荷些"一句，《古诗十九首》中也有："涉江采芙蓉，兰泽多芳草。"

荷花自古在诗词曲赋中都代表着一种高洁淡泊、出淤泥而不染的意象，如《离骚》："制芰荷以为衣兮，集芙蓉以为裳。"于画于词，我们都能感受到这种以花喻人之高洁和淡泊的情怀，而更让人玩味的是，荷花的花期是在夏天，至秋便开始逐渐残萎，并非处于最清丽娇娆的状态，然而纳兰却依然让秋风执意为凄美的秋荷吹拂，其间之情感暗示与唐人郭恭的《秋池一枝莲》可谓同出一辙，其诗云："秋至皆零落，凌波独吐红。托根方所得，未肯即随风。"其中的自持之情与超脱之意都可在纳兰这首词中见得相通之处。勾勒完了风物，"人淡淡，水濛濛。吹入芦花短笛中"一句抛出一个空远淡漠的远景，人影稀，烟水蒙，笛音轻，纳兰将他的"山泽鱼鸟之思"寄托于词中。时人称纳兰题画诗词有种"烟水迷离"之感，从这首小令的诗情画境中也可见一斑。

唐圭璋在《词学论丛·成容若（渔歌子）》盛赞道："风致殊胜。一时胜流，咸谓此词可与张志和《渔歌子》并称不朽。"

私以为，纳兰这首小令，虽算不上前无古人，却的确可以说后无来者了。

《纳兰诗》释义

五言古诗

早春雪后同姜西溟作①

【原文】

西山雪易积，北风吹更多。

欲寻高士②去，层冰郁嵯峨③。

瑠璃一万片，映彻桑干诃④。

耳目故以清，苦寒其如何？

朝鸦背城来，晴旭满岩阿⑤。

春泥冻尚合，九衢交鸣珂⑥。

忽睹新岁华，履端⑦布阳和。

不知题柱客⑧，谁和郢中歌⑨？

【注释】

①姜宸英，字西溟，号湛园，又号苇间，浙江慈溪人。清初著名文学家、

书法家。曾屡试不第，直至七十高龄时才中进士。不料两年后任顺天乡试副考官一职时，受主考官连累入狱，最后病死狱中。而性德与姜的结识时间颇早，系康熙十二年（一六七三年）夏便与姜缔交，两人之后也保持着密切联系。此诗应当作于性德与姜交往中的某年早春姜在京时，但具体时间无法求证。

②高士：志趣、品行高尚的人，多指隐士。

③嵯峨：山高峻貌。

④桑干河：其上游河段流经山西黄土高原，称之为桑干河；下游始称永定河，又因该河段常患洪水，因而便常改河道，故原俗称无定河。

⑤岩阿：山之曲折处。

⑥鸣珂：玉器相撞之声。

⑦履端：一年之初，即正月元旦。

⑧题柱客：指风流才俊、荣显之士。

⑨郢中歌：指高雅的诗歌。郢中之歌有《阳春白雪》和《下里巴人》。

挽刘富川①

【原文】

人生非金石，胡为年岁忧？

有如我早死，谁复为沉浮？

我生二十年，四海息戈矛②。

逆节忽萌生，斩木起炎州③。

穷荒苦焚掠，野哭声啾啾。

墟落断炊烟，津梁④绝行舟。

片纸入西粤，连营候相投。

长吏或奔窜，城郭等废丘。

背恩宁有忌，降贼竟无羞。

余闻空太息，嗟彼巾帼俦⑤。

黯澹金台望，苍茫桂林愁。

卓哉刘先生，浩气凌斗牛。

投躯赴清川，喷薄万古流。

谁过汨罗水⑥，作赋从君游？

白云如君心，苍梧⑦远悠悠。

【注释】

①刘钦邻（一六四四年至一六七四年），今江苏仪征人，因其曾任广西富川知县，故又称为刘富川。康熙十三年（一六七四年）九月于三藩之乱中被捕，后不忍被叛军羞辱，自缢殉节。

②戈矛：原意指武器，此处指代战争。

③炎州：《楚辞·远游》："嘉南州之炎德兮，丽桂树之冬荣。"后以"炎州"泛指南方广大地区。

④津梁：江河。

⑤巾帼侪：巾帼指古代妇女裹首的头巾或发饰；侪：同类，辈。

⑥汨罗水：即汨罗江，为湖南省北部的一条河。诗人屈原忧愤国事，投此江以死。此处以此赞颂刘富川如屈子投汨罗般的伟大献身赴义精神。

⑦苍梧：即苍梧县，位于今广西壮族自治区东部，地处浔、桂两江汇合处。

为王阮亭题戴务旃画①

【原文】

心与西山清，坐对西山②雪。

山空多幽响，芳草久云歇。

白云如沧洲③，缥缈不可越。

丹青意何长，宛此山径折。

卧游失所见，空林一片月。

【注释】

①王士禛（一六三四年至一七一一年），原名王士禛，字子真，又字贻上。号阮亭，又号渔洋山人。清初著名诗人、文学家。王于康熙十五年（一六七六年）春入京，曾与性德有往来，故此诗当作于其时。戴本孝（一六二一年至一六九一年），字务旃，号前休子，又号鹰阿山樵，别号黄水湖渔父、太华石屋叟等，安徽和县人。能诗，善画山水。王士禛在《渔洋诗话》中谓其"诗画皆绝俗。"

②西山：当指北京西山，古称"太行山之首"。

③沧洲：隐士之住所。

<h2 style="text-align:center">桑榆墅同梁汾夜望①</h2>

【原文】

朝市竞初日，幽栖闲夕阳。

登楼一纵目，远近青茫茫。

众鸟归已尽，烟中下牛羊。

不知何年寺，钟梵②相低昂。

无月见村火，有时闻天香。

一花露中坠，始觉单衣裳。

置酒当前檐，酒若清露凉。

百忧兹暂豁③，与子各尽觞。

丝竹在东山，怀哉讵能忘④！

【注释】

①顾梁汾《弹指词·大江东去》词自注云："忆桑榆墅在二层小楼，容若

与余昔年乘月去楼中夜对谈处也。"因两人多年交往晤面均在北京，故可知桑榆墅也应在北京，但其详址待考。此诗的写作时间也待考。

②钟梵：寺院的钟声和诵经声。

③豁：去除。

④讵能忘：怎能忘，反诘语气。

送施尊师归穹窿①

【原文】

突兀穹窿②山，丸丸③多松柏。

造化钟灵秀，真人爱此宅。

真人号铁竹，鹤发④长生客。

天风吹羽轮，长安驻云舄⑤。

偶然怀故山，独鹤去无迹。

地偏宜古服，世远忘朝夕。

空坛松子落，小洞野花积。

苍崖采紫芝，丹灶煮白石。

檐前一片云，卷舒何自适。

他日再相见，我鬓应垂白。

愿此受丹经⑥，冥心炼金液。

【注释】

①施名道源，字亮生，别号铁竹，清初著名道士，尊师是对其的敬称。后被委施主持重修穹窿山道观，被封为养元抱一宣教演化法师。此诗当作于康熙十五年（一六七六年）秋，其入都宣法期间。

②穹窿：山名，在江苏吴县西南。

③丸丸：高大挺直貌。

④鹤发：白发。

⑤云舄：漫漫无边的云海。

⑥丹经：讲述炼丹术的经书。

寄朱锡鬯①

【原文】

萍梗②忽南北，相聚复相离。

去年一相见，正值落花时。

秋风苦催归，转眼岁已期。

浙浙秋叶落，绵绵秋夜迟。

开户见残月，道远有所思。

丈夫故慷慨，此别何凄其^③！

明发揽尘镜，新寒生鬓丝。

【注释】

①朱彝尊（一六二九年至一七〇九年），字锡鬯，号竹垞，又号驱芳，今浙江嘉兴人。清代著名文学家，也是清初著名藏书家之一。又朱于康熙十四年九月自京返乡奔父丧，直至十七年夏才再入京。结合诗意，此诗似作于康熙十五年秋。

②萍梗：浮萍与断梗，比喻行踪不定。

③凄其：凄凉、悲怆貌。其，乃词尾词，无意。

茅斋①

【原文】

我家风城北，林塘似田野。

蘧庐②四五楹，花竹颇闲雅。

客俗鸡能谈，忧来酒堪把。

容膝岂在宽，惬意自潇洒。

静中生虚白，念虑③寂然寡。

忽悟形与器，万物尽虚假。

窗中见斗牛，门前骤④车马。

试问此间阎⑤，当时住谁者？

因之叹尘世，我心聊以写。

【注释】

①矛斋，又称茅屋、草堂或花间草堂。纳兰性德的矛斋建成于康熙十八年夏，此二诗系作于康熙十九年之春。

②蘧庐：古代驿站里供人休息的屋子。

③念虑：思虑。

④骤：马快跑貌。

⑤间阎：间泛指门户，人家；阎指里巷的门，此处指房屋建筑。

又

【原文】

闲庭照白日，一室罗古今。

偶焉此栖迟，抱膝悠然吟。

吟罢有余适，散瞩复披襟。

时开玉杯卷，或弹珠柱琴。

檐树吐新花，枝头语珍禽。

花发饶冶色，禽鸣多姣音。

色冶眩春目，音姣伤春心。

夕阳下虞渊①，寂寞还空林。

清光复相照，片月西山岑②。

【注释】

①虞渊：隅谷，古神话传说中日没之处。

②岑：寂静、寂寞之意。

杂诗七首

【原文】

举世觅仲连①，乃在海中岛。

往问齐赵事，默然望林表。

灌园于陵中，绝食太枯槁。

神龙亦见首，不然同腐草②。

虚言托泉石，蒲轮恨不早。

登朝表宿誉，食肉③以终老。

【注释】

①仲连：鲁仲连，战国时齐人。喜为人排忧解难，高蹈不仕。

②腐草：比喻卑微之态。

③食肉：出自《左传—庄公十年》："肉食者鄙，未能远谋。"肉食者泛指只能食肉的高官贵族。此处暗喻鲁公变为废人。

又

【原文】

李白①谪夜郎，杜甫②困庸蜀。

纷纷蝼蚁辈③，昏塞饱粱肉④。

造物岂无意，与角去其足。

末俗谀高位，文成贵珠玉。

纵云咸池⑤奏，我愚不能读。

一言欲赠君，焚砚削简牍。

此事属穷人，君其享百禄。

【注释】

①李白（七〇一年至七六二年），字太白，号青莲居士，唐代浪漫主义诗人。被誉为"诗仙"。安史之乱时，作为永王幕僚，因永王被肃宗陷害，李白受到牵连，被流放夜郎，后又中途获赦。

②杜甫（七一二年至七七〇年），字子美，号少陵，唐代著名现实主义诗人，与李白合称"李杜"，被誉为"诗圣"。安史之乱时，杜甫几经辗转，来到成都浣花溪畔，并建了"杜甫草堂"，困顿度日。最后病死在湘江的一只小船中。

③蜍：癞蛤蟆；蜍志辈乃嘲讽胸无大志者之意。

④粱肉：精美的饭食。

⑤咸池：《礼记·乐记》中有云："《咸池》，备矣。"郑玄对其注曰："黄帝所作乐名也，尧增脩而用之。"故"咸池"乃为古乐曲名。

又

【原文】

雅颂十九首①，议者死三尺②。

曹刘③始宏放，颜谢④颇雕饰。

亦有射洪子，变风厉逸翮。

希古⑤惜已勤，形合理则隔。

泉明自澹荡，尽变待甫白。

轻举游五城⑥，冥研破八极⑦。

咿咿奏皇华，末俗自不识。

我诚拙文词，四顾复不适。

异士今何在，山川故如昔。

幼时颇脑满⑧，芜秽⑨期荡涤。

兹事亦大难，中年飞扬息。

砚有前岁尘，书惟稚龄迹。

述作非吾愿，一杯永今夕。

【注释】

①"雅""颂"皆属于《诗经》；"十九首"指代《古诗十九首》。

②三尺：因古代的剑长约三尺，故以"三尺"代指剑。

③曹刘：曹操、刘备的并称。

④颜谢：南朝宋诗人颜延之与谢灵运的并称。

⑤希古：仰慕古人之意。

⑥五城：传说中神仙居住之所。

⑦八极：古时谓八方极远之地。

⑧脑满：肥头大耳，常说脑满肥肠，形容饱食终日，无所进取之人。

⑨芜秽：原意为荒芜、荒废；此处指诗坛之复古现象。

又

【原文】

逸骥千里足，君行日一舍①。

休暇岂不欣，何以塞高价②。

鹤鸣引双雏，欲集高堂下。

见君养凫鸥，矫翮复悲吒③

【注释】

①一舍：古以三十里为一舍。

②高价：通常指器物的珍贵，后又比喻人的身份、地位之高。

③悲吒：亦作悲诧，悲叹、悲愤之意。

又

【原文】

重衣①少不胜，跃马今蹈险。

落景②望戈留，孤云迎阵敛。

元戎爱仲宣③，荒碛同帷簋。

军前笳鼓沸，幕后琴书澹。

清尊侍华灯，谈宴不知疲。

一言合壮志，磨盾记其词。

悲吟击龙泉④，涕下如绠縻⑤。

不悲弃家远，不惜封侯迟。

所伤国未报，久戍嗟六师。

激烈感微生，请赋从军诗。

【注释】

①重衣：衣上加衣。

②落景：落日的余晖。

③仲宣：王粲，字仲宣，汉末文学家，"建安七子"之一。善于诗赋。

④龙泉：剑名。

⑤绠縻：形容泪如雨下。

又

【原文】

扈酒①洒荒郊，缟衣②泣少妇。

金屏③方宛转，一夕向长暮④。

狐兔呼凄飙，鸺鹠啸宿雾。

忆子伴刺绣，頳颜⑤恧君语。

邻人起踯躅⑥，哀响洞芳树。

不知吹箫人，离魂渺何处。

我生不能闻，猿哭与螯诉。

三声断肠迟，不如妇一词。

【注释】

①扈酒：扈为"扈"的繁体，指盛酒的容器；扈酒即一杯酒。

②缟衣：举办丧事时所穿的白色衣服。

③金屏：门内的屏风；此处指居所。

④长暮：死亡。

⑤頳颜：因羞愧而脸红之态。

⑥踯躅：徘徊不前。

又

【原文】

药误求仙人，禄湛①患失客②。

文章猵貉嗷，勋名过眼息。

西方有至人，莲花护金碧。

艳艳池水中，列圣坐相觊。

风声宣上法，鸟韵开迷魄。

称名弹指③到，百劫慈云侧。

捐兹宇宙乐，从彼金仙迹。

【注释】

①禄湛：高官厚禄。

②失客：失意的文人志士。

③弹指：时间量词，比喻时间短暂。

山中

【原文】

微月翳①高岭，松风起群壑。

近山无术阡，高下森华薄②。

涉涧愁窈窕③，顾步眩冥莫。

高树暗如山，倾崖石欲落。

羁离④悲夜猿，险峭伤病鹤。

缅怀万物情，此时欣有托。

山中一声磬，禅灯破寥廓。

【注释】

①翳：遮蔽、掩盖。

②薄：草木丛生之处。

③窈窕：深邃幽美貌。

④羁离：飘泊异乡。

效江醴陵杂拟古体诗二十首①

班婕妤②怨歌

【原文】

团团望舒月，皓皓③冰蚕绢。

欲却炎天暑，比月裁成扇。

望舒圆易缺，金风换炎节。

风凉秋气寒，匣扇复谁看？

扇弃何足道，感妾伤怀抱。

对月泪如丝，君恩异旧时。

【注释】

①江淹（四四四年至五〇五年），字文通，宋州考城人，南朝著名文学家。梁武帝时官至醴陵候。性德此诗便是效其体。

②班婕妤：西汉女辞赋家。为汉成帝之妃，初入宫时为少使，随即便立为婕妤。其人善诗赋，且作品颇多，但现今仅存三篇：《自伤赋》《捣素赋》和一首五言诗《怨歌行》。

③皜皜：明亮洁白。

王仲宣从军

【原文】

中原嗟丧乱，志士奋从军。

所从智勇宰，仗钺渡漳滨。

龙旗①飞壁垒，豹尾肃勾陈。

戈铤耀晴日，甲胄②炫屯云。

孙吴萃猛将，管乐聚谋臣③。

予时备七校，秉羽介犀鳞。

一麾服荆扬，再举靖巴黔。

东征西载怨，泽洽④威自振。

箪壶夹道路，筐筥⑤馈玄纁。

文皮裹干戚，奏凯邺城闉。

功名垂钟鼎，丹青图麒麟。

【注释】

①龙旗：与下句中的"豹尾"均指军中之仪仗。

②甲胄：甲指铠甲；胄指头盔。二者结合亦称盔甲。

③孙吴：三国时期的吴国；管乐：齐国名相管仲与燕国名将乐毅的并称。该句讲吴、蜀人才济济。

④泽洽：恩泽给予。

⑤筐筥：盛放物品的竹器。

刘公干公宴①

【原文】

曜灵下濛汜②，素魄③复徘徊。

浃日盛娱游，清夜还追陪。

华池俯高馆，波光映丹榱。

锦茵藉丰席，绮宴罗金杯。

舞袖空中扬，歌声清且哀。

鲦鳞跃文藻，六马仰刍菱④。

灵囿鹿虞虞⑤，灵台鹤皑皑。

燕喜时未央，福履恒厥绥。

明明衮衣⑥宰，济济薪樏⑦才。

何幸厕文学，得尽朽钝材。

愿赋《振鹭》⑧诗，常歌醉言归。

【注释】

①刘桢（？至二一七年），字公干，"建安七子"之一。与同为"建安七子"之一的王粲关系要好。东汉著名文学家，尤善诗歌。

②曜灵：指太阳；濛汜：日出之处。

③素魄：月亮。

④刍荄：喂马的草料。

⑤虞麌：群聚貌。

⑥衮衣：又称衮服，因其上绘有龙的图案而得名，为古代皇帝与王侯的礼服。

⑦樏：《诗经·大雅·棫朴》："芃棫朴，薪之樏之。"堆积之意。

⑧《振鹭》：此诗表达了宴请宾客时欢歌起舞之状。此处泛指公宴诗。

曹子建七哀①

【原文】

东园桃李姿，是妾嫁君时。

燕婉②为夫妇，相爱不相离。

良人忽远征，妾独守空帷。

忧来恒自叹，冀死魂追随。

又念妾死时，谁制万里衣？

幸有双鲤鱼③，拟为寄君辞。

终日不成章，含泪自封题。

君若得鲤鱼，剖鱼开素书。

但看书中字，一一与泪俱。

【注释】

①曹植（一九二年至二三二年），字子建，曹操之子，曹魏著名文学家。生前被称为陈王，死后谥号“思”，因此后世又称其为陈思王。著有《七哀》诗。

②燕婉：汉·苏武《诗》之二：“结发为夫妻，恩爱两不疑。欢娱在今夕，燕婉及良时。”比喻夫妻和爱。

③双鲤鱼：古代以双鲤鱼寄相思信，后以此泛指书信。

左太冲咏史①

【原文】

吾闻赵公子，好客垮②三君。

能令千载后，买丝绣其真。

讵如燕昭王③，金台筑嶙峋。

迎驺既隆礼，师郭亦殊伦。

奕世④储壮士，殉义忘厥身。

荆轲⑤去不返，渐离⑥踵入秦。

至今易水上，歌筑声犹新。

何代无奇人，台荒蔓荆榛。

【注释】

①左思（约二五〇年至三〇五年），字太冲，西晋著名文学家，齐国临淄人。左思出身贫寒，自幼便其貌不扬，好在自身发愤勤学，终有所成。著有《咏史八首》。

②埒：等同，相同。

③燕昭王（前三三五年至前二七九年），名职，又称昭王或襄王。公元前三一二年至公元前二七九年在位，原为韩国人质。其在位期间派兵遣将打破东胡、齐国，成就了燕国之盛世。

④奕世：累世，一代接着一代。

⑤荆轲（？至前二二七年），字次非，战国末期魏国人。为人慷慨仗义。后受燕太子丹委托入秦刺杀秦王，不中，被肢解而死。

⑥渐离：燕国著名琴师，容貌俊美，与荆轲是好友。荆轲刺秦出发前，他与太子丹将其送至易水，并弹奏一曲变徵之声，为荆轲送行。后亦因刺杀秦王未中而被害。

陆士衡赠弟①

【原文】

我形子洛城，子影只华亭。

仰看鸿雁翔，能不念平生。

昔为同根树，今若叶辞枝。

凉风起间阖②，各自东西飞。

鸰原③日以远，棣萼日以晚。

终当复旋归，勉子加餐饭。

【注释】

①陆机（二六一年至三〇三年），字士衡，西晋著名文学家，与其弟陆云合称"二陆"，被誉为"太康之英"。吴郡吴县人。他"少有奇才，文章冠世"，却最终死于"八王之乱"。李白在《杂曲歌辞·行路难》中感慨道："陆机才多岂自保"。著有《赠第士龙》一首。

②间阖：典故名，出自《楚辞·离骚》。原意为传说中的天门，此处指洛阳都门。

③鸰：《诗·小雅·常棣》："脊令在原，兄弟急难。"脊令即鹡鸰，原为水鸟，若失去居所，便飞鸣求类，比喻兄弟有难应互相帮助。现以"鸰原"代指兄弟。后句中之"棣萼"亦代指兄弟。

嵇叔夜言志①

【原文】

杨朱②泣路岐，墨翟③悲素丝。

灵蔡甘曳尾，郊牛惮为牺。

处则尚其志，出则颠其颐。

子云自投阁，董生④常下帷。

琅玕啄凤鸾，腐鼠吓鸱鸢。

寒蝉饮清露，苍蝇集腥羶。

予生实懒慢，傲物性使然。

涉世违世用，矫俗迕俗欢。

金羁非鹿饰，丰草意所安。

琴弹《广陵散》⑤，啸上苏门巅。

采术服黄精，终期学长年。

【注释】

①嵇康（二二四年至二六三年），字叔夜，三国时期魏国著名文学家、思想家、音乐家。为"竹林七贤"的精神领袖。后因遭小人谗言，被司马昭处死。

②杨朱：字子居，战国时期著名哲学家，反对儒墨思想，主张"贵生""重己"。

③墨子（前四六八年至前三七六年），名翟，战国时期著名的教育家、思想家、军事家。为墨家学派的创始人。他提出"兼爱、非攻"等观点，著有《墨子》一书。

④董生：董仲舒（前一七九年至前一〇四年），西汉著名思想家、教育家、政治家。汉景帝时任博士，讲授《公羊春秋》。

⑤《广陵散》：又名《广陵止息》。古代大型琴曲。嵇康便以善谈此曲而

著称。

阮嗣宗咏怀①

凉燠②递推迁，今古迭朝暮。

出岫无还云，落花宁上树。

朱颜瞬息改，鬓发③须臾素。

浮生匪金石，焉得常贞固。

途穷行辙返，恸哭畏迷误。

青眼予何好？白眼予何恶？

诞矣鲁阳戈，荒哉夸父④步。

长啸复衔杯，松乔安可睹。

【注释】

①阮籍（二一〇年至二六三年），字嗣宗，三国魏之著名文学家、思想家。"竹林七贤"之一。阮籍在政治上采取明哲保身的态度，常以醉酒来躲避司马昭对时事的询问。后因被迫为司马昭自封晋公写过"劝进文"，才使得司马昭对其违背礼法的行为采取容忍态度，最终得以终其天年。

②燠：《尔雅》："燠，煖也。"暖、热之意。

③鬓发：黑发。

④夸父：古神话传说人物。有"夸父逐日"之说。

许玄度寓居①

巢父②逊箕颍，善卷遁淮甸。

家世本高阳，于越爱葱蒨③。

云兴秀岩壑，霞蔚美金箭。

镜水碧芙蕖，铜溪红菡萏。

石匮屡冥搜，丹梯惬凌缅。

漾舟樵风湾，筑室兰渚岸。

涧清缨斯濯，尊滑羹可荐。

玄从王子谈，理同谢公④辨。

欲祛义常胜，内朗胸无战。

风月偶行游，萍踪何足羡？

【注释】

①许询（生卒年不详），字玄度，才华横溢，善属文。他终身不仕，常与友人游山玩水，吟咏作对。且善析玄理，与孙绰同为东晋玄言诗的代表人物。

②巢父：因其筑巢而居，故得名"巢父"。唐尧时的隐士。

③葱蒨：草木茂盛秀美之貌。

④谢公：指谢安。南朝·刘义庆《世说新语·任诞》："桓子野每闻清歌，

辄唤‘奈何！’谢公闻之曰：‘子野可谓一往有深情。’”

郭景纯游仙①

【原文】

蒙庄主养生，苦李②贵道德。

为善无近名③，知白守其黑。

梦蝶岂寓言，犹龙信难测。

漆园春秋久，柱下商周易。

大道生之根，背福即罹极。

昔人求神仙，嗜欲戕其直。

浩乎鲲鹏④飞，去矣六月息。

无为自清静，葆光常不匮。

何必从山癯⑤，餐霞服琼液。

【注释】

①郭璞（二七六年至三二四年），字景纯，东晋著名文学家和训诂学家。三二四年，王郭命他占卜造反胜算多大，璞言必败，被杀之。

②苦李：指老子。因其生于楚国苦县历乡曲仁里，故得名。

③出自《庄子·养生主》："吾生也有涯，而知也无涯；以有涯随无涯，殆已！已而为知者，殆而已矣。为善无近名，为恶无近刑；缘督以为经，可以保身，可以全生，可以养亲，可以尽年。"

④鲲鹏：《庄子·逍遥游》："北冥有鱼，其名曰鲲，鲲之大，不知其几千里也；化而为鸟，其名为鹏，鹏之背，不知其几千里也，怒而飞，其翼若垂天之云。""鲲"为一种大鱼；"鹏"为一种鸟。常用来比喻一些宏伟之事。

⑤山癯：即山脊。

陶渊明田家①

【原文】

结庐柴桑村，避喧非避人。

当春务东作，植杖躬籽耘。

秋场登早秫，酒熟漉葛巾②。

采罢东篱菊，还坐弹鸣琴。

磬折辱我志，形役悲我心。

归华③托陈荄，倦鸟栖故林。

壶觞④取自酌，吟啸披予襟。

【注释】

①陶渊明（约三六五年至四二七年），字元亮，号五柳先生。东晋著名诗人、文学家。曾任江州祭酒、镇军参军等小职，后辞官归隐，过起了悠闲自在的田园生活。

②漉葛巾：陶渊明嗜酒，曾取头巾过滤酒喝。

③归华：落花。

④壶觞：饮酒之器具。

鲍明远玩月①

【原文】

娟娟秋月辉，皎皎明镜飞②。

清如积水光，莹若凝冰霜。

窈窕女墙东，徘徊绮户中。

晃惊梁上燕，微见网中虫。

天香生桂树，玉露泣芙蓉。

佳人坐空房，金波映高张。

乌啼既含怨，嫦娥更怀伤③。

牛女隔银渚，终岁犹相望。

自妾嫁征夫，关山路何长。

安得为清影，夜夜在君旁。

【注释】

①鲍照（约四一五年至四六六年），字明远，南朝宋著名文学家。任临海王刘子顼的前军参军时被乱军所杀。著有《玩月城西门解中》一首。

②该句中的"娟娟""皎皎"皆形容月光明亮美好之貌。

③以该句中的"乌""嫦娥"的怨来衬托佳人与丈夫的分别之苦。

谢康乐游山①

【原文】

会稽②东南美，淳渊③环峙岳。

绣嶂郁盘纡，金峰耸崭削。

非由巨灵④劈，无假五丁凿。

芙蓉易秀萼，列壁展丹膜⑤。

虬松偃苍盖，蟠藤森翠幕。

鲜葩耀阳崖，芳兰媚幽薄。

披榛出风磴，援葛度烟壑。

见叱初平羊，看飞道林鹤。

弦歌禽鸟瞬，琴筑涧泉落。

云霞烂锦绥，薇蕨⑥傲珍错。

世慕簪组贵，宁知考盘乐。

永怀园绮踪，将寻晨肇药。

【注释】

①谢康乐：即谢灵运（三八五年至四三三年），东晋阳夏人。因其小名为"客儿"，故又称谢客。因曾任临川内史一职，又称谢临川。他兼通史学，工书法。江淹著有《谢临川游山》。

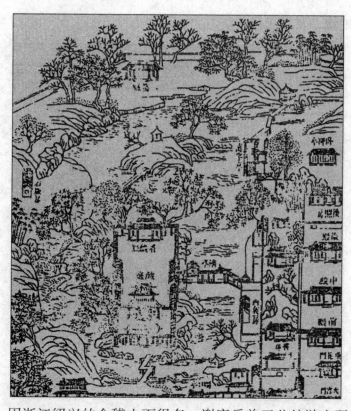

②会稽：因浙江绍兴的会稽山而得名。谢康乐曾于此处游山玩水。

③淳渊：聚水深潭。

④巨灵：古时传说洪水泛滥，人间疾苦不堪，天帝便命巨灵神下凡解救万民。后人便以巨灵神为河神。

⑤丹膤：可供涂饰的红色颜料。

⑥薇蕨：指薇和蕨两种植物。穷困之人常食之。

颜延年侍宴①

【原文】

枫陛②叶紫微，桂宫御黄屋。

阁道驰凤辇，芳苑骋鸾毂。

乘阳布春令，税驾③钟山麓。

卿云④冠绝巘，复旦光浚谷。

风飏绵羽峙，烟染蓂丝绿。

依阜列琼筵，临湖张蠨幄。

宫悬金奏阕，鼓吹箛箫⑤续。

圣德弘诞被，皇情畅遐瞩。

江清冯夷俯，海静阳侯伏。

潮随献琛舫，汐送输赆舶。

宝气蜃楼幻，冰轮玭珠⑥浴。

龙瓒和睿容，羽爵醉揆牧。

方聆燕镐咏，旋听横汾曲。

拜手⑦进赓扬，微才惭朴樕⑧。

【注释】

①颜延之（三八四年至四五六年），字延年，南朝宋著名文学家，琅琊临沂人。博览群书，文章炬赫一时。与谢灵运并称"颜谢"。有文集三十卷。江淹著有《颜特进侍宴》。

②枫陛：指朝廷。

③税驾："税"通"脱"，解驾、停车之意。

④卿云：彩云，祥瑞之兆。

⑤箛箫：即箛管。

⑥玭珠：即蚌珠，珍珠。

⑦拜手：古代男子跪拜礼的一种，又叫"空手""拜首"。

⑧朴樕：小树。

谢惠连捣衣①

【原文】

火正辞炎辔，金行御商镳②。

摵摵③风惊叶，湛湛露盈条。

月迟素砧冷，霜早青林凋。

蟋蟀怨空堰，鸿雁哀层霄。

秋容脆纤葛，雪色嫌轻绡④。

深闺怀藁砧，万里边城遥。

罗帷怯凉飔，况乃朔地飙。

柔荑⑤运双杵，清响发严宵。

金釭焰稀微，珠斗横寂寥。

捣此八蚕绮，将为御寒袍。

量以金粟尺，裁用并州刀。

长短记君身，肥瘦昧君腰。

同心绾绣带，合欢藏翠翘⑥。

带表相思切，翘明企望劳。

应知着衣时，泪点当未消。

【注释】

①谢惠连（四〇七年至四三三年），南朝宋著名文学家。其十岁便能文，十分聪慧。因谢惠连举止轻薄，有违当时世论，故不得仕进。后人把他和谢灵运、谢朓合称为"三谢"。

②商飙：秋风。

③摵摵：象声词，落叶声。

④轻绡：一种透明带花纹的轻纱。

⑤柔荑：出自《诗经·硕人》："手如柔荑，肤如凝脂。""柔荑"本指初生的茅草，后常用来比喻女子之手。

⑥翠翘：古代妇女首饰的一种，因状似翠鸟尾部翘起的长羽而得名。

卢子谅时兴①

【原文】

代谢感时序，迭微叹日月。

憼彼鶗鴂②鸣，忍此众芳歇。

林园无鲜蕊，原野飞陨叶。

王孙伤岁暮，志士励穷节。

劲莛蠹惊飙，贞松翠霜雪。

昂昂泽中雉，矫矫韝上鹰。

物性不可渝，人宁不如物。

努力崇明义，岂为威武屈！

【注释】

①卢谌（二八四年至三五〇年），字子谅，范阳涿人。有才华，善属文。谌与姨夫刘琨关系密切，屡有赠答。后琨被杀，朝廷不敢吊祭，谌为其上表审理，言辞十分恳切。后在襄国遇害。

②鶗鴂：即杜鹃鸟。

谢玄晖观雨①

【原文】

冉冉敬亭云，泠泠北崎风。
仰见城西隅，崇朝②隮蝃蝀。
霡霂③散帷幔，霏微入帘栊。
讼庭滋草碧，铃阁泫花红。
之子期未至，琴尊谁与同？
登楼一以望，山城如画中。
青笠岩际叟，绿蓑溪上翁。
白鸟讵有营，飞飞西复东。
嗟予徇④微禄，润物惭无功。

【注释】

①谢朓（四六四年至四九九年），字玄晖，陈郡阳夏人，南朝齐著名山水诗人，与谢灵运对称为“小谢”。东昏侯永元初，遭人诬陷，下狱，并死于狱中。谢玄晖著有《观朝雨一首》。

②崇朝：一个早晨；比喻时间短暂。崇，通“终”。

③霡霂：《尔雅·释天》："小雨谓之霡霂。"小雨之意。

④徇：追求，谋求。

沈休文东园①

【原文】

暮出石城东，青郊行迤逦。

纵横阡复陌，村舍炊烟起。

落日隐远峰，霞雯蔚成绮。

骎骎②骤归骑，林鸦鸣未已。

折柳旧樊圃，蔬药种霍靡③。

荆扉临曲碕，淮水绿弥弥④。

萝径足幽寻，茅亭可延伫。

清风为我客，皓月为我主。

信宿⑤即吾庐，乾坤皆逆旅。

【注释】

①沈约（四四一年至五一三年），字体文，吴兴武康人，南朝著名文学家、史学家。勤奋好学，博览群书，善于诗文。历仕宋、齐、梁三朝。著作颇多，明人张溥辑有《沈隐侯集》。沈著有《宿东园》一首。

②骎骎：形容马快跑的样子。

③霍靡：形容草木柔弱，随风飘浮状。

④弥弥：水满，水盛之貌。

⑤信宿：连住两夜。

范彦龙古意①

【原文】

左掖缪补衮，西清翊垂旒。

祥风玉墀②度，丽日金掌浮。

篷羽鹓鹭序，接迹夔龙③俦。

岱畎有威凤，千秋瑞虞周。

舜文正当阳，池上复来游。

雕喈叶笙磬，黼黻④宣皇猷。

文章贵纶綍，佩玉锵琳球。

珠露饮帝梧，琅霜啄昆丘。

饮啄得所止，砥志无外求。

嗤彼随阳雁，但为稻粱谋。

【注释】

①范云（四五一年至五〇三年），字彦龙，南乡舞阴人，南朝著名文学家。他自幼才思敏捷，八岁便能诗，善属文。曾任侍中、吏部尚书等职。任职期间直言善谏，天监二年病故，梁武帝闻讯痛苦不已，死后追赠侍中、卫将军，赐谥曰文。

②墀：宫殿前的台阶。

③夔龙：传说中的单足爬行动物。

④黼黻：指文章写得好；此处做名词讲，指华美的辞藻、诗文。

张景阳忆友^①

【原文】

浓阴晦郊墅，重云结岩岫^②。

匣瑟鸣鹍弦，林花浥绮绣。

适适^③响径泉，淙淙泻檐溜。

兔隐失弦望，乌潜昧昏昼。

原田徐黍浸，陇坂苞稂莠。

求友息嘤鸣，携俦寡猿狖。

茅斋久岑寂，离索^④常在疚。

郁陶^⑤王贡冠，绵邈萧朱绶。

一日为三秋，盍簪何时又？

【注释】

①张协（生卒年不详），字景阳，安平人，西晋著名文学家。官至河间内史，为官清廉。后至天下大乱之时，辞官隐居，吟咏为乐。永嘉初年，复征为黄门侍郎，终因病重逝于家中。

②岩岫：峰峦。

③适适：此处代指象声词。音读。

④离索：离群索居。

⑤郁陶：内心忧郁、郁闷之态。

和友人饮酒

【原文】

君有饮酒诗，足继柴桑翁①。

言得此中理，一醉等洪濛②。

我性虽不饮，劝客愁尊空。

遇我高阳徒，酣适颇能同。

自君贻此编，浩如沃心胸。

岂知古达者，半藉麹③蘖功。

学道与识字，苦心终见穷。

未老习便宜，趋事舍劳躬。

愿君多酿黍，暇日来相从。

【注释】

①柴桑翁：因陶渊明晚年隐居柴桑，故称之。

②洪濛：天地形成之前的混沌之态。

③麴：同"曲"，酒母。

又

【原文】

我生如飞蓬，飘然落天际。

太虚①浩漠漠，生理偶然契。

神明本无方，耳目有拘系②。

循想起形迹，蕴积为身世。

穷神知化源，外物敢为厉。

我欲尽世人，梦梦③遇一切。

惟有饮者心，庶几得所憩。

【注释】

①太虚：天空。

②有拘系：有拘束，有限制。

③梦梦：昏暗不明。

又

【原文】

秦皇作长桥，驾海跨烟雨。

三山苦相招，石重不可举。

我不梦蝴蝶，醉后亦栩栩。

遐哉勾漏令①，丹砂未堪许。

不如营一尊②，迟我山中侣。

【注释】

①勾漏令：官名，勾漏县县令。

②一尊：即一樽酒。

题画寄友人

【原文】

梁燕忽已去，飒然秋在堂。

澹澹东篱姿，疏花不成行。

闲窗展缣素①，丹青破微茫。

咫尺烟雾生，隐映枫林苍。

屈注天河水，倒挂千尺梁。

岩壑竞喷薄，倏令心骨凉。

山川似剡中②，扁舟兴难忘。

因之寄远道，矫首飞鸿翔。

【注释】

①缣素：可作书画的细绢；此处指画卷。

②剡中：指剡县一带。乃山水胜地。

高楼望月

【原文】

戚戚①复戚戚，高楼月如雪。

二八正婵娟②，月明翡翠钿。

由来工织锦，生小倚朱弦。

朱弦岂解愁，素手似云浮。

一声落天上，闻者皆泪流。

别郎已经年，望郎出楼前。

青天人海水，碧月如珠圆。

月圆已复缺，不见长安客③。

古道白于霜，沙灭行人迹。

月出光在天，月高光在地。

何当同心人，两两不相弃。

【注释】

①戚戚：相亲相近的样子。

②婵娟：指美女。

③长安客：泛指出门在外之人。

送梁汾①

【原文】

西窗凉雨过，一灯乍明灭。

沉忧从中来，绵绵不可绝。

如何此际心，更当与君别。

南北三千里，同心不得说。

秋风吹蓼花②，清泪忽成血！

【注释】

①康熙二十年（一六八一年）秋，顾贞观返乡奔母丧，性德作此诗送行。

②蓼花：一年生草本植物，花小，呈白色或浅红色，可用以调味或入药。后代指对亡亲的哀悼。

唆龙与经岩叔夜话①

【原文】

绝域②当长宵，欲言冰在齿。

生不赴边庭，苦寒宁识此？

草白霜气空，沙黄月色死。

哀鸿失其群，冻翮③飞不起。

谁持《花间集》④，一灯毡帐里。

【注释】

①唆龙，即梭龙，康熙二十一年秋，性德奉命侦查梭龙的动态，而岩叔亦参加其中。

②绝域：极边远之地。

③翮：鸟的翅膀。

④《花间集》：由后蜀人赵崇祚所编。其内容大都描写美人妆容及日常生活之貌，又以花喻女人娇媚之姿态，故得名。被认为是最早的词选集。

效齐梁乐府十首①

朱鹭②

【原文】

整翮辞炎服③，乘春向帝畿。

沉浮茄下④食，容与藻中依。

瑞日明丹羽，恩波浣赤衣。

醉颂于胥乐，鸣珂踏月归。

【注释】

①南朝齐、梁时代有一种诗体称为"齐梁体"。其内容多吟咏风月，形式讲求音律精美。

②朱鹭：又名朱鹦，全身羽毛以白色为主，掺杂红色，面颊皮肤呈鲜红色，嘴细长而末端弯曲。古时以在鼓上装饰朱鹭叼鱼之形象为美。

③炎服：代指南方。

④茄下：此处代指鱼。

巫山高

【原文】

江声送客帆，巫峡望巉岩①。

秋夜猿啼树，霜朝鹤唳岩。

花红神女颊，草绿美人衫。

阳台②不可见，风雨暗松杉。

【注释】

①巉岩：高峻陡峭的山岩。

②阳台：指楚·宋玉《高唐赋》中所云巫山神女一事；后指男女相会之处。

芳树

【原文】

连理无分影，同心岂独芳？

傍檐巢翡翠①，临水宿鸳鸯。

叶叶含春思，枝枝向画廊。

君情若比树，妾意复何伤！

【注释】

①翡翠：一种水鸟，羽毛颜色鲜艳。

有所思

【原文】

雁帛①音尘绝，河桥草色青。

愁凝远山黛，梦断隔花铃。

并语红襟燕，双移碧汉星②。

夫君在何处，顾影惜娉娉。

【注释】

①雁帛：古代将帛系在雁足上传信，又称"雁足书"，此处代指书信。

②碧汉星："碧汉"即银河；"碧汉星"即指牛郎和织女二星。

折杨柳

【原文】

陌上①谁攀折？闺中思忽侵。

眼凝清露重，眉敛翠烟深。

羌笛临风曲，悲笳②出塞音。

纵垂千万缕，那系别离心！

【注释】

①陌上："陌"即东西走向的小路；指路上。

②筇：即"胡筇"，古代北方民族的一种类似于笛子的吹奏乐器。

梅花落

【原文】

春色凤城来，寒梅逼岁开。

条风①初入树，缥雪渐侵苔。

粉逐莺衣散，香黏蝶翅回。

陇头②人未返，急管莫频催。

【注释】

①条风：《山海经·南山经》："（令邱之山）其南有谷焉，曰中谷，条风自是出。"郭璞注："东北风为条风。"指东北风。

②陇头：借指边塞。

洛阳道

【原文】

九重开帝阙①，八达②控天街。

金马蛾眉柳，铜驼兔目槐③。

歌钟④传甲第，棨戟列台阶。

何事扬雄宅，春风草径埋。

【注释】

①帝阙：皇城宫门。

②八达：又作"八闼"。作八窗解。

③"金马"指金马门，"铜驼"指铜驼门。

④歌钟：古代的一种铜制的编钟。

长安道

【原文】

井干①通帝座，太液起蓬莱。

衔璧金钮列，悬藜②甲帐开。

仙盘承晓露，凤轸③殷春雷。

偏令路旁客④，日暮走黄埃。

【注释】

①井干：原为井上面的围栏，后泛指楼台。

②悬藜：即县藜，一种美玉的名字。

③凤轸：华美之车；此处为天子之车。

④路旁客：路旁流离颠沛的穷苦人民。

雨雪①

【原文】

朔地寒威至，征人未寄衣。

龙城风早劲，葱岭雪初飞②。

已听谣《黄竹》，复闻歌《采薇》。

那禁望乡泪，不及雁南归。

【注释】

①汉《横吹曲》之名。纳兰性德于康熙二十一年（一六八二年）秋奉命到东北边疆"觇梭龙"，此诗当于其时所作。

②"龙城""葱岭"皆指偏远之地。

王明君①

【原文】

椒庭充选后，玉辇②未曾迎。

图画君偏弃，和亲妾请行。

不辞边徼③远，只受汉恩轻。

颜色黄尘老，空留青冢名。

【注释】

①王明君：即王昭君，名嫱，晋时为避司马昭名讳而改为"明君"或"明妃"。

②玉辇：皇帝所乘之车。

③边徼：边塞。

拟古四十首

【原文】

煌煌古京洛①，昭代盛文治。

日予餐霞人^②，簪绂忽如寄。

微尚竟莫宣^③，修名期自致。

荣华及三春，常恐秋节至。

学仙既蹉跎，风雅^④亦吾事。

【注释】

①京洛：原指京城洛阳；后代指都城。

②餐霞人：《文选·颜延之》："中散不偶世，本自餐霞人。"李周翰注："餐霞，仙者之流。"指得道成仙之人。

③莫宣：未曾向外人提及。

④风雅：《诗经》中包括《国风》《大雅》《小雅》等部分，后世以"风雅"泛指文学。

【原文】

相彼东田麦，春风吹袅袅①。

过时若不治，瓜蔓同枯槁。

天道本杳冥②，人谋苦不早。

荒庐日旰③坐，百虑依春草。

四顾何茫然，凝思失昏晓。

【注释】

①袅袅：柔软纤长、随风摇曳的样子。

②杳冥：幽暗看不清的样子。

③日旰：日暮。

又

【原文】

乘险叹王阳，叱驭来王尊。

委身置歧路，忠孝难并论。

有客赍①黄金，误投关西门。

凛然四知言，清白贻②子孙。

【注释】

①赍：送东西给别人。

②贻：遗留。

又

【原文】

客从东方来，叩之非常流。

自云发扶桑①，期到海西头。

白日当中天，浩荡三山秋。

回风②忽不见，去逐灵光③游。

烛龙莫掩照，使我心中愁。

【注释】

①扶桑：传说日出于扶桑之下，故代指日出之处。

②回风：回旋的风。

③灵光：神异的光辉。

又

【原文】

天门诀荡荡①，翕翄②罗星躔。

白日瞩微躬③，假翼令飞骞。

平生紫霞心，翻然向凌烟。

双吹凤笙歇，宛转辞群仙。

越影籥④浮云，横出天驷前。

玉绳耿中夜，斗杓何时旋？

【注释】

①诀荡荡：开朗明亮的样子。

②翕翄：茂盛状。

③微躬：自谦词，卑贱的身躯。

④籥：通"躐"。踩、踏。

又

【原文】

旷然成独立，片月相古今。

眷①兹西北楼，斜晖明玉琴。

清影②忽以去，怅惘予何心。

【注释】

①眷：亦作"睠"，回顾，思慕。

②清影：原为月光，此处代指所爱之人。

又

【原文】

竹生本孤高，翛然①自植立。

矫矫云中鹤，翱翔何所集。

丈夫故豁达，身世何汲汲②！

外物信非意，潦倒翻成泣。

瞻彼岭头云，扶疏③被原隰。

延伫当重阴，西风吹衣急。

【注释】

①翛然：形容无拘无束、自由自在的样子。

②汲汲：形容急切的样子。

③扶疏：大树枝叶繁盛之貌。

又

【原文】

寒沙连云起，遥空白雁落。

之子①方从军，深闺竟寂寞。

天远岂知返，路阻长河②络。

北风吹瘦马，铁衣不堪着。

从军日未久，朱颜镜中削。

悠悠复悠悠，人生胡不乐？

【注释】

①之子：这个人。

②长河：特指黄河。唐·王维《使至塞上》："大漠孤烟直，长河落日圆。"

又

【原文】

妾如三春花，君如二月风。

澹澹从东来，吹作夭桃红①。

一朝从军行，令人叹飞蓬。

何似云间月，清辉千里同。

【注释】

①夭桃红：以艳丽的桃花比喻少女美丽的容貌。

又

【原文】

天地忽如寄，人生多苦辛。

何如但饮酒，邈然^①怀古人。

南山有闲田，不治委荆榛。

今年适种豆，枝叶何莘莘^②。

豆实既可采，豆秸亦可薪。

【注释】

①邈然：遥远、久远的样子。

②莘莘：众多的样子。

又

【原文】

宇宙何荡荡，彼苍亦安知？

屈平放江潭，子胥乃鸱夷①。

升沉本偶然，遇合宁有时。

千古恨如此，徒为吊者悲。

微生一何幸，勖②哉遘昌期③。

【注释】

①鸱夷：革囊。

②勖：勉励。

③昌期：昌盛兴隆的时期。

又

【原文】

三月燕已来,清阴①杏子落。

春风在青草,吹我度城郭。

道逢贵公子,银鞍紫丝络。

藉草展华菌,相邀共杯酌。

为言相见欢,殷勤费酬酢②。

久之语渐洽,礼数少脱略③。

初夸身手好,漫叙及勋爵。

惜哉君卿才,何事失宦学?

予笑但饮酒，日暮风沙恶。

走马东西别，归路烟漠漠。

【注释】

①清阴：天气阴凉。

②酬酢：亦作"酹酢"。相互敬酒。

③脱略：放任不拘。

又

【原文】

予生未三十，忧愁居其半。

心事如落花，春风吹已断。

行当适远道，作计殊汗漫①。

寒食青草多，薄暮烟冥冥。

山桃一夜雨，菌箔②随飘零。

愿餐玉红草③，一醉不复醒。

【注释】

①汗漫：漫无边际，渺茫无际。

②菌箔：用来养蚕的竹帘和竹席。

③玉红草：传说中的一种草，长于昆仑山，有"食其一实则醉卧三百年"
之说。

又

【原文】

松生知何年，崎嵘①倚天碧。

其上无女萝②，其下远荆棘。

何用托孤根，苍崖多自石。

亦有青兰花，吐芬在其侧。

【注释】

①崎嵘：险峻崎岖之山。

②女萝：《诗·小雅·頍弁》："茑与女萝，施于松柏。"毛传："女萝，菟丝，松萝也。"即松萝。

又

【原文】

美人临残月，无言若有思。

含颦但斜睇①，吁嗟怜者谁。

予本多情人，寸心聊自持。

浩歌幽兰曲，援琴终不怡②。

私恨托远梦，初日照帘帷。

【注释】

①睇：斜眼看，比喻女子多情之态。

②怡：心情美好、愉悦之态。

又

【原文】

安石①负盛名，乃在衡门②初。

名僧既接席，妙伎③亦同车。

仕进良偶然，年已四十余。

军国事方棘，围棋看捷书。

所以丝竹欢，陶写④待桑榆。

晚造泛海装，始志终不渝。

马策西州门，想像生存居。

君看早达者，怀抱竟何如？

【注释】

①安石：谢安之字，东晋著名学者、政治家。他多才多艺，不仅善文法，更通音律。曾指挥东晋军队打败前秦大军，因被晋孝武帝猜忌，至广陵避难，后病死，谥号文靖。

②衡门：简陋的房屋。

③妙伎：妙龄歌女。

④陶写：宋—辛弃疾《满江红·自湖北漕移湖南席上留别》词："富贵何时休问，离别中年堪恨，憔悴鬓成霜。丝竹陶写耳，急羽且飞觞。"愉悦情性、

消除郁闷之意。

又

【原文】

凉风飒然至，秋雨满空阶。

室有积忧人，所思在天涯。

蟋蟀鸣北牖，蛛丝落高槐。

明发①出门望，爽气正西来。

西山有涧阿②，肥遁③以为怀。

【注释】

①明发：黎明，天明。

②涧阿：山涧弯转处。

③肥遁：唐·牟融《登环翠楼》诗："我亦人间肥遁客，也将踪迹寄林丘。"退隐、隐遁之意。

又

【原文】

生本蒲柳姿①，回飙任西东。

心如秋潭水，夕阳照已空。

落花委波文，天地如飘蓬。

忽佩双金鱼，予心何梦梦！

不如葺茅屋②，种竹栽梧桐。

贵贱本自我，荣辱随飞鸿。

何哉阮步兵，慷慨泣途穷。

【注释】

①蒲柳姿：比喻体质衰弱，容颜易老。

②葺茅屋：康熙二十三年，性德修建茅屋三间招顾梁汾归京。并写下《寄梁汾并葺茅屋以招之》一诗云："三年此离别，作客滞何方？随意一尊酒，殷勤看夕阳。世谁容皎洁，天特任疏狂。聚首羡麋鹿，为君构草堂。"可见二人之交情非同一般。

又

【原文】

客遗缃绮琴，言是雷霄斲。
能啼空山猿，亦飞秋涧瀑。
援之发古调，三奏不成曲。
朱弦①澹无味，予亦聊免俗。

【注释】

①朱弦：以熟丝做成的琴弦，古有"朱弦三叹"一说，意谓音乐之美妙。

又

【原文】

白云本无心，卷舒南山巅。
遥峰如梦中，孤影相与还。
忽然间高霞①，霏霏②欲成烟。

风花落不已，流辉转可怜。

皎洁自多愁，况复对下弦。

高楼夜已半，惜此不成眠。

【注释】

①高霞：霞本不该在高空，但此处为梦境之描写，故作"高霞"。

②霏霏：烟雾缭绕之态。

又

【原文】

岁星①不在天，大隐金马门②。

微言亦高论，一一感至尊。

文园苦愁疾，凌云气萧瑟③。

乘传④威始伸，谏猎情亦切。

所为一卷书，乃在身后出。

【注释】

①岁星：即木星。

②金马门：汉代之宫门，在当时为文人聚集之所，曾有很多人待诏金马门，后来比喻功成名就。

③萧瑟：景象凄凉之感。

④乘传：《史记·田儋列传》："田横乃与其客二人乘传诣雒阳。"裴骃集解引如淳曰："四马下足为乘传。"古时用四匹下等马拉的车子。

又

【原文】

西汉有贾生①，卓荦②真奇士。

赍志终未达，盛年身竟死。

为文吊屈平，可怜湘江水。

愤俗谢勋贵③，轻生答知己。

临风忽搔首，吾亦从逝矣。

【注释】

①贾生：指贾谊（前二〇〇年至前一六八年），洛阳人，西汉著名文学家、政治家。十八岁便才学显著，二十几岁便被破格提为太中大夫，后因群臣嫉妒，贬为太傅，终病死。

②卓荦：卓越，出众。

③勋贵：功名富贵之辈。

又

【原文】

风翔几千仞，羽仪①在寥廓。

结巢梧桐顶，层云覆阿阁②。

非无青琅玕③，不寄西飞鹤。

一鹤正西飞，翩翩长苦饥。

玉潭照清影，独自刷毛衣。

生得谢虞罗，光彩非所希。

【注释】

①羽仪：比喻才德出众，受人尊重。

②阿阁：四面有檐的楼阁。

③琅玕：唐·杜甫《郑驸马宅宴洞中》诗："主家阴洞细烟雾，留客夏簟青琅玕。"仇兆鳌注："青琅玕，比竹簟之苍翠。"指竹子。

又

【原文】

初日澹杨柳，对之何所言。

东风几千里，吹入十二门。

天地忽如寤①，青草招迷魂。

堂堂复堂堂②，春去将谁论！

【注释】

①寤：睡醒。

②堂堂：形容气势强，有气魄的样子。

又

【原文】

世运倏代谢，风节①弃已久。

磬折②投朱门，高谈尽畎亩。

言行清浊间，术工乃逾丑③。

人生若草露，营营苦奔走。

为问身后名，何如一杯酒。

行当向酒泉，竹林呼某某。

时有西风来，吹香满罂缶④。

不问今何时，仰天但搔首。

【注释】

①风节：风骨节操。

②磬折：表卑躬屈膝，受耻辱之态。

③逾丑：极丑的败类。

④罂缶：大腹小口的陶制容器。

又

【原文】

宛马①精权奇，欻②从西极来。

蹴踏不动尘，但见烟云开。

天闲③十万匹，对此皆凡材。

倾都看龙种，选日登燕台。

却瞻横门道，心与浮云灰。

但受伏枥恩，何以异驽骀④？

【注释】

①宛马：古西域大宛所产的名马。

②欻：忽然，迅速。同"欻"。

③天闲：皇帝养马之处。

④驽骀：劣质马匹。

又

【原文】

落日忽西下，长风自东来。

天地果何意，逝水去不回。

世事看奕棋①，劫尽昆池②灰。

长安罗冠盖，浮名良可哀。

不如巢居子③，遁迹从蒿莱。

【注释】

①奕棋：又作"奕碁"。下围棋。

②昆池：此处当指汉武帝在长安修建的昆池。

③巢居子：即巢父，相传尧曾让位于他，他不接受；后世便用以泛指隐居不仕之人。

又

【原文】

行行重行行，分手向河梁①。

持杯欲劝君，离思激中肠②。

努力饮此酒，无为居者伤。

【注释】

① 河梁：分手送别之地。

②中肠：内心的情感。

又

【原文】

长安游侠子，黄金视如土。

结交及屠博①，安知重珪组②。

一朝列华筵③，羞与朱履伍。

惜哉意气尽，委身逐倾吐。

时俗尚唯阿，至人亦伛偻④。

惟昔有赠言，深藏乃良贾。

【注释】

①屠博：屠夫和赌博者一类的人，用以指代地位低贱之人。

②珪组：官职、爵位。

③华筵：华美高贵的筵席。

④伛偻：对权贵弯腰折背的丑陋姿态。

又

【原文】

闭关谢西域，汉文何优柔。

圣泽余亥步，遐荒如甸侯①。

旅獒②既充贡，越雉亦见收。

蜑③族进珊瑚，不烦使者求。

昭回④云汉章，烛及海外州。

人生睹盛事，岂羡乘槎游。

【注释】

①甸侯：甸服之内的诸侯；甸服，距王都两千里。

②旅獒：《尚书》篇名，当时的西方部族献上獒，太保作《旅獒》，以劝诫武王不要沉湎于酒乐之中。

③蜑：同"蛋"，为南方一带的少数民族。

④昭回：星辰闪耀回旋，后指代日月。

又

【原文】

圣主①重文学，清时无隐沦②。

遂令拂衣者，还为弃繻人③。

适意聊复尔，去来若无因。

昔采西山薇，今忆淞江莼④。

【注释】

①圣主：英明的天子。

②隐沦：《文选·鲍照诗》："尊贤永照灼，孤贱长隐沦。"李善注："隐沦，谓幽隐沉沦也。"幽隐沉沦于乱世者。

③弃繻人：原指汉代之终军。后借指年少便立下大志之人。

④莼：江浙一带的一种水生蔬菜，《世说新语·言语》："陆机诣王武子，武子前置数斛羊酪，特以示陆曰：'卿江东何以敌此?'陆曰：'有千里莼羹，但未下盐豉耳!'"可见莼菜之味美。

又

【原文】

结庐①依深谷，花落长闭关②。

日出众鸟去，良久孤云还。

回风送疏雨，微芬扇幽兰。

白日但静坐，坐对门前山。

生世多苦辛，何如日闲闲③。

【注释】

①结庐：出自陶渊明《饮酒》中"结庐在人境，而无车马喧"。构建房屋之意。

②闭关：闭门谢客。

③闲闲：从容自得、悠闲自在的样子。

又

【原文】

与君昔相逢，乃在苎萝村①。
相逢即相别，后期安可论。
扬蛾启玉齿，声发已复吞。
讵绝赏音者，其如一顾恩②。

【注释】

①苎萝村：为中国古代四大美女之首西施的故乡，此处并不是实指，而是借此来表示与"君"相逢正如在苎萝村遇见西施一样美。

②一顾恩：原指汉帝从未对王昭君有过一顾之恩；后借指帝王对下臣之薄情。

又

【原文】

信陵①敬爱客，举世称其贤。
执辔过市中，为寿监门前。
邯郸解围日，辐②矢引道边。
救赵适自危，故国从弃捐。
功成失去就，始觉心茫然。
再胜却秦军，遭谗竟谁怜！
趣归不善后，作计非万全。

博徒卖浆者，名字亦不传。

惜哉所从游，中讵无神仙？

饮酒虽达生，辟谷③乃长年。

【注释】

①信陵：信陵君（？至前二四三年），名无忌，战国时期著名的政治家、军事家。他于魏国衰落之际，延揽食客，自成一派。后曾两度击败秦军，挽救魏国危机。最终因伤于酒色而死。

②韔：皮革制的盛置弩箭的袋子。

③辟谷：即不吃五谷，只食气，为道家修炼的一种方法。后借指与世无争的处世态度。

又

【原文】

积雪在房栊①，新月光欲凝。

照地若无迹，娟娟②破初暝。

明灯迟我友，揽裘坐开径③。

人生何茫茫，即事偶成兴。

南飞有乌鹊，绕树栖不定。

持杯欲问之，东风吹酒醒。

【注释】

①房栊：窗户。

②娟娟：美好的样子。

③开径：心情极好。

又

【原文】

魏阙①有浮云，荫兹白日暮。

返景下铜台②，歌声发纨素③。

流辉如有情，千载照长路。

漳河不西还，百川尽东赴。

时哉不可失，谠言④思所悟。

雨后望西陵，蔓草萦古墓。

安得为飘风，永吹连枝树⑤。

【注释】

①魏阙：宫门之上赫然显立的观楼，后借指朝廷。

②铜台：即铜雀台，位于河北临漳县境内。该地古时称邺，三国时期曹操营建邺都，修建了"三台"之一的铜雀台。

③纨素：洁白的细绢。此处代指歌女。

④谠言：正直、慷慨之言。

⑤连枝树：枝叶相连之树。常用来比喻爱情，而此处比喻兄弟之情。

又

【原文】

春风解河冰，戚里①多欢娱。

置酒坐相招，鼓瑟复吹竽。

而我出郭门，望远心烦纡②。

垂鞭信所历，旧垒啼饥乌。

吁嗟献纳者，谁上流民图！

一骑红尘来，传有双羽书③。

慷慨欲请缨，沉吟且踟蹰。

终为孤鸣鹤，奋翥凌云衢。

【注释】

①戚里：君主外戚聚集之地。

②纡：心中郁闷盘结。

③双羽书：类似鸡毛信，表军事急件。

又

【原文】

彩虹亘东方，照耀不知晚。

川长组练明，关塞若在眼。

我友昔从征，三岁胡不返？

边马鸣萧萧，落日照沙苑①。

封侯固有时，寄语加餐饭。

【注释】

①沙苑：又称"沙海"，位于大荔县洛、渭河之间。其地多沙，环境恶劣。此处泛指沙漠一带。

【原文】

朔风^①吹古柳，时序忽代续。

庭草萎已尽，顾视白日速。

吾本落拓^②人，无为自拘束。

倜傥寄天地，樊笼非所欲。

嗟哉华亭鹤^③，荣名反以辱。

有客叹二毛^④，操觚序金谷^⑤。

酒空人尽去，聚散何局促。

揽衣起长歌，明月皎如玉。

【注释】

①朔风：冬天的寒风。

②落拓：不受约束，放荡不羁。

③华亭鹤：有"华亭鹤唳"一说；指华亭谷的鹤的叫声，表示对过去的留恋不舍之情。

④二毛：斑白的头发。

⑤金谷：晋石崇所筑的金谷园。

又

【原文】

吾怜赵松雪^①，身是帝王裔。

神采照殿廷，至尊叹昳丽^②。

少年疏远臣，侃侃持正议。

才高兴转逸，敏妙擅一切。

旁通佛老言，穷探音律细。

鉴古定谁作，真伪不容谛。

亦有同心人，闺中金兰契③。

书画掩文章，文章掩经济。

得此良已足，风流渺谁继？

【注释】

①赵孟頫（一二五四年至一三二二年），号松雪，吴兴人，元代著名画家、书法家，亦工诗文。曾受元世祖赞赏，历任集贤直学士、济南路总管府事等职。后虽因朝廷矛盾重重，曾借病归隐，但到了延祐三年，太子对其信赖有加，使其官至一品，声震天下。

②映丽：神采奕奕，容颜焕发。

③金兰契：又称"金兰会"。旧时汉族妇女婚姻习俗及组织。相传旧时少女多人结为姐妹，她们互相依偎，不肯嫁人，即使嫁人，也不肯住在夫家。更有甚者还加害强迫她们成婚的丈夫。

平原过汉樊侯墓①

【原文】

云龙会影响，驾驭从豁达。

樊侯鼓刀人，时来遂挥喝。

一撞重瞳②营，再排隆准③闼。

良平④信美好，对此气应夺。

斯人在层泉，犹胜懦夫活。

【注释】

①樊哙（前二四二年至前一八九年），沛县人。汉初大将军，封舞阳侯，谥武侯。其墓在平原（今山东平原县）。康熙二十三年（一六八四年）十月初六日（十一月十二日）纳兰性德随皇帝南巡经过平原，作此诗。

②重瞳：一个眼睛里有两个瞳孔；传说项羽便是重瞳子。

③隆准：宋·苏轼《送郑户曹》诗："隆准飞上天，重瞳亦成灰。"代指汉高祖刘邦。

④良平：即张良、陈平，皆为刘邦立下汗马功劳。

圣驾临江恭赋①

【原文】

黄幄②临大江，山川借颜色。

鲸鲵③久已尽，不待天弧射。

按图识要汛，怀古讨遗迹。

帆樯擒虎渡，营垒佛狸④壁。

时清非恃险，何事限南北。

却上妙高台⑤，悠悠天水碧。

【注释】

①康熙二十三年（一六八四年）十月二十三日及二十四日，纳兰性德随扈南巡镇江，作此诗。

②黄幄：天子所用之黄色帐幕。

③鲸鲵：比喻凶狠的敌人；这里指吴三桂等三藩之徒。

④佛狸：《宋书·索虏传》："嗣死，谥曰明元皇帝，子焘，字佛狸，代立。"北魏太武帝拓跋焘的小字。

⑤妙高台：位于浙江省宁波市，又名妙高峰，因顶上有坪如台，故名妙高台。又"妙高"乃梵语"须弥"之意，故又名"晒经台"。

虎阜①

【原文】

孤峰一片石，却疑谁家园。

烟林晚逾密，草花冬尚繁。

人因警跸②静，地从歌吹喧。

一泓剑池水，可以清心魂。

金虎既销灭，玉燕亦飞翻。

美人与死士，中夜相为言。

【注释】

①即虎丘，康熙二十三年（一六八四年）十月二十七日纳兰性德随皇帝南巡至虎丘，作此诗。

②警跸：古代皇帝出入时，侍卫站于道路两旁，为其清道；出为警，入为跸。

江行①

【原文】

木落江已空，清辉澹鸥鹭。

不见系缆石②，寒潮没瓜步③。

帆移青枫林，人归白沙渡。

似有山猿啼，窈然④潇湘暮。

【注释】

①康熙二十三年（一六八四年）十月二十三日纳兰性德随皇帝乘舟南巡至镇江，后又于十一月初四日乘舟江行北返。结合诗意，此诗当作于此次江行北返途中。

②系缆石：船只靠岸时用以系缆绳之石。

③瓜步："步"又作"埠"，山名，且此山南临大江，相传吴人曾于江畔卖瓜，故得名。

④窈然：深远、幽然貌。